CONTEMPORÁNEA

Graham Greene (1904-1991) fue un prolífico novelista inglés que en 1927 se convirtió al catolicismo. Entre sus novelas (algunas llevadas al cine) figuran: *El tren de Estambul, El poder y la gloria, El revés de la trama, El tercer hombre, El fin de la aventura, El americano tranquilo, Nuestro hombre en La Habana, Viajes con mi tía, El cónsul honorario, El factor humano, ¿Puede prestarnos a su marido?* y *Los comediantes.*

Biblioteca

GRAHAM GREENE

El cónsul honorario

Traducción de
ENRIQUE PEZZONI

DEBOLSILLO

Foto de tapa: Juan Pablo Cambariere

Greene, Graham
El cónsul honorario. - 1ª ed. - Buenos Aires : Debolsillo, 2004.
392 p. ; 19x13 cm. - (Best Seller)

Traducción de: Enrique Pezzoni

ISBN 987-566-022-1

1. Narrativa Inglesa. I. Título
CDD 823

Primera edición: febrero de 1973
Octava edición y primera bajo este sello: octubre de 2004

Queda hecho el depósito
que previene la ley 11.723.

Humberto Iº 531, Buenos Aires.

IMPRESO EN LA ARGENTINA

ISBN 987-566-022-1

www.edsudamericana.com.ar

Publicado por Debolsillo bajo licencia de Editorial Sudamericana S.A.®

Título original en inglés:
The Honorary Consul

A Victoria Ocampo,
con amor, en recuerdo de las muchas
semanas felices que pasé en San Isidro
y Mar del Plata.

Ninguno de los personajes de este libro, desde el embajador de Inglaterra hasta el viejo José, está basado en una persona real. Por supuesto, la provincia y la ciudad de la Argentina donde transcurre casi toda la acción se parecen a una ciudad y una provincia verdaderas. No les he puesto nombres porque quería tomarme algunas libertades y no atenerme al trazado de una ciudad o al mapa de una determinada provincia.

Todas las rosas se unen: el bien con el mal,
la generosidad con la justicia,
la religión con la política...

THOMAS HARDY

PRIMERA PARTE

Capítulo Primero

El doctor Eduardo Plarr estaba en el pequeño puerto del Paraná, entre los rieles y las grúas amarillas, observando un penacho horizontal de humo que se extendía sobre el Chaco. Entre los rayos rojos del crepúsculo, esa línea de humo parecía una franja de una bandera nacional. A esa hora, el doctor Plarr estaba solo, con la única excepción del marinero de guardia frente al destacamento marítimo. Era uno de esos atardeceres que, por una misteriosa combinación de la luz moribunda y el aroma de alguna planta desconocida, provocan en ciertos hombres la sensación de la niñez y la expectativa, y en otros la impresión de algo perdido y ya casi olvidado.

Los rieles, las grúas, el destacamento marítimo: ésas eran las primeras imágenes que el doctor Plarr había visto en su país de adopción. Sólo se había sumado la línea de humo que, a la llegada del doctor, aún no permanecía suspendida sobre el horizonte. La fábrica que lo producía había sido construida en la época en que él había llegado con su madre, procedentes de la república del norte, más de treinta años atrás, en el barco que viajaba semanalmente desde Paraguay. Recordaba a su padre de pie junto a la breve baranda, en el muelle de Asunción: alto, canoso, con las mejillas hundidas, prometiendo con mecánico optimismo reunirse con ellos muy pronto En el curso de un mes, quizá de tres, la esperanza chirrió en su garganta como el engranaje de un mecanismo herrumbrado.

A aquel muchacho de catorce años no le pareció raro —aunque tal vez algo así como una costumbre extranjera— que su padre besara a su mujer en la frente con una especie de reverencia, como si ella fuera su madre y no su compañera de lecho. En aquellos días, Eduardo Plarr se consideraba tan latinoamericano como su madre, mientras que en su padre era obvio el origen inglés. Su padre pertenecía por derecho, y no por la mera existencia de un pasaporte, a la isla legendaria de la nieve y la bruma, a la tierra de Dickens y de Conan Doyle, aunque quizás apenas conservara unos pocos recuerdos auténticos del país que había dejado a los diez años. Guardaba un libro de fotografías, *London Panorama,* que sus padres le habían regalado en el último momento, antes de embarcar, y Henry Plarr solía volver ante su hijo Eduardo las páginas donde las fotos mates y grises mostraban el palacio de Buckingham, la Torre de Londres y una vista de Oxford Street, llena de cabriolés y coches tirados por caballos y señoras que se recogían las largas faldas. Mucho después, el doctor Plarr comprendió que su padre era un exiliado y que ése era un país de exiliados: italianos, checoslovacos, polacos, galeses, ingleses. De niño, cuando Eduardo Plarr leía una novela de Dickens lo hacía como un extranjero: por falta de experiencia, todo era para él contemporáneo, como un ruso que creyera que el alguacil y el fabricante de ataúdes todavía siguen en sus inalteradas vocaciones en un mundo donde Oliver Twist está preso en algún sótano de Londres, cada vez metido en más líos.

A los catorce años, Eduardo Plarr no podía entender los motivos por los cuales su padre se había quedado atrás en la vieja capital junto al río. Necesitó unos cuantos años de vida en Buenos Aires para comprender que la existencia de un exiliado no es fácil: tantos documentos, tantas visitas a oficinas del gobierno. La facilidad pertenecía por derecho a los hijos del país, a los que podían dar por sentadas sus condiciones de vida, por extrañas que fuesen. El idioma español era de origen romano, y los romanos eran un pueblo simple. El *machismo* –el sentido del orgullo masculino– era el equivalente español de la *virtus*. Poco tenía que ver con el coraje o la rigidez de los ingleses. Quizás, en su estilo extranjero, su padre procurara imitar al machismo cuando resolvió enfrentar por sí solo los peligros cada vez mayores del otro lado de la frontera paraguaya; pero fue únicamente rigidez lo que mostró en el embarcadero.

Eduardo Plarr y su madre habían llegado al puerto de río casi a esa misma hora del atardecer, en su viaje hacia la enorme y ruidosa capital de la república del sur (una manifestación política había demorado unas horas la partida). Algunas de las primeras imágenes –las viejas casas coloniales, con sus fachadas ruinosas, en la calle situada tras el puerto; una pareja que se abrazaba en un banco; la estatua de una mujer desnuda, bañada por la luz de la luna, y el busto de un almirante con un familiar nombre irlandés; los globos de la luz eléctrica, como un gran fruto maduro sobre un quiosco de bebidas gaseosas– se fijaron en la mente del joven Plarr como un símbolo de insólita paz. Fue quizá por eso por lo que, mucho después, cuando sintió la urgente necesidad de huir hacia alguna parte para escapar de los rascacielos, los embotellamientos de tráfico, las sirenas de los coches de policía y las ambulancias, las estatuas heroicas de los libertadores a caballo, resolvió volver a esa pequeña ciudad del norte para trabajar en ella con todo el prestigio de un capacitado médico de Buenos Aires. Ninguno de los amigos de la capital o de sus relaciones del café comprendieron sus motivos: todos le aseguraron que en el norte encontraría un clima caluroso, húmedo, insalubre, y una ciudad donde nunca pasaba nada, ni siquiera la violencia.

«Quizá sea lo bastante insalubre como para que pueda practicar mejor mi profesión», decía con una sonrisa tan vacua –o tan falsa– como la expresión esperanzada de su padre.

En Buenos Aires, durante los largos años de separación, sólo habían recibido una carta de su padre. El sobre estaba dirigido a ambos: «Señora e hijo». La carta no había llegado por correo: la habían encontrado bajo la puerta del apartamento, un domingo por la tarde, unos cuatro años después de su llegada a la capital, al regresar de un cine donde habían visto por tercera vez *Lo que el viento se llevó.* Al cabo de los años, Clark Gable y Vivien Leigh resurgían una vez más, a pesar de todas las balas.

En el sobre, sucio y arrugado, se leía «A mano», pero nunca llegaron a saber qué mano. La carta no estaba escrita en el antiguo papel que llevaba elegantemente impreso en letras góticas el nombre de la estancia, sino en las hojas rayadas de un cuaderno barato. Y la carta, como la voz en el muelle, estaba llena de fingida esperanza: su padre escribía que «las cosas» se arreglarían muy pronto. No había fecha: quizá la «esperanza» se hubiera agotado mucho tiempo antes de llegar la carta. Nunca volvieron a saber de su padre; ni siquiera les llegó la noticia o el rumor de su encarcelamiento y su muerte. Aquella carta terminaba con solemnidad hispánica: «Es para mí un gran consuelo saber que aquellos a quienes más amo en el mundo están a salvo. Vuestro afectuoso esposo y padre Henry Plarr».

El doctor Plarr no podía discernir claramente hasta qué punto su regreso al pequeño puerto de río estaba influido por la idea de que allí no viviría lejos de la frontera del país donde había nacido y donde estaba enterrado su padre (quizá nunca llegaría a saber si en una prisión o en un pedazo de tierra). Sólo tenía que trasladarse unos pocos kilómetros hacia el noroeste y mirar al otro lado de la curva del río; sólo tenía que tomar una lancha, como los contrabandistas... A veces se sentía como un vigía a la espera de una señal. Desde luego, había un motivo más importante. Una vez había dicho a una amante: «Me fui de Buenos Aires para alejarme todo lo posible de mi madre». Era cierto que su madre había perdido su belleza y a medida que envejecía añoraba cada vez más su perdida estancia, hundida en esa gran capital extendida y confusa, con su fantástica arquitectura de rascacielos en calles mezquinas, que se elevaban caprichosamente y tenían veinte pisos cubiertos por anuncios de Pepsi-Cola.

El doctor Plarr volvió la espalda al puerto y siguió su paseo crepuscular junto a la orilla del río. El cielo ya estaba oscuro y no podía distinguir el penacho de humo o la línea de la ribera opuesta. Las lámparas del transbordador que unía la ciudad con el Chaco se acercaban como un lápiz iluminado que trazara una lenta y sinuosa diagonal, mientras luchaba contra la corriente que avanzaba pesadamente hacia el sur.

En el cielo, las Tres Marías parecían las cuentas sueltas de un rosario roto (la cruz estaba más lejos, como si hubiese caído en otra parte). Plarr, que sin saber del todo por qué renovaba cada tres años su pasaporte inglés, sintió de pronto el deseo de una compañía que no fuera argentina.

Que él supiera, sólo había otros dos ingleses en la ciudad: un viejo profesor de inglés que había adoptado el título de doctor sin haber conocido nunca el interior de una universidad, y Charley Fortnum, el cónsul honorario. Desde aquella mañana, meses atrás, en que había empezado a acostarse con la mujer de Charley Fortnum, Plarr se sentía incómodo en compañía del cónsul; tal vez lo incomodaran primitivos sentimientos de culpa; tal vez lo irritara la complacencia de Charley Fortnum, que se mostraba muy seguro de la fidelidad de su mujer. Hablaba con orgullo, más que con preocupación, de las dificultades que atravesaba su mujer en el primer período de su gravidez, como si todo ello hubiera sido una especie de elogio a una proeza suya. Y Plarr sentía ganas de exclamar: «Pero ¿quién cree usted que es el padre?».

Quedaba el doctor Humphries... aunque todavía era muy temprano para ir a reunirse con el viejo en el Hotel Bolívar, donde vivía.

Plarr encontró asiento bajo uno de los globos blancos

que iluminaban la ribera y se sacó un libro del bolsillo. Desde allí podía vigilar su automóvil, estacionado junto al quiosco de Coca-Cola. El libro que llevaba consigo era una novela escrita por uno de sus pacientes, Jorge Julio Saavedra. Saavedra también tenía el título de doctor: pero éste era un título auténtico, concedido *honoris causa* veinte años antes, en la capital. La novela, que era la primera y la de más éxito del doctor Saavedra, se llamaba *Un corazón melancólico* y estaba escrita en un recargado estilo melancólico, lleno del espíritu del machismo.

A Plarr le resultaba difícil leer más de dos páginas seguidas. Esos nobles y hoscos personajes de las novelas latinoamericanas le parecían demasiado simples y heroicos para responder a modelos vivientes. En Sudamérica, Rousseau y Chateaubriand parecían ejercer una influencia mucho mayor que Freud. Hasta había una ciudad en Brasil que se llamaba Benjamin Constant. Leyó: «Julio Moreno permanecía sentado durante horas, en silencio, durante los días en que soplaba incesantemente el viento del mar, cubriendo de sal las pocas hectáreas de tierra seca, marchitando las escasas plantas que habían sobrevivido a la última ventolera. Apoyaba el mentón en las manos y cerraba los ojos, como empeñado en aislarse en un recinto oculto de su naturaleza, del cual su mujer estaba excluida. Ella nunca se quejaba: permanecía de pie junto a él durante largos ratos, sosteniendo el mate en la mano izquierda, y cuando Julio Moreno abría los ojos lo cogía sin decir una palabra. Sólo en la fugaz relajación de los músculos en torno a la boca firme y apretada veía su mujer algo semejante a una expresión de agradecimiento».

Plarr, educado por su padre en las obras de Dickens y Conan Doyle, encontraba difíciles de leer las novelas de Jorge Julio Saavedra; pero consideraba que ese esfuerzo era parte de sus deberes de médico. Pocos días después almorzaría con Saavedra en el Hotel Nacional y debería estar en condiciones de hacer algún comentario sobre el libro, dedicado por su autor de manera muy entusiasta: «A mi amigo y consejero, el doctor Eduardo Plarr, esta primera obra mía que le demostrará que no siempre he sido un novelista político y que le revelará (como sólo podría hacerlo con un amigo íntimo) el primer fruto de mi inspiración». En verdad, el doctor Saavedra no era nada taciturno, pero Plarr sospechaba que se consideraba a sí mismo como un Moreno *manqué*. No en vano había dado a Moreno su nombre de pila...

Plarr nunca había visto a nadie leyendo en la ciudad. Cuando salía a comer, sólo veía libros presos tras cristales para preservarlos de la humedad. Nunca se había topado con nadie leyendo junto al río o siquiera en una de las plazas de la ciudad (salvo, una que otra vez, *El Litoral,* el periódico local). En los bancos había parejas, o mujeres cansadas, con las bolsas de las compras, o vagabundos; pero nunca lectores. Los vagabundos ocupaban orgullosamente un banco entero. Como a nadie le gustaba compartir los bancos con ellos, eran los únicos que podían tumbarse a sus anchas.

Leer al aire libre quizá fuera un hábito adquirido de su padre, que siempre se llevaba un libro cuando salía a vigilar los cultivos; y en el aire perfumado por los naranjos, Plarr había recorrido todas las novelas de Dickens, salvo los *Cuen-*

tos de Navidad. Al principio, la gente lo miraba con viva curiosidad cuando lo veían sentado en un banco con un libro abierto. Tal vez pensaran que ésa era una costumbre de los médicos extranjeros; no es que fuera una actitud poco viril, pero sin duda resultaba extraña. Allí los hombres preferían sentarse en las esquinas y hablar, o sentarse a beber tazas de café y hablar, o asomarse por la ventana y hablar. Y, mientras hablaban, se tocaban unos a otros para hacer hincapié en algún punto o simplemente por amistad. El doctor Plarr no tocaba a nadie; sólo a su libro. Era, como su pasaporte inglés, el signo de que siempre sería un extranjero: jamás se integraría del todo.

Empezó a leer de nuevo: «La mujer de Julio Moreno trabajaba en constante silencio, aceptando la dura faena, al igual que las malas estaciones, como una ley de la Naturaleza».

El doctor Saavedra había disfrutado de un período de éxito popular y de la estima de sus colegas en la capital. Cuando empezó a advertir que los críticos literarios ya no se interesaban por él –y, lo que era peor aún, tampoco las damas de sociedad ni los periodistas– se fue al norte, donde su bisabuelo había sido gobernador y donde le tributaban el respeto debido a un famoso novelista de la capital, aunque sin duda eran muy pocos los que habían leído sus libros. La geografía mental de sus novelas permanecía incólume al paso del tiempo. Poco importaba el lugar donde resolviera vivir ahora: había encontrado su región mítica de una vez y para siempre durante su juventud, como consecuencia de unas vacaciones pasadas en un pueblo junto al mar, en el sur, cerca de Trelew. Nunca había conocido a Moreno, pero lo había imaginado muy vívidamente una noche, en el bar de un hotelito, al ver a un hombre sentado en melancólico silencio ante su vaso.

Plarr había averiguado todos esos datos en la capital, a través de un viejo amigo y celoso enemigo del novelista; el conocimiento de esos antecedentes de Saavedra le era útil cuando debía tratar a su paciente, que padecía los altibajos de una voluble depresión maníaca. El mismo personaje reaparecía una y otra vez en todos sus libros: su historia variaba ligeramente, pero nunca se alteraba su intenso, tétrico silencio. El amigo y enemigo que había acompañado al joven Saavedra en aquel viaje de descubrimiento había exclamado con sorna: «¿Y sabes quién era ese hombre? Un galés, un galés... ¿Quién ha visto alguna vez a un galés con machismo? Esa zona está llena de galeses. El tipo estaba borracho, eso era todo. La borrachera semanal, cada vez que llegaba del campo...».

Un transbordador partió hacia los árboles y el fango de la invisible ribera y poco después regresó. A Plarr le resultaba difícil concentrarse en la melancolía del corazón de Julio Moreno. La mujer de Moreno lo abandonaba al fin por un jornalero joven, atractivo y con cierta facilidad de palabra; pero no era feliz en la ciudad junto al mar, donde su amante no conseguía empleo. Al poco tiempo el muchacho se emborrachaba con frecuencia y lo único que hacía en la cama era hablar, y ella sentía nostalgia por los largos silencios y la tierra seca, salada, devastada. De manera que volvía junto a Moreno, que sin decir una palabra le hacía un lugar en la mesa donde había dispuesto una magra cena y después se sentaba en su silla habitual, siempre sin hablar, con el mentón apoyado en las manos, mientras ella permanecía junto a él sosteniendo el mate. Aunque el relato podía muy bien terminar allí, faltaban todavía otras cien páginas. Pero el machismo de Julio Moreno no había llegado aún a su plenitud; y cuando informaba a su mujer, con la menor cantidad posible de palabras, sobre su decisión de visitar la ciudad de Trelew, Plarr adivinó con certeza qué ocurriría allá: Julio Moreno encontraría al jornalero en un bar de la ciudad y habría un duelo a cuchillo y el muchacho ganaría. ¿Acaso su mujer, en el momento en que Julio Moreno partía, no había visto en sus ojos «la expresión de un nadador exhausto que se rinde a la oscura marejada de su ineluctable destino»?

No podía decirse que el doctor Saavedra escribiera mal. Había una grave música en su estilo y los redobles del destino nunca sonaban demasiado lejos. Pero a veces Plarr se sentía tentado de exclamar a su melancólico paciente: «La vida no es así. La vida no es noble ni digna. Ni siquiera la vida en Latinoamérica. Nada es ineluctable. La vida tiene sorpresas. La vida es absurda. Y como es absurda, siempre existe la esperanza. Un día de éstos puede aparecer el remedio contra el cáncer o el resfriado común...». Saltó hasta la última página. Como era de suponer, la sangre de Julio Moreno se escurría entre las baldosas rotas del piso del bar de Trelew y su mujer (¿cómo habría llegado tan rápido hasta allí?) permanecía junto a él, aunque en esta ocasión no sostenía el mate. «Una fugaz relajación de los músculos en torno a la boca firme y apretada, antes de que Julio Moreno cerrara los ojos frente a la inmensa fatiga de la vida, le reveló que él le agradecía su presencia.»

El doctor Plarr cerró el libro con un golpe, irritado. La Cruz del Sur yacía en el cielo de esa noche llena de estrellas. No había casas, ni antenas de televisión, ni ventanas iluminadas que interrumpieran el negro y liso horizonte. Si regresaba a casa, ¿correría aún el peligro de recibir una llamada telefónica?

Al despedir a su último paciente esa tarde –la mujer del ministro de Economía que tenía un poco de fiebre– había resuelto no volver a su casa hasta la madrugada. Quería mantenerse alejado del teléfono hasta que no hubiera riesgo de una llamada no profesional. A esa hora existía la posibilidad de que lo molestaran: sabía que Charley Fortnum cenaba con el gobernador, quien necesitaba un intérprete para su huésped de honor, el embajador de los Estados Unidos. Y Clara, que había superado su temor a usar el teléfono, podía llamarlo y pedirle que la acompañara, ya que su marido estaba transitoriamente ausente. Y él no tenía ganas de verla esa noche del martes. La ansiedad anestesiaba su apetito sexual. Sabía que era muy probable que Charley regresara antes de lo previsto, porque sin duda, tarde o temprano cancelarían la cena, por motivos que él no tenía derecho a conocer de antemano.

Al fin decidió que lo mejor era permanecer fuera de circulación hasta medianoche. A esa hora, la recepción del gobernador habría terminado y Charley Fortnum estaría de regreso en su casa. «No tengo nada de machismo», reflexionó tristemente, aunque le costaba imaginar a Charley Fortnum precipitándose sobre él con un cuchillo. Se levantó del banco. Ya podía encontrarse con el profesor de inglés.

No encontró al doctor Humphries, como esperaba,

en el Hotel Bolívar. Humphries ocupaba un cuartito con ducha en el segundo piso, con una ventana que daba al patio, donde había una palmera polvorienta y una fuente sin agua. Había dejado la puerta sin llave, y esto quizá revelara su confianza en la estabilidad. Plarr recordaba que su padre, en el Paraguay, cerraba con llave inclusive las puertas interiores de su casa: los dormitorios, los baños, los cuartos de huéspedes sin usar. No lo hacía por los ladrones, sino por la policía, los militares y los asesinos oficiales, aunque sin duda esas puertas cerradas no los habrían detenido durante mucho tiempo.

En el cuarto del doctor Humphries apenas había espacio para una cama, una cómoda, dos sillas, un lavabo y la ducha. Los visitantes tenían que abrirse paso entre ellos como los pasajeros de un metro atestado. Plarr vio que el doctor Humphries había pegado una nueva fotografía en la pared, arrancada de la edición española de *Life:* en ella se veía a la reina a caballo, pasando revista a las tropas. La elección no era necesariamente un signo de patriotismo o de nostalgia: en el revoque de la pared aparecían incesantes manchas de humedad, y el doctor Humphries las tapaba con la primera fotografía que encontraba. Sin embargo, esta elección quizá revelara cierta preferencia por despertar ante la reina y no ante Nixon (la cara de Nixon sin duda habría aparecido en alguna parte del mismo número de *Life)*. La habitación era fresca, pero hasta el frescor era húmedo. Tras la cortina de plástico, un grifo estropeado goteaba sobre las baldosas. La estrecha cama estaba amontonada, más que hecha: los bultos de la sábana hacían pensar que la habían arrojado apresuradamente sobre un cadáver. Sobre ella, el mosquitero recogido pendía como una nube gris amenazando lluvia. El doctor Plarr se compadeció del autotitulado doctor en Letras: ése no era el lugar que un hombre en el libre ejercicio de su voluntad –si es que semejante hombre existía– habría elegido para esperar la muerte. «Mi padre –pensó con angustia– debe de tener la misma edad que Humphries; y tal vez sobreviva en condiciones aún peores.»

Había un pedazo de papel sujeto en el marco del espejo de Humphries. «Estoy en el Club Italiano.» Quizás esperaba a un alumno y por eso había dejado la puerta sin llave. El Club Italiano estaba en la acera opuesta, en una casa colonial que alguna vez debió de ser muy imponente. Había un busto de Cavour o de Mazzini, pero la piedra estaba como picada de viruelas y la inscripción ya era ilegible. El busto estaba entre la casa, que tenía una guirnalda de piedra sobre cada una de las altas ventanas, y la calle. En otra época habían vivido muchos italianos en la ciudad; ahora los únicos restos del club eran el nombre, el busto y la imponente fachada con su fecha decimonónica en números romanos. Había unas pocas mesas en las cuales se podía comer barato sin necesidad de ser socio del club. Y sólo quedaba un italiano, el solitario camarero napolitano. El cocinero era de origen húngaro y apenas si servía otra cosa que *goulash*, plato en que podía disfrazar fácilmente la calidad de los ingredientes, cosa bastante útil ya que la carne de buena calidad se iba río abajo hacia la capital, a más de ochocientos kilómetros de distancia.

El doctor Humphries estaba sentado frente a una mesa

junto a una ventana abierta, con una servilleta metida en el cuello deshilachado de la camisa. Por caluroso que fuera el día, siempre iba vestido con traje, corbata y chaleco, como un hombre de letras victoriano que viviera en Florencia. Usaba gafas con montura de acero; probablemente hacía años que no visitaba al oculista, porque se inclinaba mucho sobre el *goulash* para ver qué estaba comiendo. En el bigote blanco tenía mechones del color de la juventud hechos por la nicotina, y en la servilleta el *goulash* había dejado manchas casi del mismo color.

–Buenas noches, doctor Humphries –dijo Plarr.

–Ah, ha encontrado usted mi nota...

–De todos modos, habría venido a buscarlo aquí. ¿Cómo sabía que iría a su cuarto?

–No lo sabía, doctor Plarr. Pero pensé que alguien podía pasar por allí. Alguien...

–Yo iba a sugerirle que comiéramos en El Nacional –explicó el doctor Plarr, mirando a su alrededor en busca del camarero sin ninguna esperanza de placer. Humphries y él eran los únicos parroquianos.

–Es usted muy amable –dijo el doctor Humphries–. Otro día será, si me permite usted conservar lo que los yanquis llaman un *rain-check.** El *goulash* que sirven aquí no es tan malo. Cansa un poco comerlo siempre, pero al menos llena bastante...

Era un viejo muy flaco. Parecía alguien que hubiera

* Billete de entrada a un espectáculo deportivo que el espectador retiene y que le sirve para asistir a un nuevo espectáculo, en caso de que el programado se interrumpa en su comienzo por lluvia o mal tiempo. *(N. del T.)*

comido siempre con la desesperada esperanza de llenar una inagotable cavidad.

A falta de algo mejor, el doctor Plarr pidió también *goulash*.

–Me sorprende verlo aquí. Pensé que el gobernador lo invitaría... Sin duda necesita a alguien que hable inglés para su recepción de esta noche...

Plarr comprendió por qué el doctor Humphries había dejado su mensaje en el espejo: en el último momento podía producirse algún fallo en lo dispuesto por el gobernador. En una ocasión había sucedido, y habían tenido que recurrir a él. Después de todo, sólo había tres ingleses disponibles en el lugar.

–Ha invitado a Charley Fortnum –dijo Plarr.

–Oh, sí, desde luego –dijo el doctor Humphries–, nuestro cónsul honorario...

Subrayó el adjetivo con un tono de amarga ironía.

–Es una cena diplomática... Y supongo que la esposa del cónsul honorario no habrá podido asistir por motivos de salud...

–El embajador de los Estados Unidos es soltero, doctor Humphries. Es una cena de hombres solos.

–Pues podía ser una excelente ocasión para que la señora Fortnum agasajara a los huéspedes. Debe de estar habituada a las cenas de hombres solos. Pero ¿por qué no nos habrá invitado a nosotros el gobernador?

–Hay que ser justos, doctor. Nosotros no tenemos ningún cargo oficial en este lugar.

–Pero sabemos mucho más que Charley Fortnum sobre las ruinas jesuíticas. Según *El Litoral,* el embajador ha venido a ver las ruinas, no las plantaciones de té o de mate. Aunque no lo creo del todo. Los embajadores de los Estados Unidos suelen ser hombres de negocios.

–El nuevo embajador quiere causar buena impresión –dijo Plarr–. Se interesa por el arte y la historia... Nadie debe suponer que el dinero tiene algo que ver con su visita. Quiere demostrar que tiene un interés cultural, y no comercial, por nuestra provincia. El ministro de Economía no ha sido invitado, aunque habla un poco de inglés. De lo contrario, la gente podría sospechar que se está gestionando un préstamo.

–Y el embajador... ¿no habla bastante español como para decir un brindis cortés y unas cuantas trivialidades?

–Dicen que progresa rápidamente.

–Usted parece saberlo todo sobre todo, Plarr. Yo sé únicamente lo que leemos en *El Litoral*. El embajador visitará las ruinas mañana, ¿no es cierto?

–No, las ha visitado hoy. Mañana vuelve en avión a Buenos Aires.

–Entonces el diario está equivocado.

–El programa oficial era algo inexacto. Supongo que el gobernador quería evitar incidentes.

–¿Incidentes aquí? ¡Qué idea! Aquí no ha habido incidentes en los últimos veinte años, que yo recuerde... Los incidentes sólo ocurren en Córdoba. Este *goulash* no está tan mal, ¿no le parece? –preguntó con tono esperanzado.

–Lo he comido peor –dijo Plarr, sin intentar recordar en qué ocasión.

–Veo que está leyendo uno de los libros de Saavedra. ¿Qué le parece?

–Tiene mucho talento.

Al igual que el gobernador, quería evitar incidentes. Y podía sentir la malicia que aún vivía y pateaba en el viejo, sobreviviendo a la discreción muerta mucho tiempo antes.

–Pero ¿de veras puede usted leer esa lata? ¿Cree usted en todo ese machismo?

–Mientras lo leo –dijo Plarr cautelosamente–, puedo suspender mi incredulidad...

–Estos argentinos... todos creen que sus abuelos cabalgaban con los gauchos. Saavedra tiene tanto machismo como Charley Fortnum. ¿Es cierto que Charley va a tener un hijo?

–Sí.

–¿Quién es el afortunado padre?

–¿Por qué no el propio Charley?

–¿Un viejo borracho? Vamos, usted es el médico de su mujer, Plarr. Cuénteme un poco de la verdad. Sólo un poco.

–¿Por qué quiere saber siempre la verdad?

–Contra lo que suele creerse, la verdad casi siempre es divertida. Lo único que la gente se toma el trabajo de inventar son tragedias. Si usted supiera qué hay en este *goulash*, se reiría.

–¿Usted lo sabe?

–No. La gente conspira para ocultarme la verdad. Usted mismo me miente, Plarr.

–¿Yo?

–Me miente sobre la novela de Saavedra y el hijo de Charley Fortnum. Esperemos, por su bien, que sea una niña.

–¿Por qué?

–En las chicas es mucho más difícil adivinar por los rasgos quién es el padre...

El doctor Humphries empezó a limpiar el plato con un pedazo de pan.

–¿Puede decirme por qué siempre tengo hambre, doctor? No como *bien,* pero al menos como un montón de lo que se llaman alimentos nutritivos...

–Si quiere saber la verdad, puedo examinarlo y hacerle una radiografía.

–Oh, no, no... Sólo quiero saber la verdad sobre los demás. Los demás son los únicos divertidos.

–Entonces, por qué me pregunta...

–Un gambito de la conversación –dijo el viejo–, para ocultar mi turbación mientras me como el último pedazo de pan.

–¿Es que aquí escatiman el pan? ¡Camarero, un poco más de pan! –gritó Plarr a través de un páramo de mesas vacías.

El único italiano apareció arrastrando los pies. Les llevó una cestilla con tres trozos de pan y observó con torva inquietud cómo desaparecían uno tras otro. Parecía un miembro joven de la mafia que hubiese desobedecido la orden de su jefe.

–¿Ha visto el ademán que ha hecho? –preguntó el doctor Humphries.

–No.

–Ha cruzado los dedos. Contra el mal de ojo. Cree que hago el mal de ojo.

–¿Por qué?

–Una vez le falté al respeto a la virgen de Pompeya.

–¿Qué le parece si jugamos una partida de ajedrez cuando termine? –preguntó Plarr: tenía que ingeniárselas para pasar el tiempo y mantenerse alejado de su apartamento y del teléfono junto a la cama.

–Ya he terminado.

Volvieron al recargado cuarto del Hotel Bolívar. El encargado leía *El Litoral* en el patio, con la bragueta abierta para refrescarse.

–Una persona lo ha llamado por teléfono, doctor –dijo.

–¿A mí? ¿Quién era? ¿Qué le ha dicho usted? –preguntó con entusiasmo el doctor Humphries.

–No era para usted, sino para el doctor Plarr, profesor. Era una mujer. Creía que el doctor estaría con usted.

–Si vuelve a llamar –dijo Plarr–, dígale que no estoy aquí.

–¿No siente curiosidad? –preguntó Humphries.

–Oh, ya me imagino quién es.

–No será una paciente...

–Sí, es una paciente. Pero no es un caso urgente. Nada de qué preocuparse.

Después de veinte jugadas, Plarr advirtió que estaba derrotado y empezó a colocar con impaciencia las piezas para jugar una nueva partida.

–Diga usted lo que quiera, lo noto preocupado –dijo el viejo.

–Es esa maldita ducha. Tap, top, top. ¿Por qué no hace arreglar el grifo?

–¿Qué tiene de malo? Es sedante. Me ayuda a conciliar el sueño.

Humphries empezó con un peón rey.

–Peón rey 4 –dijo–. Hasta el gran Capablanca empezaba a veces de una manera tan sencilla como ésta. A Charley Fortnum le han entregado su nuevo Cadillac –agregó.

–Sí.

–¿Cuántos años tiene su Fiat argentino?

–Cuatro... cinco años.

–Vale la pena ser cónsul, ¿no es cierto? Autorización para importar un coche cada dos años. Supongo que tiene a un general a punto para que se lo compre en cuanto llegue a la capital.

–Probablemente. Usted juega.

–Si consigue que nombren cónsul también a su mujer, entre los dos podrían importar un automóvil por año. Una fortuna. ¿Hay discriminación sexual en el servicio consular?

–No lo sé. No conozco las reglas.

–¿Cuánto cree usted que pagó para que lo nombraran?

–Eso es una calumnia, Humphries. No pagó nada. No es así como hace las cosas el Ministerio de Relaciones Exteriores inglés. Ocurrió que algunos visitantes importantes querían ver las ruinas. No sabían español. Charley Fortnum se portó muy bien con ellos. Y tuvo suerte. Fue así de sencillo. No le iba muy bien con la plantación de mate, pero un Cadillac cada dos años es algo muy distinto.

–Sí. Podríamos decir que se casó gracias a su Cadillac. Pero me sorprende que esa mujer costara un Cadillac... Con un Morris Minor habría bastado.

–No he sido justo –dijo Plarr–. No fue sólo que Charley se ocupara de aquellos visitantes de la nobleza... En ese entonces había muchos ingleses en la provincia. Usted lo sabe mejor que yo. Uno de ellos se metió en líos en la frontera... era en el tiempo de las guerrillas. Y Fortnum conocía todos los tejemanejes del asunto. Evitó muchos problemas al embajador. De todos modos, tuvo suerte... algunos embajadores son más agradecidos que otros.

–De manera que si tenemos problemas debemos acudir a Charley Fortnum. Jaque.

Plarr debía cambiar su reina por un alfil.

–Hay gente peor que Charley Fortnum –dijo.

–Ahora tiene usted un buen problema y él no podrá salvarlo.

Plarr levantó rápidamente la mirada del tablero. Pero el viejo se refería a la partida.

–Jaque de nuevo –dijo–. Y mate. Hace seis meses que ese grifo gotea –agregó–. Usted no suele perder tan rápidamente.

–Usted juega cada vez mejor.

Capítulo II

Plarr rehusó jugar una tercera partida y volvió en su automóvil a casa. Vivía en el último piso de un edificio de apartamentos amarillo, frente al Paraná. La casa era un viejo adefesio, pero el amarillo de la fachada iba diluyéndose año tras año. De todos modos, no podría permitirse una casa mientras viviera su madre. Era extraordinario lo mucho que podía gastar en dulces en la capital.

En el momento en que cerraba las persianas, el último transbordador se acercaba a través del río; y cuando Plarr se metió en la cama, oyó el rugido de un avión que hacía un lento giro en el cielo: sonaba muy cerca, como si hubiera despegado pocos minutos antes. Lo cierto era que no se necesitaba mucho tiempo para sobrevolar la ciudad en reactor rumbo a Buenos Aires o a Asunción; en todo caso, era demasiado tarde para un vuelo comercial. «Quizá sea el avión del embajador de los Estados Unidos –pensó Plarr–. Pero nunca imaginé que lo oiría.» Apagó la luz y permaneció acostado en la oscuridad, pensando en todas las cosas que podrían haber salido mal mientras el ruido del aparato se desvanecía en dirección al sur. ¿A quién llevaría? Tenía ganas de llamar a Charley Fortnum pero no se le ocurría ninguna excusa para molestarlo a esa hora. No podía preguntarle: «¿Qué le han parecido las ruinas al embajador? ¿Ha estado bien la cena? Me imagino que le habrán servido unos buenos bistecs en casa del gobernador...». No tenía costumbre de charlar con Charley Fortnum a esas horas. Charley no quería que perturbaran su intimidad conyugal.

Volvió a encender la luz. Era mejor leer que preocuparse, y como ya conocía el final sin posibilidad de equivocarse, la novela del doctor Saavedra actuó como un buen sedante. Había poco tránsito en la costanera; en una ocasión pasó un coche de policía con la sirena aullando, pero Plarr no tardó en dormirse con la luz encendida.

Lo despertó el teléfono. Su reloj indicaba exactamente las dos de la madrugada. Era muy improbable que alguno de sus pacientes lo llamara a esa hora.

–Hola –dijo–. ¿Quién es?

Una voz desconocida contestó con extrema cautela:

–Nuestro espectáculo ha resultado un éxito.

Plarr preguntó:

–¿Quién habla? ¿Por qué me dice eso? ¿Qué espectáculo? No entiendo nada.

Hablaba con la irritación que produce el miedo.

–Pero nos preocupa uno de los actores. Se ha puesto enfermo.

–No sé de qué me está hablando.

–Me temo que su papel significó un esfuerzo demasiado grande para él...

Nunca le habían telefoneado con tanto descaro y a semejante hora. No había motivos para suponer que su teléfono estaba intervenido, pero nadie tenía derecho a correr el menor riesgo. Con frecuencia los refugiados del norte estaban sujetos a una discreta vigilancia en la zona fronteriza, a veces para protegerlos, desde la época de las guerrillas: algunos hombres fueron llevados de nuevo a Paraguay, a través del Paraná, para morir allí. Había un médico exiliado en Posadas... Como era un hombre de su misma profesión, Plarr había pensado mucho en el caso de aquel médico desde que le revelaron los planes del espectáculo. La llamada telefónica a su apartamento sólo podía justificarse si había una urgencia extrema. La muerte de uno de los actores –según la reglas fijadas por ellos mismos– era cosa prevista y no justificaba la llamada.

–No sé de qué me está hablando. Se ha equivocado de número –dijo.

Colgó el auricular y se quedó mirando el teléfono como si fuera un objeto negro y venenoso que sin duda volvería a atacar. Lo hizo dos minutos después. Plarr tuvo que responder: podía ser un paciente.

–¿Quién es?

–Tiene que venir. Puede morirse –dijo la misma voz.

–¿Qué debo hacer? –preguntó Plarr, resignado.

–Pasaremos a buscarlo por la puerta de su casa dentro de cinco minutos, exactamente. Si no estamos entonces, vuelva a bajar dentro de diez minutos. Y si no, esté listo cada cinco minutos.

–¿Qué hora tiene usted?

–Las dos y seis minutos.

El doctor se puso unos pantalones y una camisa. Después metió en un maletín las cosas que podría necesitar (con toda probabilidad se trataría de un balazo) y bajó rápidamente las escaleras en calcetines. Sabía que el ruido del ascensor era audible a través de las delgadas paredes de cada apartamento. A las dos y diez estaba fuera del edificio y a las dos y doce regresó a él y cerró la puerta. A las dos y dieciséis estaba esperando de nuevo en la calle y a las dos y dieciocho regresaba una vez más. El miedo lo ponía furioso. Su libertad, quizá su vida misma, parecían estar en manos muy torpes. Sólo conocía a dos miembros del grupo –habían sido condiscípulos suyos en Asunción– y quienes comparten nuestra niñez nunca parecen crecer... No confiaba más en su eficacia que cuando eran estudiantes; la organización a la que pertenecían en Paraguay, la Juventud Febrerista, poco había conseguido, salvo la muerte de casi todos los demás miembros durante una acción guerrillera mal planeada y mal dirigida.

En realidad, era precisamente esa sensación de habérselas con aficionados lo que lo había persuadido a participar. No había creído en sus planes: los había escuchado sólo en señal de amistad. Al preguntarles qué harían si surgían determinadas eventualidades, la crueldad de sus respuestas le hizo pensar en una representación teatral. (Los tres habían tomado parte años atrás en una representación estudiantil de *Macbeth.)*

Ahora, mientras esperaba en el vestíbulo mirando intensamente la esfera luminosa de su reloj, comprendió que en ningún momento pensó que llegarían a la acción real. Incluso cuando les dio la información precisa sobre los movimientos del embajador norteamericano (se había enterado de los detalles mientras tomaba un Long John con Charley Fortnum) y les entregó la droga que necesitaban, no creía que algo pudiera suceder de veras. Sólo esa mañana, al despertar y oír la voz de León («El espectáculo sigue adelante»), se le ocurrió que después de todo esos aficionados podían ser peligrosos. ¿Quién estaría muriéndose? ¿Sería León Rivas? ¿O Aquino?

Eran las dos y veintidós cuando salió a la calle por tercera vez. Un automóvil dobló la esquina y se detuvo sin parar el motor. Una mano le hizo una señal.

A la luz del tablero de instrumentos no reconoció al hombre que iba al volante; pero pudo adivinar en la sombra quién era el otro hombre por la tenue barba que le delineaba el mentón. Era en un calabozo donde Aquino se había dejado crecer la barba y donde había empezado a escribir poesía; y era en un calabozo también donde había adquirido una devoradora pasión por el *chipá,* una torta de mandioca que sólo puede apreciarse cuando uno está medio muerto de hambre.

–¿Qué ha pasado, Aquino?

–El coche no arrancó. El carburador sucio. ¿No fue eso, Diego? Y además apareció un coche patrulla.

–Quiero decir quién se está muriendo.

–Espero que nadie.

–¿Y León?

–Está bien.

–¿Por qué me habéis llamado? Prometisteis no complicarme en el asunto. León me lo prometió.

Nunca los habría ayudado, a no ser por León Rivas. Había echado de menos a León tanto como a su padre cuando él y su madre partieron en el barco. León era alguien en cuya palabra creía poder confiar siempre, aunque después pensó que no había mantenido esa palabra, al enterarse de que León se había hecho sacerdote, en vez de convertirse en el intrépido abogado que defendería a los pobres y a los inocentes, como Perry Mason. En sus días de estudiante, León poseía una enorme colección de las hazañas de Perry Mason, rígidamente traducidas en una clásica prosa española. Las prestaba con gran cuidado, de una en una, a amigos escogidos. Delia, la secretaria de Perry Mason, fue la primera mujer que despertó el deseo sexual de Plarr.

–El padre Rivas nos ha pedido que viniéramos a buscarlo –dijo el hombre llamado Diego.

Plarr advirtió que seguía llamando padre a León, aunque Rivas había roto su segundo voto al dejar la Iglesia y casarse. Pero la ruptura de esta segunda promesa apenas preocupaba a Plarr, que nunca asistía a misa salvo cuando acompañaba a su madre en una de sus raras visitas a la capital. Era como si León, a través de una serie de fracasos, luchara por retornar a la primera promesa hecha a los pobres, que nunca había olvidado. Aún era posible que terminara siendo abogado.

Doblaron por Tucumán y después por San Martín; a partir de entonces, Plarr evitó mirar hacia afuera. Era mejor ignorar a dónde iban. Si ocurría lo peor, quería hablar lo menos posible durante los interrogatorios.

Iban demasiado rápido y podían llamar la atención.

–¿No tiene miedo de las patrullas de policía? –preguntó.

–León conoce todos sus movimientos. Los ha estudiado durante un mes.

–Pero esta noche... sin duda habrá refuerzos...

–Habrán encontrado el automóvil del embajador en el alto Paraná. Estarán registrando todas las casas de la ribera y los habrán apostado en Encarnación, al otro lado del río. Habrán bloqueado el camino a Rosario. Aquí no deben de quedar patrullas. Necesitan hombres en otras partes. Y éste es el último lugar donde se les ocurriría buscarlo, con el gobernador esperando en su casa para llevarlo al aeropuerto...

–Espero que tenga usted razón...

Por un instante, sin proponérselo, Plarr levantó los ojos al ladearse un poco el coche para tomar una curva: vio en la calle una tumbona en la que estaba sentada una mujer madura y corpulenta. La conocía, así como conocía la estrecha puerta abierta tras ella. Era la señora Sánchez, que nunca se acostaba antes de que su último cliente se hubiese marchado. Era la mujer más rica de la ciudad, o al menos tenía fama de serlo.

–¿Qué ha pasado con la cena del gobernador? –preguntó Plarr–. ¿Cuánto tiempo habéis esperado?

Podía imaginar la confusión. Es imposible telefonear a un montón de ruinas.

–No sé.

–¿Pero no apostasteis a alguien para que vigilara?

–Ya teníamos bastantes cosas entre manos.

De nuevo los aficionados... Plarr pensó que Saavedra habría escrito mejor ese argumento. A esos muchachos les faltaba inventiva, si no machismo.

–He oído un avión. ¿Era el del embajador?

–Si lo era, debe de haberse ido vacío.

–Me parece que sabéis muy poco –dijo Plarr–. ¿Quién está herido?

De pronto, el automóvil se detuvo bruscamente al borde de un camino de tierra.

–Es aquí –dijo Aquino.

Plarr bajó y oyó que hacían retroceder el automóvil unos pocos metros. Permaneció inmóvil, esperando que sus ojos se acostumbraran a la oscuridad y pudieran ver a la luz de las estrellas qué clase de lugar era ése. Era parte de la zona de chabolas situada entre la ciudad y el recodo del río. El camino era casi tan ancho como una calle de la ciudad, y Plarr pudo distinguir una casucha hecha con barro y latas de aceite, oculta entre los aguacates. A medida que sus ojos fueron habituándose, empezó a ver otras chozas escondidas como hombres al acecho. Aquino lo guió. Los pies del doctor se hundieron hasta los tobillos en el barro. Hasta un jeep hubiese tenido que pasar despacio por ese lugar. Si la policía hacía una incursión, tendrían tiempo de sobra para enterarse. Después de todo, quizá fueran aficionados con cierta inteligencia.

–¿Está aquí? –preguntó a Aquino.

–¿Quién?

–¡Por Dios! No hay micrófonos en los árboles. El embajador, desde luego.

–Sí. Está aquí. Pero no ha vuelto en sí después de la inyección.

Avanzaban lo más rápido que podían, pasando frente a varias chozas oscuras. El silencio parecía extraño. Ni se oía llorar a un niño. Plarr se detuvo para recobrar el aliento.

–Esta gente debe de haber oído el coche –murmuró.

–No hablarán. Creen que somos contrabandistas. De todos modos, no son amigos de la policía, como puedes imaginar.

Diego los guió hacia una parte donde el barro era aún más profundo. Hacía dos días que no llovía, pero en esa zona de los pobres el barro duraba hasta bien avanzada la estación seca. El agua no podía drenarse por ningún sitio; sin embargo, Plarr sabía muy bien que los habitantes tenían que caminar un kilómetro y medio para encontrar agua potable. Los niños –había tratado a varios de ellos– tenían vientres enormes por falta de proteínas. Quizás hubiera pasado muchas veces por este camino: era imposible distinguirlo de todos los demás y siempre necesitaba un guía cuando visitaba a un enfermo de esa zona. Por algún motivo recordó la novela de Saavedra. Pelear a cuchillo en defensa del propio honor y por una mujer era algo que pertenecía a otro mundo, absurdamente anticuado, que había dejado de existir, salvo en la imaginación romántica de escritores como Saavedra. El honor no significaba nada para los que se morían de hambre.

–¿Quién es? ¿Eduardo? –preguntó una voz.

–Sí. ¿Eres León?

Alguien sostuvo una vela el tiempo necesario para llegar hasta la puerta.

A la luz de la vela, Plarr vio al hombre que seguían llamando padre Rivas. Con sus pantalones vaqueros y su camiseta, León parecía tan delgado e inmaduro como el muchachito a quien había conocido en el país que estaba al otro lado del río. Tenía los ojos castaños, demasiado grandes para su rostro, y las anchas orejas, implantadas casi en ángulo recto en el cráneo, le daban el aire de uno de los pequeños perros mestizos que pululaban en el barrio de los pobres. Había en sus ojos la misma dulce fidelidad, la misma vulnerabilidad en las orejas salientes. A pesar de su edad, podía haber pasado por un tímido seminarista.

–Has tardado mucho, Eduardo –se quejó suavemente.

–Díselo a tu chófer, a Diego.

–El embajador sigue en coma. Hemos tenido que darle otra inyección... Estaba demasiado agitado.

–Te dije que una segunda inyección sería peligrosa.

–Todo es peligroso –dijo suavemente el padre Rivas, como si estuviera aconsejando a alguien en el confesionario contra las tentaciones de la carne.

Mientras Plarr abría su maletín, el padre Rivas continuó:

–Respira con dificultad.

–¿Qué harás si deja de respirar del todo?

–Tendremos que cambiar de táctica.

–¿Cómo?

–Anunciaremos que ha sido ejecutado. La Justicia de la Revolución –agregó con una triste sonrisa–. Por favor, te lo ruego, haz todo lo que puedas.

–Desde luego.

–No queremos que muera –dijo el padre Rivas–. Nuestra tarea es salvar vidas.

Pasaron a la otra única habitación, donde habían improvisado una cama con un largo cajón de madera –Plarr no vio qué clase de cajón era– echándole unas mantas encima. Plarr oyó la respiración profunda y desigual del hombre drogado, como de alguien que lucha por despertar de una pesadilla.

–Acerca la luz –dijo.

Se inclinó y miró atentamente la cara enrojecida. Por un instante no pudo creer lo que veían sus ojos. Después, la sorpresa lo hizo reír.

–Oh, León –dijo–. Has elegido mal tu profesión.

–¿Qué quieres decir?

–Será mejor que vuelvas a la Iglesia. No sirves para secuestrador.

–No entiendo. ¿Está muriéndose?

–No te preocupes, León, no se morirá. Pero no es el embajador de los Estados Unidos.

–Que no es...

–Éste es Charley Fortnum.

–¿Quién es Charley Fortnum?

–El cónsul honorario de Inglaterra –dijo Plarr en el mismo tono de burla que habría empleado el doctor Humphries.

–¡Es imposible! –exclamó el padre Rivas.

–Por las venas de Charley Fortnum corre alcohol, no sangre. La morfina que te di habría producido menos efecto en el embajador. El embajador no bebe alcohol. Iban a servir Coca-Cola en la cena de esta noche. Me lo dijo Charley. Dentro de un rato estará bien. Dejadlo dormir.

Pero antes de que salieran de la habitación, el hombre tendido en el cajón de madera abrió los ojos. Miró a Plarr y Plarr lo miró a su vez. Se preguntó si lo habría reconocido.

–Llévenme a casa –dijo Fortnum–. A casa...

Y se volvió para hundirse en un sueño profundo.

–¿Te ha reconocido? –dijo el padre Rivas.

–¿Cómo quieres que lo sepa?

–Si te ha reconocido, las cosas se complicarán.

Alguien encendió otra vela en la habitación de al lado, pero nadie habló; era como si cada uno esperara en los ojos de los demás una sugerencia en cuanto a lo que podían hacer. Al fin, Aquino dijo:

–Esto no le gustará al Tigre.

–Si se piensa en ello, es más bien cómico –dijo Plarr–. El avión que he oído debía de ser el del embajador. Y él viajaría en ese avión. De regreso a Buenos Aires. Me pregunto cómo habrá resultado la cena del gobernador, sin intérprete.

Miró a cada uno a la cara, pero nadie respondió a su sonrisa.

En la habitación había dos hombres que no conocía; por primera vez vio a una mujer dormida en un rincón oscuro: la había tomado por un poncho tirado en el suelo. Uno de los hombres era un negro con la cara picada de viruelas, y el otro un indio que habló. Plarr no entendió lo que dijo. No hablaba en español.

–¿Qué dice, León?

–Miguel cree que deberíamos tirarlo al río.

–¿Y qué le has contestado?

–Le he dicho que a la policía le llamaría la atención un cadáver encontrado a trescientos kilómetros del automóvil.

–La idea es absurda –dijo Plarr–. No pueden asesinar a Charley Fortnum.

–No me parece que ése sea el término adecuado.

–¿Matar se ha convertido en un problema semántico para ti, León? Recuerdo que la semántica te interesaba mucho. En aquella época solías explicarme la Trinidad, pero tu explicación era más complicada que el catecismo.

–No queremos matarlo –dijo el padre Rivas–. Pero ¿qué podemos hacer? Te ha visto.

–No se acordará, cuando despierte. Siempre se olvida de todo cuando está borracho. ¿Cómo diablos habéis podido cometer semejante error? –agregó Plarr.

–Tengo que averiguarlo –dijo el padre Rivas, y empezó a hablar de nuevo en guaraní.

Plarr cogió una de las velas y fue hacia el otro cuarto. Charley Fortnum dormía plácidamente en el cajón como si estuviera en su cama doble de bronce, donde siempre dormía en el lado derecho, junto a la ventana. Los escrúpulos hacían que Plarr eligiera el lado izquierdo cuando se acostaba con Clara en la misma cama.

La cara de Fortnum siempre estaba enrojecida. Tenía la presión alta y le gustaba demasiado el whisky. Había pasado los sesenta, pero su pelo ralo conservaba un matiz suave y arratonado, como el de un niño, y el color de su tez producía una falsa impresión de salud para una mirada no profesional. Parecía un hombre que viviera al aire libre, un campesino. Y en verdad tenía una plantación a unos cincuenta kilómetros de la ciudad, donde cultivaba un poco de maíz y hierba mate. Le gustaba ir de campo en campo en un viejo jeep al que llamaba cariñosamente La Niña de mis ojos. «A galopar un poco», decía cuando ponía en marcha el motor.

De pronto levantó una mano y la agitó. Tenía los ojos cerrados. Estaba soñando. Quizá pensara que estaba saludando a su mujer y a su doctor, al dejarlos en la galería de su casa entregados a aburridos problemas médicos.

–Nunca he entendido el interior de las mujeres –había dicho en una ocasión Charley Fortnum–. Algún día tendrá que hacerme un dibujo.

Plarr volvió rápidamente a la otra habitación.

–Está bien, León. Puedes tirarlo en cualquier lugar del camino para que la policía lo encuentre.

–No podemos hacer eso. Quizá te ha reconocido.

–Duerme como un tronco. Además, no haría nada que pudiera perjudicarme. Somos viejos amigos.

–Creo que ya sé lo que ha ocurrido –dijo el padre Rivas–. La información que nos diste era correcta, salvo en un punto. El embajador vino desde Buenos Aires en automóvil; pasó tres noches en el camino porque quería conocer el país, y la embajada envió un avión desde Buenos Aires para que lo llevara de regreso, después de su cena con el gobernador. Todos estos detalles eran exactos, pero no nos dijiste que tu cónsul iría con él a las ruinas.

–No lo sabía. Él sólo me habló de la cena.

–Ni siquiera ha ido en el coche del embajador. En ese caso, por lo menos los habríamos cogido a los dos. Ha debido de ir en su propio coche y regresar mientras el embajador seguía dando vueltas por ahí. Nuestros hombres sólo esperaban que pasara un coche. El tipo que habíamos apostado ha dado la señal cuando lo ha visto pasar. El coche llevaba la bandera.

–La bandera inglesa, no la norteamericana. Y ni siquiera tiene derecho a llevar la inglesa...

–Es difícil ver en la oscuridad. Además, llevaba matrícula diplomática.

–Era CC, no CD.

–Las letras parecen las mismas en un coche que circula en la oscuridad. No podemos echarle la culpa al tipo. Solo en la oscuridad, probablemente asustado... A cualquiera le hubiera podido pasar. Una fatalidad.

–La policía todavía no debe de saber qué ha pasado con Fortnum. Si lo soltáis pronto...

Ante el silencio de esos hombres, Plarr se sintió como suplicando frente a un tribunal.

–Charley Fortnum no os sirve como rehén –dijo.

–Es miembro del cuerpo diplomático –dijo Aquino.

–No, no lo es. Un cónsul honorario es un caso especial.

–El embajador de Inglaterra tendrá que intervenir.

–Claro... Informará a Londres. Como lo haría con cualquier otro inglés. Si me secuestraran a mí o a Humphries haría lo mismo.

–Los ingleses pedirán a los norteamericanos que presionen al general, en Asunción.

–Los norteamericanos no harán nada de eso. ¿Por qué tendrían que hacerlo? No van a enemistarse con su amigo, el general, por Charley Fortnum...

–Pero es un cónsul británico...

Plarr empezó a darse cuenta de que sería difícil convencerlos de que Charley Fortnum era insignificante.

–Ni siquiera tenía derecho a usar la placa CC en su coche. Tuvo problemas por eso.

–Creo que lo conocías bien –dijo el padre Rivas.

–Sí.

–¿Y le tenías simpatía?

–Sí, en cierto modo.

No era buena señal que León ya hablara de Fortnum en pretérito.

–Lo lamento. Te entiendo muy bien. Siempre es más fácil cuando se trata de extraños. Es como en el confesionario. Me molestaba mucho reconocer una voz. Uno puede ser mucho más duro con un extraño.

–¿Qué ganarás reteniéndolo, León?

–Hemos venido a la frontera con una misión. Mucha gente nuestra se sentirá desalentada si no pasa nada. En nuestra situación siempre tiene que pasar algo. Hasta el secuestro de un cónsul es algo...

–Un cónsul honorario –corrigió Plarr.

–Servirá de advertencia para los tipos más importantes. Quizá se tomen en serio nuestra próxima amenaza. Un punto estratégico ganado en una larga guerra.

–Entonces, supongo que estarás preparado para oír la confesión del extraño y darle la absolución antes de matarlo. Charley Fortnum es católico, ¿sabes? Agradecerá tener a un sacerdote junto a su lecho de muerte.

El padre Rivas dijo al negro:

–Dame un cigarrillo, Pablo.

–Y hasta le complacerá que sea un sacerdote casado, como tú, León.

–Tú estabas muy dispuesto a ayudarnos, Eduardo.

–Sí, pero en el caso del embajador. Su vida no hubiera corrido peligro. Habrían cedido... Además, un norteamericano es un combatiente. Los norteamericanos han matado a muchos hombres en Sudamérica.

–Tu padre es una de las personas a las que estamos tratando de ayudar... si todavía está vivo.

–No sé si le gustaría tu método.

–Nosotros no hemos elegido nuestro método. Ellos nos han obligado a usarlo.

–¿Qué demonios puedes pedir a cambio de Charley Fortnum? ¿Una caja de whisky importado?

–En el caso del embajador norteamericano, habríamos pedido la libertad de veinte prisioneros. En el caso de un cónsul británico, pienso que tendremos que bajar la factura a la mitad. El Tigre lo decidirá.

–¿Y dónde cuernos está ese Tigre?

–Únicamente la gente de Rosario estará en contacto con él hasta que termine la operación.

–Me imagino que en sus planes no hay errores previstos. Ni se tiene en cuenta la naturaleza humana. El general puede matar a los hombres que tú elijas y decir que murieron hace años.

–Eso lo hemos discutido muchas veces. Si los matan, la próxima vez exigiremos mucho más.

–León, escúchame. Si estamos seguros de que Charley Fortnum no se acordará de nada, entonces...

–Pero ¿cómo podemos estar seguros? Tú no tienes drogas que borren la memoria. ¿Este hombre significa mucho para ti, Eduardo?

–Es una voz que he reconocido en el confesionario.

–Ted –llamó una voz familiar desde la habitación contigua–, Ted.

–Ya lo ves –dijo el padre Rivas–. Te ha reconocido.

Plarr volvió la espalda al tribunal y fue a la otra habitación.

–Sí, Charley –dijo Plarr–. Aquí estoy. ¿Qué tal se encuentra?

–Como el diablo, Ted. ¿Qué ha ocurrido? ¿Dónde estoy?

–Ha tenido un accidente con el coche. Nada serio.

–¿Va a llevarme a casa?

–Todavía no. Tiene que descansar un rato. A oscuras. Ha sufrido una leve conmoción...

–Clara se alarmará.

–No se preocupe. Hablaré con ella.

–Procure no asustarla, Ted. El niño...

–Yo soy el médico que la atiende, Ted...

–Discúlpeme, amigo. Soy un imbécil. ¿Podrá venir a verme?

–Dentro de pocos días estará usted de nuevo en su confortable casa.

–¡Dentro de pocos días! ¿Puede darme un trago, Ted?

–No. Le daré algo mejor... para que pueda dormir.

–Es usted un buen amigo, Ted. ¿Quiénes son esos hombres que están en el otro cuarto? ¿Y por qué lleva usted una linterna?

–Hay un corte de electricidad. Cuando despierte, será de día.

–Usted me cuidará, ¿no es cierto?

–Desde luego.

Charley Fortnum calló durante unos instantes y después

preguntó con una voz que debió de oírse claramente en la habitación contigua.

–No ha sido un accidente, dígame la verdad, Ted.

–Claro que ha sido un accidente.

–Las gafas de sol... ¿Dónde están las gafas de sol?

–¿Qué gafas de sol?

–Eran de Clara –dijo Charley Fortnum–. Le gustaban mucho. No he debido pedírselas prestadas. Pero no podía encontrar las mías.

Levantó las rodillas hacia el pecho y se puso de lado dando un largo suspiro.

–Es la medida lo que importa... –agregó, y permaneció inmóvil como un feto envejecido sin nacer.

En la otra habitación, el padre Rivas estaba sentado, con el mentón apoyado sobre las manos cruzadas y los ojos cerrados. Quizás estuviera rezando, pensó Plarr cuando regresó al cuarto. O tal vez no hiciera más que escuchar atentamente las palabras de Charley Fortnum, como solía escuchar en el confesionario la voz de un extraño para decidir la penitencia.

–¡Qué chapuceros sois! –lo acusó Plarr–. ¡Qué aficionados!

–En nuestro lado, todos son aficionados. Los profesionales son la policía y los soldados.

–Un cónsul honorario, y para colmo alcohólico, en lugar de un embajador...

–Sí. Y el Che tomó fotografías, como un turista, y las dejó por ahí... Por lo menos aquí nadie tiene cámara. Ni lleva un diario. Los errores enseñan.

–Tu chófer tendrá que llevarme a casa –dijo Plarr.

–Sí.

–Volveré mañana...

–Ya no te necesitamos, Eduardo.

–Tal vez no me necesites tú, pero...

–Será mejor que no vuelva a verte antes de que decidamos.

–León, no puedes hablar en serio –dijo Plarr–. El pobre Charley Fortnum...

–No está en nuestras manos, Eduardo –dijo el padre Rivas–. Está en manos de los gobiernos. Y también en las manos de Dios, desde luego. Ya ves que no me he olvidado de mi vieja cháchara... pero hasta ahora no he visto que Él se meta con nuestras guerras o nuestros métodos.

SEGUNDA PARTE

Capítulo Primero

El doctor Plarr recordaba muy bien la ocasión en que conoció a Charley Fortnum. Había sido pocas semanas después de su llegada de Buenos Aires. El cónsul honorario estaba completamente borracho y no podía caminar. Plarr andaba por la calle Bolívar cuando un anciano se asomó a la ventana del Club Italiano y le pidió ayuda.

–Ese camarero de mierda se ha ido –explicó, hablando en inglés.

Cuando Plarr entró en el club, vio a un hombre que parecía muy contento, salvo que no podía ponerse de pie. Pero eso no le preocupaba. Dijo que estaba muy cómodo en el suelo.

–Me he sentado sobre cosas peores –dijo–, incluso sobre caballos.

–Si usted lo coge de un brazo –dijo el anciano–, yo lo cogeré del otro.

–¿Quién es?

–El caballero que ve usted sentado en el suelo y que se niega a levantarse es el señor Charley Fortnum, el cónsul honorario de Inglaterra. Usted es el doctor Plarr, ¿no es cierto? Mucho gusto. Yo soy el doctor Humphries. Doctor en Letras, no en Medicina. Puede decirse que nosotros tres somos los pilares de la colonia inglesa. Pero un pilar se ha caído.

–Se equivocaron de medida –dijo Fortnum.

Agregó algo acerca del vaso inapropiado y continuó:

–Uno se confunde cuando no utiliza el vaso que debe...

–¿Estaba celebrando algo? –preguntó Plarr.

–La semana pasada le llegó el nuevo Cadillac y hoy ha encontrado un comprador.

–¿Han cenado ustedes aquí?

–Él quería invitarme al Nacional, pero está demasiado borracho para el Nacional, y hasta para mi hotel... Ahora tenemos que arreglárnoslas para llevarlo a su casa. Pero él insiste en ir a casa de la señora Sánchez.

–¿Es una amiga de él?

–De casi todos los hombres de esta ciudad. Es la dueña del único prostíbulo decente en el lugar... o al menos eso dicen. No soy buen juez en esa materia.

–Supongo que los prostíbulos son ilegales –dijo Plarr.

–No en esta ciudad. No se olvide de que es una zona militar. Los militares no admiten que nadie les dé órdenes desde Buenos Aires.

–¿Y por qué no lo deja ir?

–Ya ve usted por qué... no puede ponerse en pie.

–Sin duda lo más interesante de un prostíbulo es que es un lugar donde uno puede estar tumbado.

–Sí, pero algo tiene que levantarse –dijo Humphries con inesperada vulgaridad y expresión de asco.

Al fin lograron arrastrar entre los dos a Charley Fortnum, cruzaron la calle y lo llevaron al cuartito que Humphries ocupaba en el Hotel Bolívar. En aquella época había menos fotografías en la pared porque había menos manchas de humedad, y la ducha aún no goteaba.

Los objetos inanimados cambian a un ritmo más rápido que los seres humanos. Humphries y Plarr no parecían hombres muy diferentes aquella noche de lo que eran ahora; una grieta en el revoque de una casa abandonada se ahonda más rápido que una arruga en un rostro humano, la pintura cambia de color más velozmente que el pelo y el deterioro de una habitación es continuo; nunca le llega esa parada provisional que es la elevada meseta de la vejez, donde un hombre puede vivir largo tiempo sin cambio aparente. Humphries se había asentado en esa meseta hacía muchos años; y aunque Charley Fortnum estaba aún en la ladera, había encontrado un arma eficaz en su lucha contra la senilidad: había conservado en alcohol algo de la alegría y el candor de la juventud. A medida que pasaban los años, Plarr sólo podía advertir cambios mínimos en sus dos viejos amigos: quizás Humphries se desplazara más lentamente entre el Bolívar y el Club Italiano; y a veces creía percibir en Charley Fortnum zonas de melancolía cada vez mayores, como una especie de moho, en su afabilidad bien embotellada.

Plarr dejó a Fortnum con Humphries en el Hotel Bolívar y regresó en busca de su automóvil. Vivía en el mismo apartamento que ocupaba ahora. Todavía brillaban luces en el puerto, donde los obreros trabajaban toda la noche. En un lanchón habían armado una torre de metal desde la que un tubo de hierro golpeaba el fondo del Paraná. Pum, pum, pum, el ruido resonaba como tambores tribales. Desde un segundo lanchón se extendían largas tuberías, unidas a alguna máquina bajo el agua, que extraían cantos rodados del lecho del río y los transportaban con gran estrépito hacia una caleta a un kilómetro de distancia. El gobernador designado por el nuevo presidente, después del golpe de Estado de aquel año, planeaba ahondar el puerto para que pudiera admitir transbordadores de mayor calado desde el Chaco y barcos de pasajeros más grandes procedentes de la capital. Después de un segundo golpe militar, esta vez en Córdoba, el gobernador cayó y el proyecto fue abandonado, lo que supuso una ventaja para el sueño de Plarr. Decían que el gobernador del Chaco no estaba dispuesto a gastar el dinero necesario para ahondar su lado del río; y los barcos de pasajeros de la capital ya eran demasiado grandes, en la estación seca, para ir más allá de la ciudad, donde los pasajeros debían trasbordar a barcos más pequeños para hacer el viaje a Paraguay. Era difícil juzgar quién había cometido el error inicial, si era un error. La pregunta *Cui bono?* no podía hacerse a un individuo determinado, puesto que todos los contratistas se habían beneficiado y sin duda habían compartido sus beneficios con otros. Las obras portuarias produjeron grandes mejoras antes de ser abandonadas: un piano de cola en una casa, una nueva nevera en la cocina de alguien, y quizás uno o dos cajones de whisky nacional en el sótano de algún oscuro subcontratista, hasta entonces muy poco avezado en alcoholes.

Cuando Plarr regresó al Hotel Bolívar, encontró a Charley Fortnum bebiendo un café muy fuerte, hecho en un calentador instalado sobre el mármol del lavabo, entre la jabonera y el cepillo de dientes de Humphries. Ya estaba mucho más lúcido y era tanto más difícil disuadirlo de que visitara a la señora Sánchez.

–Hay una muchacha allí –dijo–. No es lo que piensan ustedes: es una muchacha de veras. Tengo que verla de nuevo. La última vez, yo no estaba en muy buenas condiciones...

–Ahora tampoco lo está –dijo Humphries.

–Ustedes no me entienden. Lo único que quiero es hablar con ella. No todos somos unos libertinos de mierda, Humphries. Hay algo especial en María. No tiene nada que ver con ese lugar.

–Me imagino que será una puta como todas las demás –dijo el doctor Humphries, aclarándose la garganta. Plarr advertiría muy pronto que cada vez que Humphries desaprobaba un tema, carraspeaba.

–Por eso les digo que ustedes se equivocan –continuó Charley Fortnum, aunque Plarr no había expresado su opinión–. María es distinta de las demás. Tiene cierto refinamiento. Su familia es de Córdoba. Tiene buena sangre, o yo no me llamo Charley Fortnum. Sé que me toman por un imbécil, pero hay algo bueno... casi virginal en esa muchacha.

–Y usted es el cónsul aquí, honorario o no. No tiene nada que hacer en semejante lugar.

–Yo respeto a esa muchacha –dijo Charley Fortnum–. La respeto hasta cuando me acuesto con ella.

–Es lo único que podrá hacer esta noche.

Tras unos minutos de persuasión algo más violenta,

Fortnum consintió en que lo llevaran hasta el automóvil de Plarr.

Allí permaneció en silencio algún tiempo, mientras su mentón se sacudía con los movimientos del coche. De pronto dijo:

–Es que uno envejece... Usted es joven. No tiene recuerdos, nostalgias... ¿Está casado? –preguntó bruscamente, mientras torcían por la calle San Martín.

–No.

–Yo me casé una vez... –dijo Fortnum–. Hace veinticinco años. Ahora me parece que fue hace un siglo. La cosa no salió bien. Ella era una intelectual. ¿Comprende lo que quiero decir? Era una mujer que no entendía la naturaleza humana.

Por una asociación de ideas que Plarr no pudo seguir, Fortnum pasó a su estado actual.

–Siempre me siento mucho más humano cuando he bebido un poco más de media botella –dijo–. Menos de la mitad no sirve de nada. Pero un poco más... Claro que el efecto no dura, pero sentirse realmente bien durante media hora compensa la tristeza que uno siente después.

–¿Se refiere usted al vino? –preguntó Plarr, incrédulo: no podía imaginar que Fortnum hubiera sido tan moderado.

–Vino, whisky, ginebra, da lo mismo... Lo que importa es la medida. Hay algo psicológico en la medida. Menos de media botella, y Charley Fortnum es un pobre hijo de puta sin más compañía que La Niña de mis ojos.

–¿La Niña de sus ojos?

–Mi arrogante y bien cuidado corcel. Pero un vaso después de media botella... cualquier vaso, hasta un vaso de licor, es la medida exacta... y Charley Fortnum vuelve a ser él mismo. Un tipo que puede alternar con la nobleza. Una vez fui a un picnic en las ruinas con unos nobles. Nos tomamos dos botellas entre los tres; les aseguro que fue un día de los buenos... Pero ésa es otra historia. Como la del capitán Izquierdo. Recuérdeme que algún día le cuente lo del capitán Izquierdo.

Para un extranjero era muy difícil seguir las asociaciones de Fortnum.

–¿Dónde queda el consulado? ¿Hay que doblar en la próxima esquina a la izquierda?

–Sí, pero podemos doblar en la siguiente, o en la tercera, y dar un paseíto. Me gusta charlar con usted, doctor. ¿Cómo ha dicho que se llama?

–Plarr.

–¿Sabe cuál es mi apellido?

–Sí.

–Mason.

–Creía que...

–Así me llamaban en el colegio: Mason. Fortnum and Mason,* los inseparables gemelos. Fui al mejor colegio inglés de Buenos Aires. Pero mi carrera no llegó a ser distinguida... Es un buen término para describirme. La medida exacta. Ni poco ni mucho... Nunca obtuve ningún premio y el único deporte que practicaba eran las canicas. No era un

* Fortnum and Mason: nombre de una de las tiendas más tradicionales de Londres. *(N. del T.)*

colegio reconocido oficialmente, pero sí muy esnob. Sin embargo, el rector, no el rector que yo conocía, y que se llamaba Arden (nosotros le decíamos Smells),* bueno... el nuevo rector me escribió una carta de felicitación cuando me nombraron cónsul honorario. Claro que yo le escribí primero para darle la buena noticia, así que el tipo no tenía más remedio que contestarme...

–Avíseme cuando lleguemos al consulado.

–Ya lo hemos pasado, amigo. Pero no se preocupe. Tengo la cabeza clara. No tiene más que doblar primero a la derecha y después otra vez a la izquierda. Cuando me siento como hoy puedo ir en coche toda la noche. Con alguien que me caiga simpático. No se preocupe por las direcciones de las calles. Este coche goza del privilegio diplomático: la placa CC... En esta ciudad no podría hablar con nadie como usted, doctor. Los latinos son gente orgullosa, pero sin sentimientos. No como nosotros, los ingleses. No tienen sentido del hogar, las pantuflas, los pies sobre la mesa, el vaso amigo, la puerta siempre abierta... Humphries no es mal tipo... Es inglés, como usted y como yo. ¿O es escocés? Pero tiene la mentalidad de un... pedagogo. Éste es otro buen término. Siempre trata de corregir mi conducta, aunque a decir verdad no me porto tan mal. Si esta noche estoy un poco meado es por culpa de las copas... ¿Cuál es su nombre de pila, doctor?

–Eduardo.

–Pero yo creía que usted era inglés...

–Mi madre es paraguaya.

* *Smell:* aroma. *(N. del T.)*

–Puede llamarme Charley. ¿Me permite que lo llame Ted?

–Llámeme como quiera. Pero dígame, por Dios, ¿dónde queda el consulado?

–En la próxima esquina. Pero no se haga muchas ilusiones. No hay salones de mármol, ni arañas de cristal, ni palmeras en tiestos. No es más que un apartamento de soltero: un escritorio, un dormitorio... y el baño y la cocina, desde luego. Lo mejor que puede uno esperar de esos hijos de puta de Londres... No tienen sentido del orgullo nacional. Ahorran centavos por un lado y despilfarran millones por el otro. Pero tiene usted que ir a ver mi campo. Es mi verdadero hogar. Casi cuatrocientas hectáreas. Trescientas veinte, a decir verdad. Casi la mejor hierba mate de la zona. Podríamos ir ahora mismo, está apenas a tres cuartos de hora de aquí. Podríamos dormir allí y después... un buen trago para reanimarnos. Tengo whisky importado.

–Esta noche no. Tengo que atender a mis pacientes por la mañana.

Pararon frente a una vieja casa colonial con columnas corintias; el revoque blanco brillaba a la luz de la luna. En el primer piso sobresalía un asta de bandera y un escudo exhibía las armas reales. Charley Fortnum se tambaleó ligeramente en la calle, mirando hacia arriba:

–¿Es así o me lo parece a mí?

–¿Qué cosa?

–El asta. ¿No se inclina demasiado?

–Creo que la inclinación es normal.

–Quisiera que nuestra bandera fuera más simple... Una

vez, en el cumpleaños de la reina, la colgué al revés. No me pareció que la cosa fuera tan grave. Pero Humphries se enojó y me dijo que mandaría una carta al embajador. Suba y tómese un trago.

–Tengo que volver a casa... si es que usted puede arreglárselas solo.

–Le aseguro que es auténtico whisky importado. Consigo Long John en la Embajada. Aquí todos prefieren Haig. Pero Long John regala un vaso por cada botella. Unos vasos muy bonitos, con las medidas marcadas: *Women, Men, Shipmaster.** Desde luego, yo me considero *Shipmaster.* Tengo docenas de vasos en el campo. Me gusta el término *Shipmaster.* Mucho más que el de *Captain,* que podría ser militar.

Tuvo las clásicas dificultades con la llave, pero consiguió abrir al tercer intento. Tambaleándose en el umbral dirigió a Plarr, que esperaba impaciente en la calle, un discurso bajo las columnas.

–Ha sido una noche agradable, Ted, aunque el *goulash* era una mierda. Y ha sido una buena ocasión para hablar en inglés, la lengua de Shakespeare. Se oxida por falta de uso... No crea que siempre estoy tan alegre como esta noche. Es la medida lo que importa. También tengo momentos de melancolía cuando estoy en compañía de un buen amigo. Y recuerde que cuando necesite un cónsul, aquí está Charley Fortnum para ayudarlo. Como a cualquier inglés, o escocés, o galés. Todos tenemos algo en común. Todos pertenecemos a ese maldito Reino que alguna vez estuvo

* Hombres, Mujeres, Capitán de barco. *(N. del T.)*

Unido. La nacionalidad es algo más espeso que el agua. Aunque espeso es un término asqueroso, si se piensa en ello. Le recuerda a uno cosas que es mejor olvidar. ¿Nunca le dieron jarabe de higo, cuando era pequeño? No tiene más que subir. La puerta del medio. De todos modos, verá la placa de bronce. Hay que lustrarla siempre. Usted no se imagina las horas de trabajo que exige una placa de bronce. En comparación, cuidar a La Niña de mis ojos no es nada...

Entró en el oscuro vestíbulo y desapareció.

Plarr se dirigió en su coche hacia el nuevo edificio amarillo y escuchó el estrépito de la gravilla en las tuberías y el gemido de las máquinas herrumbrosas. Ya acostado, y mientras esperaba conciliar el sueño, pensó que era muy poco probable que en el futuro encontrara algún punto en común con el cónsul honorario.

Aunque Plarr no tenía ninguna prisa por reanudar su relación con Charley Fortnum, un mes o dos después de su primer encuentro recibió ciertos documentos que debía certificar el cónsul británico.

El primer intento de ver al cónsul no tuvo éxito. Llegó al consulado alrededor de las once de la mañana. La bandera flameaba desde la débil asta, azotada por el viento caliente y seco del Chaco. Se preguntó por qué estaría izada, hasta qué recordó que ese día era el aniversario de la penúltima guerra mundial. Tocó el timbre y pronto notó que alguien atisbaba por la mirilla de la puerta. Retrocedió hasta la luz del sol para que pudieran verlo bien y de inmediato abrió la puerta una mujer baja, de piel oscura y nariz enorme. Lo miró con la expresión intensa y preocupada de un ave de presa habituada a observar a lo lejos en busca de carroña. Quizá le sorprendiera ver la carroña tan cerca y aún viva. No, el cónsul no estaba. No, no sabía cuándo volvería. ¿Al día siguiente? Quizá. No estaba segura. Plarr pensó que ésa no parecía la mejor manera de llevar un consulado.

Plarr durmió una hora de siesta después de almorzar, y pasó por el consulado antes de ir a visitar algunos pacientes que guardaban cama en el barrio popular... si podía llamarse cama a la cosa donde yacían. Fue una sorpresa agradable que el propio Charley Fortnum abriera la puerta. Durante el primer encuentro, el cónsul había dicho que tenía momentos de melancolía. Tal vez pasara por uno de esos momentos ahora. Miró al doctor con el ceño fruncido y una expresión a la vez recelosa e intrigada, como si algún recuerdo desagradable se agitara en su subconsciente.

–¿Sí?

–Soy el doctor Plarr.

–¿Plarr?

–Nos conocimos una noche, con Humphries.

–Ah... claro. Pase usted.

Tres puertas se abrían a un pasillo oscuro. Por una de ellas se filtraba olor a platos sucios. Quizá la otra daba a un dormitorio. La tercera estaba abierta y Fortnum lo hizo entrar por ella. Un escritorio, dos sillas, un fichero, una caja fuerte, una reproducción en colores del retrato de la reina pintado por Annigoni, con el cristal rajado. Eso era todo. Sobre el escritorio no había nada, salvo un calendario que anunciaba un té argentino.

–Lamento tener que molestarlo –dijo Plarr–. He venido esta mañana...

–No puedo estar siempre aquí. No tengo ayudante. Y tengo muchas obligaciones oficiales. Esta mañana... sí, estaba con el gobernador. ¿En qué puedo ayudarlo?

–He traído algunos documentos que deben certificarse.

–Enséñemelos.

Fortnum se sentó pesadamente y empezó a abrir una serie de cajones. De uno sacó un papel secante, de otro sobres y papel de escribir, de un tercero un sello y un bolígrafo. Empezó a disponerlos sobre el escritorio como si fueran piezas de ajedrez. Invirtió la posición del sello y el bolígrafo: quizás había puesto a la reina en el lado que no correspondía junto al rey. Leyó los documentos con aparente atención, pero sus ojos lo traicionaban: evidentemente, las palabras allí escritas no significaban nada para él. Después esperó a que Plarr firmara, selló los papeles y firmó a su vez: Charles Q. Fortnum.

–Son mil pesos –dijo–. No me pregunte por la Q. Prefiero ocultarlo.

No ofreció ningún recibo, pero Plarr pagó sin protestar.

–Tengo un dolor de cabeza terrible. Es el calor, la humedad... Este clima es inmundo. Sabe Dios por qué mi padre decidió vivir y morir en este sitio. ¿Por qué no se instalaría en el sur? En cualquier lugar, menos aquí.

–Si le sienta tan mal, ¿por qué no liquida todo y se va?

–Ya es demasiado tarde –dijo el cónsul–. El año próximo cumpliré sesenta y un años. ¿Qué se puede empezar, a los sesenta y uno? ¿No tiene una aspirina en ese maletín, Plarr?

–Sí. Tómela con agua.

–Démela así. Yo me como las cosas. Hacen efecto más pronto.

Mascó la aspirina y pidió otra.

–¿No le encuentra un sabor desagradable?

–Estoy acostumbrado. Tampoco me gusta el sabor del agua de este lugar. Dios mío, hoy me siento como el mismo demonio.

–Si me permite, le tomaré la presión.

–¿Para qué? ¿Cree que tengo algo malo?

–No, pero a su edad siempre conviene vigilarse.

–No es mi presión lo que anda mal. Es la vida.

–¿Exceso de trabajo?

–No es exactamente eso... Pero hay un nuevo embajador que me persigue.

–¿Por qué?

–Quiere un informe sobre la industria de la hierba mate en esta provincia. ¿Para qué? Nadie toma mate aquí. Ni siquiera lo habrán visto una vez, supongo. Pero tendré que trabajar una semana, yendo por malos caminos... ¡Y después los tipos de la Embajada se preguntan por qué importo un automóvil nuevo cada dos años! Tengo derecho a ello. Es mi derecho como diplomático. Soy yo quien lo paga y si decido venderlo es asunto mío, no del embajador. La Niña de mis ojos es más de fiar en esos caminos. No paso la cuenta de los gastos, aunque lo estropeo trabajando para la Embajada. Los de la Embajada son un montón de hijos de puta, Plarr. Hasta protestan por el alquiler que pago por esta oficina.

Plarr abrió su maletín.

–¿Qué diablos está haciendo?

–Pensé que quería que le tomara la presión.

–Entonces vayamos al dormitorio –dijo el cónsul–. Si viene la sirvienta le parecerá raro... Y en un abrir y cerrar de ojos correrá por la ciudad el rumor de que me estoy muriendo. Y entonces lloverán las cuentas.

El dormitorio estaba casi tan vacío como el escritorio. La cama estaba deshecha por la siesta y había una almohada en el suelo, junto a un vaso vacío. Sobre la cama colgaba la fotografía de un hombre con grandes bigotes y traje de montar, como un sustituto de la reina. El cónsul se sentó sobre el cubrecama arrugado y se descubrió el brazo. Plarr empezó a inflar la banda de goma.

–¿Usted cree que estos dolores de cabeza son un mal síntoma?

Plarr miró el cuadrante.

–Creo que lo malo es beber tanto a su edad –dijo, soltando el aire.

–Los dolores de cabeza son hereditarios. Mi padre tenía jaquecas terribles. Murió de repente. Un ataque. Es ése de la foto. Un gran jinete. Trató de enseñarme a montar, pero yo no podía soportar a esas bestias estúpidas.

–¿No me dijo que tenía un caballo? ¿La Niña de sus ojos?

–Oh, no es un caballo, es mi jeep. Nunca me verá a caballo. Dígame la verdad, por mala que sea, Plarr.

–Estos artefactos nunca dicen una verdad mala... ni buena. Pero tiene la presión un poco alta. Le recetaré unos comprimidos. Aunque quizá le convendría beber un poco menos.

–Es lo mismo que los médicos decían a mi padre. Una

vez me dijo que podría haber comprado un montón de loros para que siempre chillaran lo mismo. Creo que me parezco a ese viejo de mierda... salvo en lo de los caballos. Les tengo pánico. «Hay que vencer el miedo, Charley, o el miedo te vencerá», me decía el viejo. ¿Cuál es su nombre de pila, Plarr?

–Eduardo.

–Mis amigos me llaman Charley. ¿Puedo llamarlo Ted?

–Si le parece bien...

Aunque por un camino más largo, Charley Fortnum, sobrio, había llegado al mismo grado de intimidad que en la última ocasión. Plarr se preguntó con qué frecuencia, si la relación entre ambos continuaba, deberían recorrer el mismo camino hasta llegar a la etapa final del «Charley» y el «Ted».

–¿Sabe que sólo hay otro inglés en esta ciudad? Se llama Humphries. Es profesor de inglés. ¿No lo conoce?

–Estuvimos los tres juntos, una noche. ¿No se acuerda? Yo lo acompañé hasta aquí.

–No, no me acuerdo. No me acuerdo absolutamente de nada.

El cónsul honorario miró a Plarr con una expresión casi de terror.

–¿Es un mal síntoma? –preguntó.

–Oh... a todos nos pasa alguna vez, cuando estamos muy borrachos.

–Cuando lo he visto ante la puerta, por un momento he pensado que recordaba su cara. Por eso le he preguntado cómo se llamaba. Creía que le había comprado algo y me había olvidado de pagarle. Parece que deberé cuidarme un poco, ¿no cree? Por algún tiempo, al menos.

–No le vendría mal...

–Recuerdo muy bien algunas cosas, pero soy como el viejo... él también se olvidaba de casi todo. Una vez me caí del caballo... Se levantó de golpe sobre las patas traseras... Quería probarme... Me refiero al caballo... Yo tenía apenas seis años y la bestia sabía que no era más que un niño. Estábamos junto a mi casa, y mi padre estaba sentado en la galería. Me asusté pensando que se había enojado. Pero me asustó mucho más ver que cuando se inclinó para mirarme ni siquiera recordaba quién era yo. No estaba enfadado, sólo perplejo y preocupado, y volvió a su mecedora y cogió de nuevo su vaso. De modo que me fui a la cocina (la cocinera era muy amiga mía) y dejé a ese caballo de mierda. Ahora lo entiendo. Eso es lo que tenemos en común. Se olvidaba de todo cuando se emborrachaba. ¿Usted está casado, Ted?

–No.

–Yo estuve casado.

–Sí, ya me lo dijo.

–Me alegré de separarme. Pero hubiese querido tener un hijo. Cuando no hay hijos, generalmente la culpa es del hombre, ¿no es cierto?

–No. Creo que el problema puede estar en cualquiera de los dos.

–De todos modos, ahora ya no podré tener hijos.

–¿Por qué no? La edad no lo vuelve a uno estéril.

–Si tuviera un hijo, no le enseñaría a vencer el miedo, como hacía mi padre. El miedo forma parte de la naturaleza humana. Si uno vence el miedo, también vence la naturaleza humana. Es como destruir el equilibrio de la naturaleza. Una vez leí en un libro que si matáramos todas las arañas del mundo, nos ahogaríamos bajo el peso de las moscas. ¿Usted tiene hijos, Ted?

El nombre Ted producía un efecto irritante en el doctor Eduardo Plarr.

–No –dijo–. Si quiere llamarme por mi nombre de pila, llámeme Eduardo.

–Pero usted es tan inglés como yo.

–Soy medio inglés. Y mi mitad inglesa está en la cárcel, o bajo tierra.

–¿Su padre?

–Sí.

–¿Y su madre?

–Vive en Buenos Aires.

–Qué suerte tiene usted. Alguien por quien vivir... Mi madre murió al nacer yo.

–Eso no es motivo para matarse bebiendo.

–Bueno, no bebo por eso. Sólo he mencionado a mi madre de pasada. ¿De qué sirve un amigo, si uno no puede hablar con él?

–Un amigo no es el mejor psiquiatra.

–Parece usted un hombre duro, Ted. ¿Nunca ha querido a nadie?

–Depende de lo que entienda usted por querer.

–Usted analiza demasiado –dijo Charley Fortnum–. Es un defecto de los jóvenes... Yo digo siempre que no hay que levantar demasiadas piedras. No se sabe nunca lo que se encontrará debajo.

–Mi trabajo consiste en levantar piedras –dijo Plarr–.

Adivinar no es lo más aconsejable cuando se hace un diagnóstico.

–¿Y cuál es su diagnóstico?

–Le recetaré algo. Pero no le servirá de nada si no bebe menos.

Volvió al despacho del cónsul. Estaba irritado por el tiempo que había perdido. Podía haber visitado a tres o cuatro pacientes en el barrio pobre de la ciudad durante el rato dedicado a oír la autocompasión del cónsul honorario. Se sentó ante el escritorio y escribió la receta. Era la misma sensación de tiempo perdido que tenía cuando visitaba a su madre y ella se quejaba de sus dolores de cabeza y de su soledad, sentada frente a una fuente de *éclairs* en el mejor salón de té de Buenos Aires. Siempre insinuaba que su marido la había abandonado, porque el primer deber de un marido es cuidar de su mujer y de sus hijos... Y él hubiese debido acompañarlos.

Plarr se puso la chaqueta en la habitación de al lado.

–¿Ya se va? –exclamó.

–Sí. Le he dejado la receta en el escritorio.

–¿Por qué tanta prisa? Quédese y tómese un trago.

–Tengo pacientes que visitar.

–Bueno, yo también soy su paciente... ¿no?

–No el más importante –dijo el doctor Plarr–. La receta sirve sólo para una vez. Tendrá comprimidos para un mes. Después veremos.

Plarr cerró la puerta del consulado con alivio: el alivio que sentía siempre cuando salía del apartamento de su madre, después de una visita a la capital. No tenía tiempo para malgastarlo con los incurables.

CAPÍTULO II

Pasaron dos años antes de que Plarr visitara por primera vez el establecimiento tan hábilmente dirigido por la señora Sánchez. Y no fue con el cónsul honorario, sino con su amigo y paciente, el novelista, el doctor Jorge Julio Saavedra. Como él mismo explicó ante un duro bistec en el restaurante del Nacional, Saavedra era un hombre que creía en las ventajas de seguir una estricta disciplina. Cualquier observador hubiese podido adivinarlo por su aspecto impecable, de un monótono gris: pelo gris, traje gris, corbata gris. Aun en el calor del norte usaba el mismo chaleco cruzado y bien cortado que llevaba en los cafés de Buenos Aires. Allí su sastre era inglés, explicó a Plarr. «No lo creerá, pero no he tenido que comprarme un traje nuevo en diez años.» Y en cuanto a la disciplina de trabajo: «Escribo quinientas palabras por día, después de desayunar. Ni una más ni una menos», dijo, y no por primera vez.

Plarr era un buen oyente. Le habían enseñado a escuchar. Casi todos sus pacientes de clase media solían tomarse diez minutos por lo menos para explicar una simple gripe. Sólo en el barrio pobre había gente que sufría en silencio, sin vocabulario para explicar la intensidad de un dolor, su ubicación o su naturaleza. En aquellas chozas de barro o de hojalata, donde muchas veces los enfermos yacían en el suelo, sin siquiera una manta, Plarr debía realizar su propia interpretación guiándose por un temblor de la piel o un movimiento nervioso de los ojos.

–La disciplina es más necesaria para mí que para otros escritores más fáciles –repetía Jorge Julio Saavedra–. Otros tienen talento, yo tengo un *daimon*. El talento es amistoso. El *daimon* es destructor. No se imagina cómo sufro cuando escribo. Tengo que obligarme a mí mismo a sentarme, pluma en mano, para empezar la lucha en busca de la expresión. Usted recordará a ese personaje de mi último libro, Castillo, el pescador, empeñado en una lucha incesante con el mar sólo para obtener una magra redada. En cierto modo, Castillo es el retrato del artista. Semejante agonía cotidiana y el resultado... quinientas palabras. Muy poca cosa.

–Creo recordar que Castillo moría de un balazo, en una taberna, defendiendo a una hija tuerta a la que querían violar.

–Ah, sí, me alegra que haya advertido el símbolo del Cíclope –dijo el doctor Saavedra–. Un símbolo del arte del novelista. Un arte tuerto, porque un solo ojo concentra su visión. El escritor difuso siempre mira con los dos ojos. Incluye demasiado... como en una pantalla de cine. ¿Y el violador? Quizá represente esa melancolía que desciende sobre mí durante semanas enteras, cuando lucho horas y horas en mi labor cotidiana.

–Espero que los comprimidos que le receté le hayan servido de algo...

–Sí, sí, me ayudan un poco, desde luego, pero a veces pienso que lo único que me salva del suicidio es mi disciplina diaria. El suicidio... –repitió Saavedra, con el tenedor suspendido en el aire.

–Oh, vamos, su fe no le permitiría...

–En esos momentos de depresión, doctor, ya no tengo fe. *En una noche oscura*. ¿Pedimos otra botella? Este vino mendocino no está del todo mal...

Después de la segunda botella, el novelista reveló otro aspecto de su disciplina: su visita semanal a la casa de la señora Sánchez. Explicó que no se trataba tanto de mantener calmado su cuerpo como de impedir que deseos inoportunos se interpusieran entre él y su obra. Y esa visita semanal le enseñaba muchas cosas sobre la naturaleza humana. En la vida social de la ciudad no había contacto entre clases. Cenar en casa de la señora de Escobar o de la señora de Vallejo no podía darle una imagen de la vida de los pobres. El personaje de Carlota, la hija de Castillo, el pescador heroico, estaba inspirado en una muchacha que había conocido en el establecimiento de la señora Sánchez. Desde luego, tenía dos ojos. Y en realidad era muy bonita. Pero cuando empezó a escribir la novela, pensó que su belleza daba un tono falso y trivial al relato: no encajaba con la hosca severidad de la vida del pescador. Y hasta convertía en un personaje convencional al violador. Las chicas bonitas eran violadas sin cesar, sobre todo en los libros de sus contemporáneos, los escritores fáciles de talento reconocido.

Al final de la comida, el novelista persuadió fácilmente a Plarr de que lo acompañara en su visita disciplinaria. A Plarr le tentaba más la curiosidad que el deseo sexual.

Salieron del restaurante a medianoche y fueron caminando. Aunque las autoridades protegían a la señora Sánchez, era mejor no dejar el coche frente a su casa, por si algún policía curioso anotaba el número de la matrícula. Ese dato podía resultar poco conveniente en la ficha policial de uno. El doctor Saavedra llevaba zapatos puntiagudos, muy lustrados, y al caminar parecía ir a saltos, porque era un poco patituerto. Casi daban ganas de comprobar si dejaba huellas de pájaro sobre la acera polvorienta.

La señora Sánchez estaba sentada en una mecedora, frente a su casa. Era una mujer muy corpulenta, con hoyuelos en la cara y una sonrisa de bienvenida en la que la bondad era inexistente, como si su dueña la hubiera perdido un momento antes, igual que un par de gafas. El novelista presentó al doctor Plarr.

–Siempre es un placer para mí conocer a un médico –dijo la señora Sánchez–. Podrá comprobar lo bien cuidadas que están las muchachas. Yo llamo siempre a su colega, el doctor Benevento, un caballero muy simpático.

–Sí, eso me han dicho. No lo conozco –dijo Plarr.

–Viene todos los jueves por la tarde. Las muchachas lo quieren mucho.

Atravesaron el estrecho zaguán iluminado. Salvo por la presencia de la señora Sánchez en su mecedora, no había signos externos que diferenciaran su establecimiento de las demás casas de esa calle respetable. Un buen vino no necesita demasiada publicidad, pensó Plarr.

Era una casa muy diferente a los prostíbulos clandestinos que Plarr había visitado ocasionalmente en la capital. En Buenos Aires, eran pequeñas habitaciones, con los postigos cerrados y llenas de muebles burgueses. Pero en esta casa flotaba una agradable atmósfera rural. En torno a un patio del tamaño de una pista de tenis había una serie de cuartos pequeños. Cuando Plarr se sentó, vio dos puertas abiertas y pensó que aquellas habitaciones parecían más alegres, más limpias y de mejor gusto que la del doctor Humphries en el Hotel Bolívar. En cada una había una imagen con una vela encendida que daba a los pulcros interiores más aire de hogar que de lugar de transacciones. Un grupo de muchachas estaba sentado ante una mesa, a un lado, mientras otras dos charlaban con dos jóvenes, apoyadas en las columnas de la galería que rodeaba el patio. No había indicios de prisa; era evidente que la señora Sánchez era tajante en cuanto a eso, y en ese lugar cualquier hombre podía tomarse el tiempo que necesitaba. Un hombre estaba sentado a solas frente a una copa y otro, vestido como un peón, permanecía junto a una columna observando a las mujeres con expresión desdichada y ansiosa (quizá no tenía dinero siquiera para pagarse un trago).

Una muchacha llamada Teresa apareció de inmediato («Whisky –aconsejó Saavedra–, aquí el coñac no es de fiar»), y después se sentó con ellos sin que la invitaran.

–Teresa es de Salta –explicó Saavedra, abandonando su mano al cuidado de la muchacha, como si dejara un guante en un vestuario. Teresa la volvió a uno y otro lado y examinó los dedos como buscando agujeros.

–Pienso situar la acción de mi próxima novela en Salta –continuó Saavedra.

–Espero que su *daimon* no insista en que la muchacha sea tuerta.

–Se burla usted de mí porque no sabe cómo trabaja la imaginación de un artista. Un artista tiene que transformar la realidad. Mírela: esos grandes ojos castaños, esos pechos pequeños y firmes... es realmente muy bonita.

La muchacha sonrió agradecida y le rascó la palma de la mano con la uña.

–Pero ¿qué representa? No estoy pensando en una historia de amor para una revista femenina. Mis personajes deben simbolizar algo que los trascienda. Se me ha ocurrido que si le faltara una pierna...

–Claro, una muchacha con una sola pierna es más fácil de violar.

–En mi relato no se produce ninguna violación. Pero piense en una mujer hermosa y con una sola pierna... ¿No comprende el sentido que puede tener eso? Imagine su modo de caminar, sus momentos de desesperación, los hombres que creen hacerle un favor cuando se acuestan con ella una sola noche. Y piense en la fe obstinada que esa mujer puede tener en un futuro mejor. Por primera vez me he propuesto escribir una novela con sentido político.

–¿Político? –preguntó Plarr, sorprendido.

En ese instante se abrió la puerta de una de las habitaciones y salió un hombre. Encendió un cigarrillo y bebió un trago de una copa sin terminar. Plarr pudo ver, a la luz de la vela frente a la imagen, a una muchacha delgada que arreglaba la cama. Estiró la colcha con esmero y luego salió para reunirse con sus compañeras frente a la mesa común. La esperaba un vaso de naranjada sin terminar. El peón la miró con famélica ansiedad.

–¿No te molesta ese hombre? –preguntó Plarr a Teresa.

–¿Qué hombre?

–Ese que se queda ahí mirando, sin hacer nada.

–Déjelo que mire, pobre hombre, no hace ningún mal. Y no tiene con qué pagar.

–Le estaba hablando de mi novela política –dijo Saavedra con irritación, retirando su mano de la de Teresa.

–Pero no entiendo qué tiene que ver lo de la pierna.

–Es un símbolo de este pobre país inválido, donde todavía esperamos...

–¿Lo entenderán sus lectores? Yo pensaba que se trataba de algo más directo. Esos estudiantes del año pasado, en Rosario...

–Si se quiere escribir una novela de crítica social que tenga un valor perdurable no se puede caer en detalles ínfimos que sólo tienen sentido en un momento dado. Los asesinatos, los secuestros, la tortura de los prisioneros... todo eso pertenece a nuestra época. Pero yo no quiero escribir sólo para esta década.

–Hace trescientos años los españoles torturaban a sus prisioneros –murmuró Plarr, e instintivamente miró a la muchacha sentada ante la mesa común.

–¿Esta noche no viene conmigo? –preguntó Teresa a Saavedra.

–Sí, sí, ya iré. Ahora estoy hablando con mi amigo de algo muy importante.

Plarr advirtió en la frente de la otra muchacha un pequeño lunar gris bajo del arranque el pelo, en el punto donde las muchachas hindúes llevan el signo rojo de su casta.

–Un poeta, y el verdadero novelista siempre es en cierto modo un poeta, aspira a lo absoluto. Shakespeare evitó la política de su tiempo. No le interesaban Felipe de España ni piratas como Drake. Se valía de la historia del pasado para expresar lo que yo llamo la abstracción de la política. Hoy un novelista que quiera representar la tiranía no debería describir las actividades del general Stroessner en Paraguay: eso es periodismo, no literatura. Tiberio es un ejemplo mejor de poeta.

Plarr pensó lo agradable que sería llevarse a la muchacha al cuartito. Hacía más de un mes que no se acostaba con una mujer. Y es asombroso con qué facilidad un detalle superficial, como un lunar en un sitio insólito, despierta el interés sexual...

–Sin duda entiende usted lo que quiero decir...

–Sí, sí, desde luego.

Ciertos escrúpulos impedían a Plarr transitar enseguida por el camino ya recorrido por otro hombre. Se preguntó a sí mismo qué intervalo dejaría pasar. Media hora, una hora... ¿o simplemente la ausencia física de su predecesor, que ya había pedido otra copa?

–Me doy cuenta de que el tema no le interesa –dijo Saavedra, decepcionado.

–El tema... perdóneme. Creo que he bebido demasiado esta noche.

–Hablaba de política.

–Claro que me interesa la política. Yo mismo soy una especie de refugiado. Y mi padre... Ni siquiera sé si vive. Quizás haya muerto. Quizás lo asesinaron. Quizás esté encerrado en alguna comisaría al otro lado de la frontera. El general no cree en las cárceles para los presos políticos; los deja pudrirse en las comisarías de todo el país.

–Eso es exactamente lo que quiero decir, doctor. Desde luego, comprendo sus sentimientos. Pero ¿cómo puedo transformar en arte la historia de un hombre encerrado en una comisaría?

–¿Por qué no?

–Porque es un caso especial. Es una situación que pertenece a esta década. Y yo espero que mis libros sean leídos en el siglo XXI, al menos por lectores inteligentes. He procurado que mi pescador, Castillo, sea atemporal.

Plarr pensó que muy pocas veces se había acordado de su padre; y quizá fuera un sentimiento de culpa por su seguridad y su comodidad actuales lo que le hizo contestar con irritación:

–Su pescador es atemporal porque nunca ha existido.

De inmediato lamentó sus palabras.

–Discúlpeme –dijo–. ¿No cree que deberíamos tomar otra copa? Además, creo que somos descorteses con su encantadora compañera.

–Hay cosas más importantes que Teresa –dijo Saavedra, aunque volvió a dejar su mano en la de ella–. ¿No hay aquí ninguna muchacha que le guste?

–Sí, hay una, pero ya ha encontrado otro cliente.

La muchacha del lunar se había reunido con el hombre que bebía en solitario y ambos iban ahora hacia el cuartito. Cuando pasó frente a su anterior compañero ni siquiera lo miró; tampoco él tuvo la curiosidad de levantar los ojos hacia su sucesor. En un prostíbulo había algo clínico que atraía a Plarr. Era como observar a un cirujano que lleva a un nuevo paciente al quirófano: la operación anterior ha resultado un éxito y se ha borrado de la memoria. Sólo en la televisión el amor, la ansiedad o el miedo se infiltran en las salas de los hospitales. Los primeros años pasados en Buenos Aires, mientras su madre se quejaba y dramatizaba y lloraba por el destino de su marido ausente, y después, cuando empezó a consolarse con dulces y helados de chocolate, hicieron recelar a Plarr de toda emoción que se cura con medios tan simples como un orgasmo o un *éclair*. De pronto recordó una conversación, si así podía llamársela, con Charley Fortnum.

–¿Conoces a una muchacha que se llama María?

–Aquí hay varias Marías –respondió Teresa.

–Es de Córdoba.

–Ah, ésa. Murió hace un año. Ésa era mala de veras. Alguien la mató de una puñalada. Al pobre tipo lo mandaron a la cárcel.

–Creo que será mejor que me vaya con la muchacha –dijo Saavedra–. Lo siento. No tengo muchas oportunidades de hablar de literatura con un hombre culto. En cierto modo, preferiría tomar otra copa y seguir nuestra conversación.

Miró su mano prisionera como si perteneciera a otro y no tuviera el derecho de cogerla.

–Habrá otras ocasiones –lo alentó Plarr.

El novelista se rindió.

–Vamos, muchacha –dijo, levantándose–. ¿Me esperará, doctor? Esta noche no tardaré mucho.

–Quizás aprenda mucho sobre Salta.

–Sí, pero siempre hay un momento en que un escritor tiene que decir «basta». No hay que saber demasiado.

Plarr tuvo la impresión de que bajo el influjo del alcohol Jorge Julio Saavedra empezaba a repetir una conferencia dada alguna vez en algún club femenino de Buenos Aires.

Teresa lo llevó de la mano. Saavedra la siguió de mala gana hacia la vela encendida frente a una estatua de la santa de Ávila. La puerta se cerró tras de ellos. La obra de un novelista, había dicho alguna vez tristemente a Plarr, nunca termina.

Ésa era una noche muy tranquila en el establecimiento de la señora Sánchez. Todas las puertas estaban abiertas, salvo las dos que ocultaban a Teresa y a la muchacha del lunar. Plarr terminó su bebida y salió del patio. Estaba seguro de que el novelista, a pesar de su promesa, tardaría bastante tiempo. Después de todo, debía tomar una decisión: ¿amputaría la pierna de la muchacha en el fémur o en la rodilla?

La señora Sánchez seguía tejiendo. Una amiga le hacía compañía. Estaba sentada en otra mecedora y también hacía punto.

–¿Ha encontrado alguna chica? –preguntó la señora Sánchez.

–No. Pero mi amigo sí.

–¿No había ninguna que le gustara?

–Oh, no es eso. He bebido demasiado durante la cena.

–Su colega, el doctor Benevento, podrá decirle que mis chicas son muy limpias.

–Estoy seguro de ello. Volveré, señora Sánchez.

Pero pasó más de un año antes de que volviera. Y buscó

en vano a la muchacha con el lunar en la frente. Su ausencia no le sorprendió ni le decepcionó. Quizás estuviera con la menstruación; en todo caso, las chicas cambian frecuentemente en esos establecimientos. Teresa fue la única a la que reconoció. Se quedó con ella una hora. Hablaron de Salta.

Capítulo III

La carrera profesional del doctor Plarr prosperaba. Nunca lamentó haber dejado la violenta competencia de la capital, donde había demasiados médicos con títulos obtenidos en Alemania, Francia e Inglaterra. Por otro lado, había tomado cariño a la pequeña ciudad junto al Paraná. La leyenda local decía que quienes la visitaban una vez volvían siempre, y en el caso de Plarr resultó cierta. Una fugaz imagen del puerto, con su trasfondo de casas coloniales, contemplado durante una hora en una noche oscura, bastó para hacerle regresar. Ni siquiera el clima le disgustaba: el calor era menos húmedo que el de la tierra de su niñez, y cuando al fin irrumpía el verano con un enorme estallido de truenos, le gustaba mirar desde la ventana de su apartamento los relámpagos sinuosos que se clavaban en las costas del Chaco. Una vez al mes invitaba a cenar al doctor Humphries y a veces compartía una comida con Charley Fortnum, que se presentaba o bien sobrio, lacónico y triste, o bien borracho, conversador y, como él mismo gustaba llamarse, «exultante». En una ocasión fue a la finca de Charley Fortnum, pero como no era buen juez en materia de hierba mate y encontró muy desagradable el lento movimiento de La Niña de mis ojos, que iba a tumbos hectárea tras hectárea, rechazó la invitación siguiente. Prefería una noche en el Nacional, con Charley hablando de modo poco convincente de una chica a la que había conocido.

Cada tres meses Plarr iba a Buenos Aires y pasaba un fin de semana con su madre, cada vez más corpulenta debido a su dieta de pasteles de crema y alfajores con dulce de leche. Le era imposible recordar los rasgos de la hermosa mujer de treinta años que se había despedido de su padre en el puerto y que lloró sin cesar por su perdido amor durante el viaje de tres días a Buenos Aires. Como no tenía ninguna fotografía de su madre en aquella época, ahora la imaginaba siempre como la mujer en que se había convertido, con sus gordas mejillas, su enorme papada y un vientre que, delineado por la seda negra, sugería la gravidez.

En los estantes de la biblioteca de Plarr, cada año se agregaba un volumen de la obra de Jorge Julio Saavedra. De todas sus novelas, Plarr prefería quizá la historia de la muchacha salteña con una sola pierna. Después de aquella primera visita, se acostó varias veces con Teresa en la casa de la señora Sánchez, y le divertía comprobar cuánto se apartaba la ficción de la realidad. Era casi una lección de crítica literaria.

Plarr no tenía amigos íntimos, aunque mantenía buenas relaciones con dos antiguas amantes a quienes había conocido como pacientes; también estaba en buenos términos con el último gobernador, y le gustaba visitar su gran plantación de hierba mate, en el este: volaban en el avión privado del gobernador, aterrizaban entre macizos de flores y llegaban justo a tiempo para un excelente almuerzo.

Era huésped ocasional en la fábrica de naranjada Bergman, cerca de la ciudad, y a veces iba a pescar a un afluente del Paraná con el director del aeropuerto.

Dos veces hubo conatos de revolución en Buenos Aires que motivaron grandes titulares en *El Litoral;* pero en ambas ocasiones, cuando llamó a su madre descubrió que ella no sabía nada de los disturbios: no leía los periódicos y jamás escuchaba la radio. Y Harrods y su salón de té preferido permanecían abiertos, a pesar de los problemas. Una vez su madre le dijo que en Paraguay se había hartado para siempre de la política. «Tu padre no hablaba más que de eso. Y había unos individuos horribles que solían venir a casa, a veces en mitad de la noche y vestidos con harapos. Y ya sabes qué ocurrió con tu padre.» La última frase era bastante extraña, ya que ninguno de los dos sabía si su padre había muerto en la guerra civil o de alguna enfermedad, o si era un preso político bajo la dictadura del general. Nunca identificaron su cuerpo entre los cadáveres que de cuando en cuando llegaban a la orilla argentina del río, con las manos y los pies atados con alambre; pero bien podía ser uno de los esqueletos que eran arrojados desde aviones a los escombros del Chaco y que permanecieron allí durante años sin ser descubiertos.

Casi tres años después de conocer a Charley Fortnum, Plarr habló de él con sir Henry Belfrage, el embajador británico, sucesor del hombre que había ocasionado tantas molestias al cónsul honorario con su informe sobre la hierba mate. Fue durante una de las periódicas recepciones ofrecidas en la Embajada para la colonia británica: Plarr, que estaba en esos momentos en la capital visitando a su madre, acudió con ella. Apenas si conocía de vista a los asistentes, y a lo sumo había intercambiado con ellos un saludo desde lejos. Estaban Buller, gerente del Banco de Londres y Sudamérica; Fisher, secretario de la Asociación de Cultura Inglesa, y un viejo caballero llamado Forage que se pasaba la vida en el club de Hurlingham. Desde luego, también estaba el representante del British Council (por algún motivo freudiano Plarr siempre olvidaba su nombre), un hombre menudo, pálido y asustado, con la cabeza completamente calva, que llegó a la reunión acompañado de un poeta visitante. El poeta tenía la voz muy aguda y el aire de sentirse muy fuera de lugar bajo las arañas de cristal. «¿Cuándo podremos irnos de aquí?», se le oyó chillar. Y poco después: «El whisky tiene demasiada agua». Era la única voz del salón que se destacaba por encima del ruido continuo y sordo, como el del motor de un avión. Uno hubiese esperado que esa voz exclamara algo más adecuado, como por ejemplo: «Abróchense los cinturones de seguridad».

Plarr pensó que Belfrage sólo estaba interesado en seguir una conversación cortés cuando los dos se encontraron solos, entre un sofá con patas doradas y una silla Luis XV. Estaban lo bastante lejos del alboroto en torno al buffet como para poder oírse mutuamente. Plarr podía ver a su madre apretujada entre el gentío y gesticulando ante un sacerdote con un canapé en la mano. A ella le gustaba la compañía de los sacerdotes, de manera que Plarr no sintió ninguna responsabilidad.

–Supongo que conocerá usted a nuestro cónsul allá –dijo sir Henry Belfrage.

Siempre se refería a la provincia del norte con un «allá»,

como queriendo destacar la longitud del Paraná, que descendía tan lentamente desde aquellas fronteras distantes de la civilización platense.

–¿Quién, Charley Fortnum? Oh, sí, lo veo de cuando en cuando. Pero hace varios meses que no hablo con él. He estado muy ocupado. Demasiados enfermos.

–Usted sabe... en un puesto como éste... uno siempre hereda unas cuantas dificultades. Entre nosotros dos, el cónsul allá es una de ellas.

–¿De veras? –dijo Plarr con cautela–. Yo pensaba...

No tenía idea de cómo terminaría la frase, si el embajador se lo pedía.

–No tiene nada que hacer allá. Quiero decir, oficialmente... De cuando en cuando le pido que haga un informe sobre algo... para salvar las apariencias. No quiero que piense que lo hemos olvidado. Una vez resultó útil a uno de mis predecesores. Un muchacho alocado se metió en líos con los guerrilleros y trató de hacerse el Castro contra el general en Paraguay. Por lo que he visto, a partir de entonces hemos pagado la mitad de la factura del teléfono del cónsul y todos sus gastos de oficina.

–¿No los ayudó una vez también con unos miembros de la nobleza que visitaron las ruinas?

–Sí, algo de eso hubo –dijo sir Henry Belfrage–. Si no recuerdo mal, eran unos nobles de muy poca monta. Desde luego, no debería decirlo, pero la nobleza siempre causa muchos problemas. Una vez tuvimos que mandar un poni de polo... usted no se imagina las complicaciones que eso supuso. Y para colmo fue en la época del embargo de la carne.

Meditó un rato y continuó:

–Al menos, Fortnum podría hacer un esfuerzo para ponerse en buenas relaciones con la colonia inglesa, allá.

–Que yo sepa, sólo somos tres ingleses en un radio de ochenta kilómetros. Los tipos que poseen campos muy pocas veces van a la ciudad.

–Entonces, no debería ser difícil para él. ¿Conoce usted a ese tipo llamado Jeffries?

–¿Quiere decir Humphries? Si se refiere usted al episodio de la bandera colgada al revés... ¿Usted sabe cuál es la posición correcta?

–No, pero gracias a Dios tengo tipos que lo saben. No, no me refería a eso. Eso ocurrió en la época de Callow. Ahora el problema es que Fortnum parece haber contraído un matrimonio muy poco apropiado... según ese tipo, Humphries. Ojalá dejara de escribirnos. ¿Quién es ella?

–No sabía nada de la boda de Fortnum. Es un poco viejo para casarse. ¿Con quién se ha casado?

–Humphries no lo dijo. En realidad, se mostró muy ambiguo. Parece que Fortnum lo mantuvo en gran secreto. Desde luego, no me tomo la cosa en serio. Oficialmente no me incumbe. Fortnum no es más que cónsul honorario. No tenemos por qué investigar a su mujer. Sólo pensaba... si usted hubiese oído algo... En cierto modo, es más difícil librarse de un cónsul honorario que de un hombre de carrera. No podemos trasladarlo. Y ese término, «honorario»... Si lo piensa bien, es puro cuento. Fortnum importa un coche nuevo cada dos años y lo vende. No tiene derecho a hacerlo..., no pertenece a la carrera... pero me imagino que les habrá tomado el pelo a las autoridades locales, allá. No me sorprendería que gane más que mi cónsul aquí. El pobre Martin tiene que pasar por el aro. Su salario no le permite comprarse coches nuevos. Tampoco el mío. En cambio, el embajador de Panamá. Dios santo, mi pobre esposa no puede sacarse de encima a ese poeta. ¿Cómo se llama?

–No lo sé.

–Sólo quería decirle... Su nombre es Plarr, ¿no es cierto? Como usted vive allá... Nunca he llegado a conocer a ese tipo, Humphries... Oh, qué podemos hacer, nos los mandan a carretadas.

–¿A Humphries?

–No, a los poetas. Si es que son poetas. El British Council dice siempre que lo son, pero nunca he oído hablar de ninguno de ellos. Cuando vuelva allá, Plarr, haga lo que pueda. Usted es una persona en quien puedo confiar para que diga lo que hay que decir... Ningún escándalo, si me entiende usted bien. Ese Humphries es capaz de escribir a Londres. Al Ministerio. Después de todo, ¿a nosotros qué nos importa con quién se case Fortnum? Si usted pudiera decir a Humphries con mucho tacto que no se meta en lo que no le importa y deje de molestarnos... Por suerte, está cada vez más viejo. Me refiero a Fortnum. Lo retiraremos en la primera oportunidad que se nos presente. Oh, Dios mío, mire a mi pobre mujer. No puede librarse del poeta.

–Si quiere iré a rescatarla.

–¿Me haría ese favor, amigo? Yo no me atrevo. Esos poetas son muy quisquillosos. Siempre confundo sus nombres. Y son como Humphries..., enseguida se quejan a Londres, al Arts Council. No olvidaré este favor, Plarr. Cualquier cosa que necesite... allá...

Cuando volvió al norte, el doctor se encontró con más trabajo del habitual. No tenía tiempo que perder con Humphries, el viejo embrollón, y no le interesaba en absoluto saber si el matrimonio de Charley Fortnum era afortunado o no. Una vez, cuando una observación oída al pasar le recordó su conversación con el embajador, se preguntó si Charley se habría casado con su sirvienta, esa vieja parecida a una lechuza que le había abierto la puerta cuando fue al consulado por primera vez. Ese matrimonio no parecía improbable. Los viejos, como los sacerdotes disidentes, suelen casarse con sus amas de llaves, a veces por un sentido de falsa economía, a veces por miedo a una muerte solitaria. Para el doctor Plarr, que apenas había cumplido los treinta, la muerte se presentaba en forma de un accidente de coche o un cáncer imprevisto. Pero para un viejo, la muerte era el final inevitable de una larga enfermedad incurable. Quizás el alcoholismo de Charley Fortnum fuera un síntoma de su miedo.

Una tarde, mientras Plarr dormía la siesta, sonó el timbre de su apartamento. Abrió la puerta y vio a la vieja con cara de halcón acechando la carroña. Plarr estuvo a punto de arriesgarse y llamarla «señora de Fortnum».

La suposición habría demostrado ser errónea. La mujer dijo que el señor Fortnum la había llamado desde el campo. Su mujer estaba enferma. Quería que el doctor Plarr fuera a verla.

–¿No le ha dicho qué tenía?

–Le duele el estómago –contestó la mujer con desdén.

Evidentemente, no aprobaba el casamiento más que Humphries.

Plarr esperó el fresco del anochecer para ir al campo de Fortnum. A la luz moribunda, las pequeñas lagunas a los lados de la carretera parecían de plomo fundido. La Niña de mis ojos estaba al final de un camino fangoso, bajo un grupo de aguacates, cuyos frutos eran del tamaño y la forma de balas de cañón. En la galería de la casa, llena de recodos, Charley Fortnum estaba sentado ante una botella de whisky, un sifón y, sorprendentemente, dos vasos limpios.

–He estado esperándolo –dijo en tono de reproche.

–No he podido venir antes. ¿Qué sucede?

–Clara tiene dolores muy fuertes.

–Voy a verla.

–Tómese un whisky antes. Acabo de entrar en su habitación y se ha quedado dormida.

–Acepto, entonces. Tengo mucha sed. Hay mucho polvo en el camino.

–¿Soda? ¿Cuánta?

–Hasta el borde.

–Quería hablar con usted, antes de que la viera... Supongo que se habrá enterado de mi boda.

–El embajador me lo dijo.

–¿Opinó algo?

–No. ¿Por qué?

–Ha habido muchos chismes. Y Humphries la ha tomado conmigo. Ha dejado de verme.

–Mejor para usted.

–Es que... Bueno, ella es muy joven -dijo Fortnum. Su

tono no dejaba claro si excusaba a sus críticos o se disculpaba a sí mismo.

–Mejor para usted, de nuevo.

–Todavía no ha cumplido veinte años. Y ya sabe usted que yo no volveré a cumplir los sesenta.

Plarr se preguntó si el cónsul no lo habría llamado para que lo aconsejara sobre un problema mucho más difícil que el dolor de estómago de su mujer. Bebió para llenar un silencio que se le hizo muy incómodo.

–No, ése no es el problema –dijo Charley Fortnum, mientras Plarr admiraba su rapidez mental–. Hasta ahora puedo funcionar... y después... siempre queda la botella, ¿no es cierto? Una vieja amiga de la familia. Me refiero a la botella. También ayudó a mi padre, el viejo hijo de puta. Quería hablarle de ella. De lo contrario, se sorprenderá cuando la vea. Es tan joven... Y tímida, además. No está habituada a esta clase de vida. A una casa como ésta, con sirvientes. Y al campo. Por la noche, el campo es terriblemente tranquilo.

–¿De dónde es ella?

–De Tucumán. Tiene sangre india. Una ascendencia muy lejana, desde luego. Se lo advierto: no le gustan mucho los médicos. Ha tenido experiencias desagradables con ellos.

–Trataré de ganarme su confianza –dijo Plarr.

–Se me ha ocurrido que quizás esos dolores indiquen que está encinta. O algo por el estilo.

–¿No toma la píldora?

–Ya sabe cómo son estos católicos. Superstición, por supuesto. Como pasar por debajo de una escalera. Clara no sabe quién es Shakespeare, pero ha oído hablar del Papa no sé cuántos... De todos modos, tendría que conseguir las píldoras por medio de la Embajada. Aquí es imposible. ¿Se imagina lo que dirían? Ni siquiera es posible comprarlas a escondidas. Desde luego, yo siempre tomé mis precauciones y usé lo necesario... hasta que estuvimos realmente juntos.

–¿De modo que usted la hizo pecar? –bromeó Plarr.

–Oh, con el tiempo mi conciencia se ha ido endureciendo progresivamente. Un pecado más no significa gran cosa. Y si ella está contenta así... Cuando termine usted su whisky...

Llevó al doctor Plarr por un corredor lleno de grabados victorianos que representaban escenas deportivas: jinetes cayendo en un arroyo, deteniéndose ante un cerco demasiado alto, o reprendidos por el cazador mayor ante una falta cometida. Al final del corredor, Fortnum, que caminaba de puntillas, entreabrió una puerta y echó un vistazo a la habitación.

–Creo que está despierta –dijo–. Lo espero en la galería, Ted, con el whisky. No tarde mucho.

Una lamparita eléctrica brillaba frente a la imagen de un santo que Plarr no reconoció. Por un instante recordó los cuartitos en torno al patio de la señora Sánchez, cada uno con su lámpara votiva.

–Buenas noches –dijo en dirección a la cabecera de la cama.

La cara estaba tan cubierta por el pelo negro que sólo los ojos eran visibles; lo escrutaron como los de un gato desde un matorral.

–No quiero que me examinen –dijo la muchacha–. No me examinarán.

–No quiero examinarla. Sólo quiero que me diga dónde le duele.

–Ya estoy mejor.

–Muy bien. Entonces me iré enseguida. ¿Puedo encender la luz?

–Si quiere... –dijo ella, apartándose el pelo de la cara.

Bajo el nacimiento del pelo, Plarr vio un pequeño lunar gris en el lugar donde las muchachas hindúes...

–¿Dónde siente el dolor?

Ella apartó las sábanas y señaló un punto en su cuerpo desnudo. Plarr alargó la mano para tocarla, pero ella se apartó.

–No se asuste. No voy a examinarla como el doctor Benevento.

La muchacha contuvo el aliento; sin embargo, dejó que Plarr le apretara el estómago con los dedos.

–¿Es aquí?

–Sí.

–No es nada serio –dijo Plarr–: un poco de inflamación en los intestinos. Eso es todo.

–¿En los intestinos?

Plarr comprendió que la palabra era extraña para ella y la atemorizaba.

–Le dejaré unos polvos de bismuto a su marido. Tómelos con agua. Si le añade un poco de azúcar, no tendrá tan mal sabor. Es mejor que no tome whisky. Usted está más habituada al jugo de naranja, ¿no es cierto?

Ella lo miró con expresión alarmada y murmuró:

–¿Cómo se llama usted?

–Plarr. Eduardo Plarr.

El doctor se preguntó si la muchacha conocería el apellido de algún hombre que no fuera Charley Fortnum.

–Eduardo –repitió ella, esta vez mirándolo con más audacia–. No lo conozco, ¿no es cierto?

–No.

–Pero usted conoce al doctor Benevento.

–Lo vi una vez o dos –dijo Plarr, incorporándose–. Me imagino que esas visitas de los jueves no debían de ser muy agradables. Usted no está enferma –agregó–. No tiene por qué quedarse en cama.

–Charley –la muchacha pronunciaba «Charlí», con una i larga y acentuada– me dijo que me quedara en cama hasta que llegara el médico.

–Bueno, el médico ya ha llegado, de modo que no hay necesidad...

Cuando Plarr estaba en la puerta, se volvió y advirtió que la muchacha estaba observándolo. Había olvidado cubrirse con la sábana.

–No le he preguntado su nombre –dijo Plarr.

–Me llamo Clara.

–La única muchacha que conocí allá fue Teresa –dijo Plarr.

Mientras regresaba por el corredor pensó en la imagen de santa Teresa de Ávila, que había presidido sus ejercicios y los más literarios del doctor Saavedra. Sin duda era la amiga de san Francisco la que ahora contemplaba el lecho de Charley Fortnum. Plarr recordó la primera vez que había visto a la muchacha, alisando las sábanas en la habitación, inclinada desde el talle como una negra, sin encorvarse. Ahora estaba habituado a los cuerpos de demasiadas mujeres. La primera vez que se hizo amante de una de sus pacientes no fue su cuerpo lo que le excitó, sino un leve tartamudeo y un aroma que no reconoció. No había nada especial en el cuerpo de Clara, salvo su delgadez poco elegante, la pequeñez de sus pechos, los muslos inmaduros, el monte de Venus casi imperceptible. Quizá tuviera veinte años, pero no aparentaba más de dieciséis. La madre Sánchez las reclutaba muy pronto.

Se detuvo frente a un grabado que mostraba a un hombre con chaqueta roja montando un caballo al galope que se había adelantado a los sabuesos; el cazador mayor, de cara purpúrea, agitaba el puño hacia él y más allá de la jauría se extendía un paisaje de praderas, cercos y un arroyuelo bordeado por árboles que a Plarr le parecieron sauces: un paisaje desconocido y extraño. Con cierta sensación de asombro pensó: «Nunca he visto un arroyo así». En ese continente, hasta los afluentes más pequeños de los grandes ríos eran más anchos que el Támesis en el libro de fotografías de su padre. Pronunció la palabra arroyo en inglés: *stream*. Un *stream* debía tener siempre un extraño encanto poético. No podía darse el nombre de *stream* a las ensenadas poco profundas donde a veces Plarr iba a pescar y donde no se atrevía a nadar por temor a las pastinacas. Un *stream* debía ser tranquilo, de corriente suave, a la sombra de sauces, lejos de todo peligro. «Esta tierra es de veras demasiado vasta para los seres humanos», pensó.

Charley Fortnum lo estaba esperando con los vasos otra vez llenos.

–Y bien, ¿cuál es el veredicto? –preguntó con forzada alegría.

–Nada. Un poco de inflamación. No hay motivo para que se quede en cama. Le daré unos polvos para que los tome con agua. Antes de las comidas. Sería preferible no darle whisky.

–No quiero correr ningún riesgo, Ted. No sé mucho sobre las mujeres... Sobre lo que tienen dentro y todas esas cosas. Mi primera mujer nunca estaba enferma. Pertenecía a la Christian Science.*

–La próxima vez hable conmigo por teléfono antes de hacerme venir desde tan lejos. Estoy muy ocupado en esta época del año.

–Supongo que me considerará un imbécil, pero ella necesita que la cuiden mucho.

–Yo hubiera dicho que... con la clase de vida que llevaba... sabría cuidarse por sí sola.

–¿Qué quiere decir?

–Trabajaba en casa de la madre Sánchez, ¿no es cierto?

Charley Fortnum apretó un puño. De la comisura de sus labios pendía una burbuja de whisky. Plarr pensó que casi podía ver cómo le subía la presión arterial.

–¿Qué sabe usted de ella?

–Nunca me acosté con ella, si eso es lo que teme.

–Pensé que sería usted uno de esos hijos de puta...

* Religión fundada por Mary Baker-Eddy en 1866, y que incluye una práctica de cura espiritual basada en la enseñanza de que causa y efecto son mentales y el pecado, la enfermedad y la muerte se superan mediante una comprensión absoluta de las enseñanzas de Jesús. *(N. del T.)*

–Usted mismo fue «uno de ésos». Creo recordar que me habló de una muchacha de Córdoba llamada María.

–Eso era diferente. Era una cuestión física. ¿Sabe usted que no toqué a Clara durante meses? No la toqué hasta que me di cuenta de que me quería un poco. Hablábamos, eso era todo. Yo iba a su cuarto, desde luego, porque de lo contrario ella habría tenido problemas con la señora Sánchez. Usted no me creerá, Ted, pero le aseguro que no he hablado con nadie de tantas cosas como con esa muchacha. Se interesa por todo lo que le digo. La Niña de mis ojos, la plantación de hierba mate, el cine... Sabe mucho de cine. A mí nunca me ha interesado demasiado, pero ella siempre sabe el último chisme sobre una mujer llamada Elizabeth Taylor. ¿Usted ha oído hablar de ella... y de un tipo llamado Burton? Siempre creí que Burton era una marca de cerveza. Hasta hablamos de Evelyn... mi primera mujer. Yo me sentía muy solo antes de conocer a Clara. Le parecerá un disparate, pero la quise desde el primer momento en que la vi. Y me propuse no hacer nada hasta que ella misma tuviera ganas. Clara no podía entenderlo. Pensó que yo era un tipo raro... Pero yo necesitaba amor de verdad, no el amor del prostíbulo. No creo que usted pueda entender nada de esto...

–No sé muy bien qué significan palabras tales como amor, querer, adorar... Mi madre *adora* el dulce de leche. Eso me dice, al menos.

–¿Nunca lo ha querido ninguna mujer, Ted? –preguntó Fortnum.

Una especie de interés paternal que se percibía en su voz irritó a Plarr.

–Dos o tres me dijeron que me querían, pero no tardaron en encontrar a otro tipo después de dejarlas yo. El único amor que no parece cambiar es el de mi madre por los dulces. Los amará hasta que la muerte los separe. Quizás ése sea el amor verdadero.

–Usted es demasiado joven para ser tan cínico.

–No soy cínico. Soy curioso, sencillamente. Me interesa saber qué sentido da la gente a las palabras que usa. Es un problema semántico. Por eso en medicina solemos emplear una lengua muerta. No puede haber equívocos con las lenguas muertas. Pero ¿cómo consiguió arrancarle la muchacha a la señora Sánchez?

–Le pagué.

–¿Y la muchacha se alegró de irse de esa casa?

–Al principio estaba un poco sorprendida y hasta asustada. La señora Sánchez se enfadó mucho. No le gustaba nada la idea de desprenderse de ella. Le dijo que no la dejaría volver cuando yo me cansara de ella. Como si eso fuera posible...

–Una vida dura mucho tiempo.

–La mía no durará tanto, Ted. No creo que me dé usted otros diez años de vida... Aunque bebo menos desde que conocí a Clara.

–¿Y qué será de ella, después?

–Este campo vale algo. Puede venderlo e irse a Buenos Aires. Ahora se puede conseguir el veinticinco por ciento de interés sin el menor riesgo. Y hasta el treinta, arriesgando algo. Y usted sabe que puedo importar un coche cada dos años. Quizá pueda vender seis más antes de estirar la pata. Calculo que eso serían quinientas libras más por año.

–Clara podría comer dulces con mi madre en el Richmond.

–Bromas aparte, ¿usted cree que su madre consentirá en conocer a Clara algún día?

–¿Por qué no?

–No sabe cuánto significa Clara para mí.

–Usted también debe de significar mucho para ella –dijo Plarr.

–Cuando uno llega a mi edad, acumula muchos remordimientos. Y no es malo sentir que al menos se ha hecho un poco más feliz a alguien.

Era el tipo de frase simple, sentimental y dicha con seguridad que irritaba a Plarr. No había contestación posible. Era una afirmación que habría sido descortés discutir e imposible confirmar. Plarr se disculpó y volvió a la ciudad.

Mientras avanzaba por el camino oscuro pensó en la muchacha acostada en la gran cama victoriana que había pertenecido, juntamente con los grabados, al padre del cónsul honorario. Clara era como un pájaro comprado en el mercado en una jaula improvisada y trasladado a otra más amplia y lujosa, con barras para posarse, comederos, y un columpio para mecerse.

Se sorprendió de ver que pensaba tanto en la muchacha, una prostituta que una vez le había llamado la atención en el establecimiento de la señora Sánchez a causa del extraño lunar. ¿Charley se habría casado de veras con ella? Quizás Humphries se había confundido al hablar al embajador de matrimonio. Probablemente Charley Fortnum hubiera cambiado de sirvienta... Si era así, podría tranquilizar al embajador. Una mujer legítima suministra más material para el escándalo que una amante.

Pero sus pensamientos eran como las palabras deliberadamente triviales de una carta secreta, en la que las frases importantes están intercaladas en tinta invisible que sólo se verá mediante un procedimiento secreto. Esas frases ocultas describían a una muchacha en un cuartucho, inclinada sobre su cama; una muchacha que volvía a su mesa y retomaba su vaso de jugo de naranja, como si la hubiese interrumpido momentáneamente un vendedor ambulante; un cuerpo delgado, acostado en la cama de matrimonio de Charley Fortnum, con pechos inmaduros que ningún niño había mamado aún. Las tres amantes de Plarr habían sido mujeres casadas, mujeres maduras, orgullosas de sus abundancias que olían a sales de baño. Clara debía de ser una buena puta para que dos hombres la hubieran elegido sucesivamente a pesar de su cuerpo. Pero no había razón para pensar en ella durante todo el camino de regreso. Plarr procuró pensar en otra cosa. Había dos casos desesperados de desnutrición en el barrio pobre, había un oficial de policía que pronto moriría de un cáncer en la garganta, estaban la melancolía de Saavedra y el goteo de la ducha de Humphries; pero sus pensamientos volvían sin cesar a esa pequeña colina de Venus: monte era un término demasiado ampuloso en ese caso.

Se preguntó a cuántos hombres habría conocido la muchacha. La última amante de Plarr, que estaba casada con un banquero llamado López, le habló con cierto orgullo de sus cuatro predecesores: quizá pretendía despertar en él un sentimiento de emulación. (Plarr supo después, por otra fuente, que el chófer fue uno de esos amantes.) El frágil cuerpo en la cama de Charley Fortnum debía de haber conocido a cientos de hombres. Su vientre era como un viejo campo de batalla donde la pálida hierba crecida ocultaba las cicatrices de la guerra. Y un delgado arroyo manaba plácidamente entre los sauces: Plarr estaba de nuevo en el corredor, observando los grabados de escenas deportivas y resistiendo el deseo de volver al dormitorio.

Frenó bruscamente cuando se acercó al camino que llevaba a la fábrica de naranjada de Bergman y por un instante contempló la idea de volver a casa de Fortnum. Se limitó a encender un cigarrillo. «No quiero ser la víctima de una obsesión –pensó–. La atracción de un prostíbulo es la misma que a veces encuentro en el acto trivial de hacer compras: veo una corbata que de pronto me atrae, la uso una o dos veces, después la dejo en un cajón y pronto queda sepultada bajo nuevas corbatas. ¿Por qué no la probé cuando tuve la oportunidad? Si esa noche la hubiera comprado en casa de la señora Sánchez, ahora estaría olvidada en el fondo del cajón. Si un hombre es demasiado racional para enamorarse, ¿es posible que le esté reservado el destino peor de obsesionarse por algo?» Condujo con rabia hacia la ciudad, donde el reflejo de la luz se extendía por todo el horizonte, y las Tres Marías pendían de su cadena rota, en el firmamento.

Pocas semanas después Plarr se despertó temprano. Era sábado y tenía unas horas libres. Decidió pasarlas al aire libre, con un libro, mientras durara el fresco de la mañana. Prefirió alejarse de su secretaria, que sólo leía lo que ella llamaba libros serios, entre ellos, los del doctor Saavedra.

Eligió una colección de relatos de Jorge Luis Borges. Borges tenía los mismos gustos que Plarr había heredado de su padre: Conan Doyle, Stevenson, Chesterton. *Ficciones* sería un buen cambio después de la última novela del doctor Saavedra, cuya lectura no había podido terminar. Estaba harto del heroísmo sudamericano. Ahora el doctor Plarr, sentado bajo la estatua de un heroico sargento –de nuevo el machismo– que había salvado la vida de San Martín –¿había ocurrido ciento cincuenta años antes?–, leía con inmenso alivio páginas en que se hablaba de la condesa de Bagno Regio, de Pittsburgh y de Mónaco. Al cabo de un rato sintió sed. Para apreciar debidamente a Borges había que acompañarlo, como una galletita de queso, con un aperitivo. Pero con el calor que hacía, Plarr necesitaba un trago más largo. Decidió visitar a su amigo Gruber y pedir una cerveza alemana.

Gruber era uno de los primeros amigos que Plarr tuvo en la ciudad. Escapó siendo un niño de Alemania, en 1936, cuando se intensificó la persecución de los judíos. Era hijo único, pero sus padres insistieron en que huyera al extranjero, siquiera para evitar que se extinguiera el apellido Gruber; su madre le preparó un pastel especial para el viaje y ocultó en él algunos objetos de valor: su anillo de compromiso, con brillantes de poca monta, y la alianza de oro de su marido. Le dijeron que eran demasiado viejos para iniciar una nueva vida en un continente extraño y fingieron creer que eran demasiado viejos para que los consideraran un peligro para el estado nazi. Por supuesto, Gruber nunca más supo de ellos: añadieron dos ínfimas cifras a aquella fórmula matemática que era la Solución Final.

De manera que Gruber, como el doctor Plarr, era un hombre sin padre. Ni siquiera poseía una tumba familiar. Ahora era dueño de una casa de artículos de fotografía en la calle comercial más importante, que, con sus carteles y anuncios, tenía un aire chino. Gruber era óptico, además. Una vez dijo a Plarr: «Los alemanes siempre inspiran confianza como farmacéuticos, ópticos y especialistas en fotografía. La gente ha oído hablar más de Zeiss y de Bayer que de Göbbels y Goering. Y aquí muchos han oído hablar de Gruber».

Gruber dejó a su cliente instalado en el taller privado de su tienda, donde trabajaba con sus lentes. Desde allí Plarr podía ver todo lo que sucedía en la tienda sin ser visto a su vez, porque Gruber, apasionado por los aparatos, había puesto una pequeña pantalla de televisión en la que podía observar en miniatura, como en un programa de cámara oculta, a los clientes que entraban a la tienda. Por algún motivo que Gruber nunca pudo explicar, su tienda atraía a las chicas más bonitas de la ciudad (ninguna *boutique* podía competir con Gruber), como si la belleza y la práctica de la fotografía estuvieran unidas. Las muchachas iban en grupos a la tienda en busca de sus fotografías en color, y las examinaban con gritos de entusiasmo, parloteando como pájaros. Plarr las observaba mientras se bebía la cerveza y oía los chismes locales de Gruber.

–¿Conoce a la mujer de Fortnum? –dijo Plarr.

–¿Quiere decir *su* esposa?

–No puede haberse casado con ella. Charley Fortnum es divorciado. Y aquí no existe el matrimonio entre divorciados. Cosa bastante ventajosa para los solteros como yo.

–¿No sabe que la mujer de Fortnum murió?

–No. He estado ausente durante algún tiempo. Y cuando vi a Fortnum el otro día no me lo dijo.

–Se fue con esa muchacha a Rosario y allí se casaron. Eso dice la gente. Desde luego, nadie sabe la verdad.

–Es muy raro que hiciera eso. No tenía ninguna necesidad. ¿Sabe dónde conoció a la muchacha?

–Sí. Pero es muy bonita –dijo Gruber.

–Oh, sí, una de las mejores de la madre Sánchez. Pero uno no tiene por qué casarse con una muchacha bonita.

–Las chicas de esa clase suelen convertirse en excelentes esposas, sobre todo de hombres viejos.

–¿Por qué de hombres viejos?

–Los viejos no son demasiado exigentes, y esa clase de muchachas necesitan algún descanso...

La frase «de esa clase» irritaba a Plarr. Al cabo de siete días aún estaba obsesionado con ese cuerpo nada llamativo que Gruber había clasificado con tanta despreocupación. Ahora, en la pantalla de televisión, veía a una muchacha que se inclinaba sobre el mostrador para comprar un rollo de Kodachrome de la misma manera que Clara se había inclinado sobre su cama en casa de la señora Sánchez. Era más hermosa que la mujer de Charley Fortnum, pero Plarr no sintió el menor deseo de ella.

–Las chicas de esa clase se alegran de que las dejen en paz –repitió Gruber–. Les parece una suerte estupenda tener un cliente impotente o demasiado borracho para poder funcionar. Usan una palabra especial para llamar a esos clientes... Me he olvidado de cuál es, pero sé que significa «visita de cuaresma».

–¿Va usted con frecuencia a la casa de la señora Sánchez?

–¿Para qué? Mire las tentaciones que debo resistir aquí, con todas estas clientes encantadoras. Algunas de las películas que me traen para revelar son muy íntimas, y cuando se las entrego advierto en sus ojos lo que eso las divierte. «Ha visto esa en que se me ha caído el bikini», piensan. Y en efecto, la he visto. A propósito, el otro día vinieron dos hombres y preguntaron por usted. Querían saber si era usted el mismo Eduardo Plarr que habían conocido hace años en Asunción. Vieron su nombre en esas películas que le mandé el jueves. Por supuesto, les dije que no tenía la menor idea.

–¿Eran policías?

–No lo parecían, pero desde luego no quise arriesgarme. Oí que uno de ellos llamaba «padre» al otro. No tenía bastantes años como para ser su padre, y no parecía un sacerdote. Eso me hizo sospechar.

–Estoy en buenas relaciones con el jefe de policía. A veces me manda llamar cuando el doctor Benevento está de vacaciones. ¿Cree usted que esos hombres vendrían de Paraguay? ¿Serán agentes del general? Pero ¿qué interés pueden tener en mí? Era un niño cuando salí...

–Hablando de Roma... –dijo Gruber.

Plarr miró rápidamente hacia la pantalla de televisión esperando ver a los dos extraños reflejados en ella, pero sólo vio a una muchacha delgada, con gafas oscuras de tamaño descomunal que parecían hechas para bucear.

–Compra gafas de sol como otras mujeres compran alhajas o ropa –dijo Gruber–. Le he vendido por lo menos cuatro pares.

–¿Quién es?

–Debería saberlo. Hace un rato hablaba de ella. Es la mujer de Charley Fortnum. O su chica, si lo profiere...

Plarr dejó la cerveza y fue a la tienda. La muchacha examinaba un par de gafas de sol y estaba demasiado absorta para advertir su presencia. Los cristales eran de un malva brillante, la montura de un amarillo incandescente y en las patillas había unas piedras incrustadas que parecían amatistas. La muchacha se quitó las gafas que llevaba y se probó las nuevas, envejeciendo de pronto diez años. Sus ojos eran invisibles: Plarr sólo podía ver su propia cara reflejada en color malva.

–Acabamos de recibirlas de Mar del Plata –dijo la dependienta–. Son la última moda allá.

Plarr sabía que Gruber estaría mirándolo en la pantalla de televisión. Pero ¿qué le importaba?

–¿Le gustan, señora de Fortnum?

–¿Quién...? Oh, es usted, el doctor, el doctor...

–Plarr. La envejecen un poco. Pero desde luego, usted puede permitirse unos pocos años de más.

–Cuestan demasiado. Me las he probado sólo por pasar el rato.

–Envuélvalas –dijo Plarr a la dependienta–. Y póngalas en un estuche.

–Ya vienen en su propio estuche –replicó ella, empezando a limpiar los cristales.

–No, no puedo... –empezó a decir Clara.

–Sí, puede, tratándose de mí. Soy amigo de su esposo.

–¿Y le parece que en este caso... ?

–Desde luego.

Clara dio un brinco que, según comprobaría Plarr más adelante, era su modo de expresar alegría ante cualquier regalo, incluso un pastel. Plarr nunca había visto a ninguna mujer aceptar un obsequio con más franqueza y menos remilgos.

–Gracias, no las envuelva, me las llevaré puestas –dijo Clara a la dependienta–. Ponga las otras en el estuche.

«Con estas gafas –pensó Plarr mientras salían de la tienda de Gruber– parece más mi amante que mi hermana pequeña.»

–Ha sido muy amable de su parte –dijo ella, hablando como una colegiala bien educada.

–Vamos a sentarnos junto al río para hablar un poco –dijo Plarr. Y como la vio vacilar agregó–: Nadie la reconocerá con esas gafas. Ni siquiera su marido.

–¿No le gustan?

–No, no me gustan nada.

–Me han parecido muy lujosas y elegantes –dijo ella, decepcionada.

–Son una buena máscara. Por eso he querido que las llevara. Nadie reconocerá a la joven señora de Fortnum.

–Pero, ¿quién podría reconocerme? –dijo ella–. No conozco a nadie, y Charley está en casa. Me ha hecho traer por el capataz. Le he dicho que quería comprar algo.

–¿Qué?

–Oh, cualquier cosa. No sabía qué.

Clara caminaba tranquilamente junto a él, en cualquier dirección que Plarr eligiera. Y Plarr se sintió incómodo por la facilidad con que estaban ocurriendo las cosas. Recordó sus estúpidos escrúpulos cuando sintió la tentación de dar media vuelta con el coche y regresar a la casa de campo de Fortnum, y las muchas ocasiones, durante la última semana, en que había permanecido despierto, preguntándose cuál sería la mejor estrategia para poder verla de nuevo. Debió ocurrírsele que la cosa no sería más difícil que llevarla a uno de los cuartitos de la señora Sánchez.

–Hoy no tengo miedo –dijo Clara.

–Quizá porque le he hecho un regalo.

–Sí, puede que sea por eso... Un hombre no le haría un regalo a alguien que no le gustara. El otro día pensé que no le gustaba. Creía que usted era mi enemigo.

Llegaron a la orilla del Paraná. Un especie de baluarte se adentraba en el río, bordeado de columnas blancas que formaban un templo minúsculo para una estatua desnuda de clásica inocencia. Los árboles ocultaban el feo edificio amarillo donde vivía Plarr. Las hojas eran como las plumas más ligeras; daban una impresión de frescor porque parecían estar en movimiento continuo: una brisa de aire imperceptible en la piel bastaba para agitarlas. Un pesado lanchón se deslizó frente a ellos en el río, renqueando contra la corriente; el habitual penacho de humo negro se extendía por el Chaco.

Clara se sentó y contempló el Paraná; cuando Plarr la miró, sólo pudo ver su propia cara reflejada en sus gafas de sol.

–Por el amor de Dios –dijo–, quítese esas gafas. No necesito afeitarme.

–¿Afeitarse?

–Me miro al espejo dos veces al día, y con eso basta.

Clara se quitó obedientemente las gafas y él le vio los ojos, castaños, sin expresión, semejantes a los ojos de todas las mujeres hispanas que había conocido.

–No entiendo –dijo ella.

–Oh, no tiene importancia. ¿Es cierto que está casada?

–Sí.

–¿Y cómo le sienta el matrimonio?

–Es como llevar la ropa de otra chica. Una ropa que no cae bien.

–¿Y por qué se casó?

–Él quería casarse. Necesitaba a alguien a quien dejarle su dinero. Y si tenemos hijos...

–¿Cree que está encinta?

–No.

–Bueno... debe de ser mejor que la vida en casa de la madre Sánchez.

–Es diferente. Echo de menos a las chicas.

–¿Y a los hombres?

–Uf, ni pienso en ellos.

Estaban solos en el largo paseo junto al Paraná: para los hombres era la hora del trabajo; para las mujeres, la hora de hacer las compras. Todo tenía en ese lugar una hora asignada: la hora para el Paraná era el atardecer, y ésa era también la hora para los jóvenes amantes que se cogían las manos sin hablar.

–¿A qué hora tiene que volver?

–El capataz me espera en la oficina de Charley a las once.

–Ahora son las nueve. ¿Qué piensa hacer durante esas horas?

–Miraré escaparates y después tomaré un café.

–¿Nunca visita a sus antiguas amigas?

–Ahora están durmiendo.

–¿Ve esa casa que está detrás de los árboles? –preguntó Plarr–. Allí vivo yo.

–¿Sí?

–Si quiere tomar café, puedo hacerle uno.

–¿Sí?

–O si prefiere jugo de naranja...

–No, el jugo de naranja no me gusta. Pero la señora Sánchez decía que no debíamos emborracharnos.

–¿Quiere ir a mi casa? –preguntó él.

–Creo que no estaría bien, ¿no es cierto? –preguntó ella, como consultando a alguien a quien conociera y en quien confiara.

–En casa de la señora Sánchez no le importaba tanto lo que estaba bien.

–Era diferente, allí tenía que ganarme la vida. Mandaba dinero a Tucumán.

–¿Y ahora?

–Sigo mandando dinero a Tucumán. Ahora me lo da Charley.

Plarr se levantó y le tendió la mano.

–Vamos –dijo.

Estaba dispuesto a enfadarse si ella vacilaba, pero Clara le cogió la mano con la misma inexpresiva obediencia y lo siguió a través de la calle, como si la distancia no fuera mayor que la del patio de la casa de la señora Sánchez. Pero el ascensor la hizo dudar. Le dijo que nunca había subido antes en un ascensor: había pocas casas en la ciudad con más de dos pisos. La emoción le hizo apretar la mano, y cuando llegaron al último piso preguntó:

–¿Podemos subir otra vez?

–Cuando te vayas.

La llevó directamente al dormitorio y empezó a desvestirla. Un corchete del vestido se quedó enganchado y ella se encargó de él. Mientras yacía desnuda en la cama, esperando a Plarr, sólo dijo:

–Esas gafas de sol cuestan más que una visita a la casa de la señora Sánchez.

Plarr se preguntó si consideraba ese regalo como un pago por adelantado. Recordó que Teresa contaba los billetes y después los dejaba en un estante, bajo la estatua de la santa, como si fueran el resultado de una colecta en la iglesia. Más tarde lo dividiría en la proporción habitual entre ella y la señora Sánchez: la propina siempre se daba al final.

Cuando Plarr se reunió con ella en la cama pensó con alivio: «Éste es el fin de mi obsesión». Y cuando ella gritó, pensó: «Soy libre de nuevo. Ahora puedo saludar a la señora Sánchez mientras hace punto sentada en su mecedora, y caminar por la costanera con una sensación de tranquilidad que no tenía cuando salí de casa». El último número del *British Medical Journal* estaba en su escritorio: había pasado una semana entera dentro del sobre. Pero Plarr se sentía ahora con ánimo de leer algo en un estilo más preciso aún que el de Borges y de mayor valor práctico que las novelas de Jorge Julio Saavedra. Empezó a leer un artículo de asombrosa originalidad (o al menos eso le pareció) de un médico llamado César Borgia sobre el tratamiento de la falta de calcio.

–¿Duermes? –preguntó Clara.

–No.

Pero se sorprendió al abrir los ojos y ver la luz del sol entre las rendijas de la persiana. Creía que era de noche y estaba solo.

La muchacha le acarició la parte interna del muslo y le pasó los labios por el cuerpo. Plarr sintió un leve interés que era más bien la curiosidad de comprobar si ella era capaz de excitarlo por segunda vez. Quizá fuera ése el secreto de su popularidad en casa de la señora Sánchez: un servicio doble por el mismo precio. Clara se tumbó sobre él y dijo una obscenidad mordiéndole la oreja; pero la obsesión había muerto con el deseo, y Plarr se sintió deprimido ante el vacío que había quedado. Después de vivir una semana entera con una idea fija, ahora la pasaba por alto como una madre puede pasar por alto el llanto de un hijo no querido. «Nunca la he deseado –pensó–, sólo deseaba mi idea.» Le hubiera gustado levantarse y poder irse, para que ella hiciera la cama y buscara otro cliente.

–¿Dónde está el baño? –preguntó ella.

Nada la distinguía de las otras mujeres que él había conocido, salvo que Clara representaba su comedia con más ánimo e inspiración.

Ya estaba vestido cuando ella regresó; y la miró con impaciencia mientras se vestía. Temía que le pidiera el café prometido y se quedara más tiempo en la casa. Era la hora de visitar el barrio popular. Las mujeres habrían terminado las primeras tareas del día y los niños ya habrían vuelto de ir a buscar agua.

–¿Quieres que te deje en el consulado? –preguntó.

–No, será mejor que vaya a pie. El capataz puede estar esperando.

–No has comprado nada.

–Le enseñaré a Charley las gafas de sol. Nunca se enterará de lo que cuestan.

Plarr tomó del bolsillo un billete de diez mil pesos y se lo dio. Ella lo volvió de uno y otro lado como para asegurarse de la cifra.

–Es la primera vez que me regalan tanto. A veces me daban cinco mil. Pero casi siempre eran dos mil. A la señora Sánchez no le gustaba que aceptáramos más. Tenía miedo de que eso significara que les habíamos empujado a ello. Pero se equivocaba. Los hombres son raros. Cuando no pueden hacer nada es cuando más dan.

–Como si a vosotras os importara –dijo Plarr.

–Como si nos importara.

–Un visitante de cuaresma.

La muchacha rió.

–Qué agradable es poder hablar tranquilamente de nuevo. No puedo hablar así con Charley. Creo que quiere que me olvide de la señora Sánchez para siempre.

Devolvió el billete a Plarr y dijo:

–No estaría bien. Ahora estoy casada. Y no lo necesito. Charley me da lo que quiero. Y las gafas de sol te han costado mucho.

Se las puso y Plarr volvió a verse reflejado en ellas, en miniatura, como si fuera un muñeco asomándose en una casita.

–¿Volveré a verte? –preguntó ella.

Él sintió ganas de decir: «No. Esto se ha terminado».

Pero la cortesía y el alivio que sentía al comprobar que ella se había olvidado del café le hicieron contestar seriamente, como un anfitrión a una visita que en realidad no desea volver a ver:

–Cuando quieras. Te daré mi número de teléfono. Llámame cuando vuelvas a la ciudad.

–No necesitas regalarme algo cada vez –aseguró ella.

–Y tú no necesitas representar una comedia.

–¿Qué comedia?

–Sé que muchos hombres necesitan creer que dan el mismo placer que reciben. En casa de la señora Sánchez tenías que representar un papel para ganarte la propina, pero aquí... ya no necesitas fingir. Quizá tienes que actuar con Charley, pero no conmigo. No necesitas hacerme creer nada.

–Discúlpame –dijo ella–. ¿He hecho algo mal?

–Eso me fastidiaba mucho en casa de la señora Sánchez. Los hombres no son tan estúpidos como vosotras creéis. Saben que van allí a buscar placer, y no a darlo.

–Sin embargo, creo que yo lo hacía bastante bien, porque a mí me daban más que a las otras chicas.

No estaba ofendida. Plarr pensó que estaba habituada a esa tristeza después del coito. Ni siquiera en eso se diferenciaba él de los demás hombres que ella había conocido. «Pero ¿tendrá razón? –pensó Plarr–. ¿Ese vacío no es más que la *tristitia* temporal que sienten la mayoría de los hombres cuando salen de un prostíbulo?»

–¿Cuánto tiempo estuviste en casa de la señora Sánchez?

–Dos años. Tenía casi dieciséis cuando llegué. Las chicas me hicieron un pastel con velitas para mi cumpleaños. Era la primera vez que veía uno así. Era muy bonito.

–¿A Charley Fortnum le gusta que representes tu comedia?

–Le gusta que me quede muy tranquila y sea muy tierna. ¿Es eso lo que te gusta a ti? Discúlpame... Yo creí... Como eres mucho más joven que Charley, creí...

–Lo que me gustaría es que fueras tú misma –dijo Plarr– . Puedes ser todo lo indiferente que quieras. ¿Con cuántos hombres te acostaste?

–¡Cómo voy a acordarme!

Plarr le enseñó cómo hacer funcionar el ascensor y ella le pidió que bajaran juntos: aunque estaba entusiasmada tenía un poco de miedo. Cuando apretó el botón y el ascensor empezó a bajar, dio el mismo brinco que en la tienda de Gruber. Ante la puerta le confesó que también le daba un poco de miedo el teléfono.

–¿Cómo te llamas? He olvidado tu nombre.

–Plarr. Eduardo Plarr.

Por primera vez pronunció en voz alta el nombre de la muchacha:

–Tú te llamas Clara, ¿no es cierto? Si tienes miedo de usar el teléfono, yo te llamaré. Pero puede contestar Charley.

–Casi siempre sale a recorrer el campo antes de las nueve. Y los miércoles casi siempre está en la ciudad... Aunque le gusta que yo venga con él.

–Bueno, ya nos las arreglaremos –dijo Plarr.

Ni siquiera se molestó en mirarla salir a la calle o alejarse. Ya era un hombre libre.

Sin embargo, esa misma noche, mientras intentaba dormir, pensó con amargura que recordaba con más precisión el cuerpo desnudo de Clara en la cama de Charley Fortnum que en la suya. Una obsesión puede estar dormida durante un tiempo, pero no necesariamente muere, y menos de una semana después quería verla de nuevo. Quería oír su voz, por indiferente que sonara en el teléfono. Pero el teléfono no le transmitió ningún mensaje importante.

TERCERA PARTE

Capítulo Primero

Plarr no volvió del barrio popular hasta casi las tres de la madrugada. Para evitar las patrullas de policía, Diego tomó por otro camino y lo dejó cerca de la casa de la señora Sánchez: en caso necesario, eso le daba una excusa para estar en la calle de madrugada. Hubo un momento difícil cuando subió las escaleras y se abrió una puerta en el piso inferior al suyo y una voz preguntó: «¿Quién anda ahí?».

–Soy yo, Plarr. ¿Por qué nacerán los niños a estas horas infernales?

Se acostó, pero no pudo dormir. Sin embargo, a la mañana siguiente desarrolló más actividad que de costumbre y después fue hasta la casa de campo de Charley Fortnum. No podía adivinar con qué se encontraría; estaba cansado, nervioso e irritado ante la idea de encontrarse con una mujer histérica. Mientras permanecía acostado, sin dormir, había pensado en la posibilidad de contarlo todo a la policía; pero eso habría significado condenar a una muerte casi segura a León y a Aquino, y quizá también a Fortnum.

Cuando llegó al campo era un mediodía lleno de calor

y de sol; a la sombra de los árboles, junto a La Niña de sus ojos, había un jeep de la policía. Entró en la casa sin llamar y encontró al jefe de policía hablando con Clara. No era la mujer histérica que había imaginado, sino una muchacha sentada rígidamente en el sofá, como recibiendo órdenes de un superior.

–... todo lo que podamos hacer... –estaba diciendo el coronel Pérez.

–¿Qué hace aquí, coronel? –preguntó Plarr.

–He venido a ver a la señora Fortnum. ¿Y usted?

–Tengo que hablar de unos asuntos con el cónsul.

–El cónsul no está –dijo el coronel.

Clara no lo saludó. Parecía estar esperando, pasivamente, como solía esperar en el patio del prostíbulo que algún hombre se la llevara, ya que la señora Sánchez les tenía prohibido tomar la iniciativa.

–Tampoco está en la ciudad –dijo el doctor Plarr.

–¿Ha estado en su oficina?

–No. Lo he llamado por teléfono.

Se arrepintió de inmediato de sus palabras, porque el coronel Pérez no era tonto. Nunca había que dar información espontánea a un policía. Plarr había observado más de una vez la eficacia y frialdad con que trabajaba Pérez. En una ocasión habían encontrado a un hombre apuñalado sobre una balsa de troncos que había flotado dos mil kilómetros por el Paraná. Como el doctor Benevento estaba ausente, llevaron a Plarr a un recodo del río, cerca del aeropuerto, donde los troncos esperaban para ser transbordados. Al final de un camino fangoso, donde las víboras susurraban entre la maleza, llegó a un pequeño muelle: el llamado puerto maderero. En la balsa había vivido una familia durante una semana. Plarr, tropezando sobre los troncos tras el coronel Pérez, admiró la facilidad con que el policía mantenía el equilibrio. Él se sentía a punto de caer cada vez que los troncos se hundían bajo sus pies y se alzaban de nuevo. «Debe de ser como estar de pie sobre un caballo que corre en torno a la pista de un circo», pensó.

–¿Ha hablado usted con la sirvienta? –preguntó el coronel Pérez.

Plarr volvió a reprocharse sus imprudentes mentiras. Era el médico de Clara. Podía haber dicho que era una visita de rutina a una mujer encinta... Una mentira dicha a un policía parecía multiplicarse como los bacilos.

–No. Nadie ha contestado.

El coronel Pérez consideró esa respuesta con un largo silencio. Plarr recordó con qué rapidez y facilidad Pérez caminaba sobre los troncos de la balsa, como si fueran un firme pavimento urbano. Los troncos cubrían la mitad del ancho del río. Un grupo de gente, empequeñecido por la distancia, permanecía en el centro mismo de esta vasta selva horizontal. Pérez y él debían saltar de tronco en tronco para llegar hasta ellos. Cada vez que saltaba, Plarr temía caer en la separación entre los troncos, aunque en general había menos de un metro. Al hundirse los troncos bajo su peso los zapatos se le llenaron de agua.

–Se lo advierto –dijo Pérez–, la cosa no va a ser agradable. La familia ha viajado en la balsa durante semanas con el cadáver. Hubiera sido mucho mejor tirarlo al agua. Nadie se habría enterado.

–¿Por qué no lo hicieron? –preguntó Plarr con los brazos extendidos, como si estuviese caminando sobre una cuerda floja.

–El asesino quería que le dieran cristiana sepultura.

–¿Entonces ha admitido que lo mató?

–Oh, me lo ha dicho a mí. Usted sabe... esa gente es como yo.

Cuando llegaron al grupo (dos hombres, una mujer y un niño, más dos oficiales de policía), Plarr advirtió que la policía no se había tomado el trabajo siquiera de quitarle el puñal al asesino. Éste estaba sentado junto al cadáver, como si su misión fuera vigilarlo. Tenía una expresión de tristeza, más que de culpa.

–He venido a comunicar a la señora que han encontrado el automóvil de su marido en el Paraná, no lejos de Posadas. No hay rastro de ningún cadáver, de modo que esperamos que haya salido con vida.

–¿Un accidente? Usted sabe que..., a la señora no le importará que se lo diga..., Fortnum bebe demasiado.

–Sí. Pero hay otras posibilidades –dijo el coronel Pérez.

Plarr habría encontrado más fácil representar su papel ante el coronel o ante Clara si hubiera estado a solas con cualquiera de ellos. Al hablar temía que alguno de los dos percibiera algo falso en su tono.

–¿Qué cree usted que habrá ocurrido? –preguntó.

–Cualquier incidente que ocurra cerca de la frontera puede tener carácter político. Siempre hay que recordar esto. ¿Se acuerda usted del médico que raptaron en Posadas?

–Claro que sí. Pero ¿por qué Fortnum? No tiene nada que ver con la política.

–Es cónsul.

–Sólo es cónsul honorario.

Ni el jefe de policía parecía entender la diferencia.

–Si tenemos noticias se las haremos llegar de inmediato, señora –dijo el coronel Pérez a Clara–. Me gustaría preguntar algo, doctor –agregó, poniendo una mano en el brazo de Plarr.

El coronel llevó a Plarr hacia la galería, donde un carrito de servir, con los vasos de Long John y el whisky, parecía resaltar aún más la notable ausencia de Charley Fortnum (sin duda los habría invitado a tomar «una gota» antes de que se fueran), y después hasta la sombra densa de los árboles. Cogió uno de los aguacates caídos al suelo, comprobó si estaba maduro con ojos de experto, y lo puso en el asiento trasero del coche de policía, procurando que no le diera el sol.

–Qué maravilla –dijo–. Me gustan en puré con un poco de whisky.

–¿Qué quería preguntarme? –dijo Plarr.

–Hay algo que me preocupa un poco.

–No creerá que han secuestrado a Fortnum...

–Es una de las posibilidades. Hasta se me ha ocurrido que pudo ser víctima de un error estúpido. Había ido con el embajador de los Estados Unidos a las ruinas. Desde luego, el embajador es un blanco mucho más codiciable. Si es así, esos hombres deben de ser extranjeros, probablemente paraguayos. Ni usted ni yo cometeríamos semejante error, doctor. Digo «usted» porque lo considero uno de nosotros. Desde luego, también existe la posibilidad de que usted esté indirectamente implicado.

–No soy aficionado a los secuestros, coronel.

–Pensaba en su padre. Usted me dijo una vez que podía estar preso o muerto en Paraguay. Eso le daría un motivo... Discúlpeme si pienso en voz alta, doctor, pero siempre me siento un poco perdido cuando me encuentro frente a un crimen político. En la política, el crimen suele ser cosa de caballeros. Y estoy más habituado a los crímenes cometidos por criminales... o al menos por hombres pobres y violentos, por dinero o por lujuria.

–O por machismo –dijo el doctor, aventurándose a bromear.

–Oh, aquí todo es machismo –dijo Pérez, sonriendo ante la observación de Plarr de manera tan amistosa que lo hizo sentirse mucho más seguro–. Aquí el machismo no significa más que la vida cotidiana. O el aire que respiramos. Cuando no hay machismo hay un hombre muerto. ¿Vuelve a la ciudad, doctor?

–No. Ya que estoy aquí, aprovecharé para examinar a la señora de Fortnum. Está embarazada.

–Sí, me lo ha dicho.

El jefe de policía tenía la mano apoyada en la puerta del coche, pero en el último momento se volvió y dijo en voz baja, como para compartir una confidencia:

–Doctor, ¿por qué me ha dicho que había llamado a la oficina del cónsul y que no le habían respondido? He puesto allí a un hombre por si alguien llamaba.

–Usted sabe cómo funcionan los teléfonos en esta ciudad.

–Cuando un teléfono está descompuesto, suele oírse la señal de ocupado, y no la llamada.

–No siempre, coronel. O quizá era la señal de ocupado. No he prestado demasiada atención.

–Y sin embargo, ha recorrido todo este camino hasta el campo...

–De todos modos, tenía que hacer una visita a la señora de Fortnum. ¿Por qué iba a mentirle?

–Debo calcular todas las posibilidades, doctor. Hasta puede tratarse de un crimen pasional.

–¿Un crimen pasional? –dijo el doctor, sonriendo–. Soy inglés.

–Sí, es poco probable. Y en el caso de la señora Fortnum no creo que un hombre como usted, con todas sus posibilidades, tuviera que llegar al extremo de... Sin embargo, he visto crímenes pasionales hasta en prostíbulos.

–Charley Fortnum es amigo mío.

–Oh, un amigo... En estos casos se suele traicionar a los amigos, ¿no es cierto? –dijo el coronel, poniendo una mano sobre el hombro de Plarr–. Discúlpeme, doctor. Lo conozco demasiado como para permitirme sospechar de usted cuando me encuentro perdido. Y ahora lo estoy. He oído que sus relaciones con la señora Fortnum son muy íntimas. Pero estoy de acuerdo..., no creo que exijan la eliminación de su marido. Sin embargo, sigo preguntándole por qué ha mentido.

Subió al automóvil. La pistolera crujió cuando se acomodó en el asiento. Se volvió para comprobar si el aguacate no estaba en un sitio desde el cual pudiese saltar y magullarse.

–He hablado sin pensar, coronel –dijo Plarr–; eso es

todo. Mentir a la policía es casi un reflejo automático. Yo no me imaginaba que usted supiera tanto sobre mí.

–Esta es una ciudad pequeña –dijo el coronel Pérez–. Cuando uno se acuesta con una mujer casada, hay que dar por sentado que todo el mundo lo sabe.

Plarr contempló alejarse el coche de policía y volvió de mala gana a la casa. «El secreto –pensó– es parte de la atracción de una aventura amorosa. Una aventura públicamente conocida siempre tiene algo de absurdo.»

Clara seguía sentada exactamente donde la habían dejado. «Es la primera vez que podemos estar juntos sin prisas: no tiene que volver para que la recojan en el consulado, no hay temor de que Charley vuelva de improviso de la plantación.»

–¿Habrá muerto? –preguntó ella.

–No creo.

–No sé si sería mejor para todos que estuviera muerto.

–No para Charley.

–Sí, también para Charley. Tenía tanto miedo de la vejez...

–De todos modos, no creo que tuviera ganas de morirse ahora mismo.

–El niño pataleaba fuerte esta mañana.

–¿Sí?

–¿Quieres que vayamos al dormitorio?

–Claro.

Plarr esperó a que ella se levantara y lo precediera. Nunca se besaban en la boca (eso formaba parte del adiestramiento del prostíbulo), y la siguió, sintiendo que su interés resucitaba lentamente: «En una relación amorosa, una mujer interesa en la medida en que es alguien diferente de uno mismo –pensó–. Pero la mujer va adaptándose poco a poco al hombre, adquiere sus hábitos, sus ideas, hasta determinadas maneras de hablar... Se convierte en parte de uno mismo. Y entonces ¿qué interés queda? Uno no puede desearse a sí mismo, no puede vivir en contacto permanente consigo mismo. Todos necesitamos una presencia extraña en la cama. Una prostituta siempre es una extraña. Los hombres han garabateado tanto en su cuerpo que nadie puede distinguir en él su propia firma.»

Después, cuando permanecieron inmóviles, la cabeza de Clara apoyada sobre el hombro de él, en la actitud de un amor apacible, ella inició una frase y Plarr supuso que sería una pregunta oída con demasiada frecuencia:

–Eduardo, ¿es cierto? ¿Tú crees que...?

–No –dijo él con firmeza.

Pensó que Clara exigía la misma respuesta a una pregunta trivial que su madre le había arrancado incesantemente cuando se separaron de su padre, la respuesta que tarde o temprano le había exigido cada una de sus amantes: «¿Es cierto que me quieres, Eduardo?». Una ventaja del prostíbulo es que en él la palabra amor se emplea muy raramente.

–No –repitió.

–Pero ¿cómo puedes estar tan seguro? –preguntó ella–. No sé por qué crees que está vivo, si hasta la policía piensa que ha muerto.

Plarr comprendió su error y el alivio hizo que la besara muy cerca de la boca.

Oyeron las noticias en la radio mientras almorzaban. Era la primera vez que comían juntos y los dos se sentían incómodos. El hecho de comer el uno junto al otro le parecía al doctor Plarr mucho más íntimo que el acto sexual. La sirvienta les servía y desaparecía después de cada plato en el desorden interno de esa casa descuidada: Plarr nunca había penetrado en esas regiones. Primero comieron una tortilla, después un bistec excelente (mucho mejor que *el goulash* del Club Italiano o la dura carne del Nacional). Tomaron una botella del vino chileno de Charley, que tenía mucho más cuerpo que el vino de Mendoza. Era extraño comer tan bien y con tanta formalidad en compañía de una de las chicas de la señora Sánchez, era como una perspectiva abierta a otra clase de vida muy diferente, una vida hogareña tan extraña para el uno como para la otra. Plarr se sentía como si se hubiera adentrado en bote por uno de los afluentes pequeños del Paraná y se encontrara de repente en un gran delta como el del Amazonas, sin el menor sentido de orientación. Sintió una insólita ternura hacia Clara, que había hecho posible ese extraño viaje. Los dos elegían con cuidado sus palabras: era la primera vez que debían pensar antes de hablar. Tenían un tema de conversación: la desaparición de Charley Fortnum.

Plarr empezó a hablar de Fortnum como si realmente hubiera muerto: le pareció más seguro, pues de lo contrario Clara podía preguntarse en qué se basaba para creerlo vivo. Sólo cuando Clara habló del futuro cambió de táctica, para eludir un tema dudoso. Charley podía estar vivo, le aseguró. Navegar en ese yermo amazónico, por aguas profundas y entre bancos, resultaba muy difícil...

–Es posible que pudiera salir del coche. Y como estaría exhausto, la corriente pudo arrastrarlo un largo trecho... Quizás esté lejos de cualquier pueblo.

–Pero ¿por qué se llevó el coche? Era el Cadillac nuevo –agregó Clara con pesar–. Iba a venderlo en Buenos Aires la semana próxima.

–Tal vez tuviera algo que hacer en Posadas. Era un hombre que muy bien podía...

–No, no. No iba a Posadas. Volvía para verme a mí. No quería ir a esas ruinas. Ni siquiera quería ir a la cena del gobernador. Estaba preocupado por mí y por el niño.

–¿Por qué? No había el menor motivo. Tú eres una muchacha fuerte, Clara.

–A veces le decía que me encontraba mal para que te llamara y me vinieras a ver. Así era más fácil...

–Qué puta eres –exclamó Plarr con placer.

–Y se llevó mis mejores gafas de sol..., aquellas que me regalaste. Ahora ya nunca más las volveré a ver. Eran las que me gustaban más. Tan elegantes... Y eran de Mar del Plata.

–Mañana te compraré otras en la tienda de Gruber.

–Era el único par que tenían.

–Pueden encargar otro.

–Ya me las había pedido una vez. Y estuvo a punto de romperlas.

–Debían de quedarle bastante mal –dijo Plarr.

–A él no le importa nunca el aspecto que tiene. Y veía muy mal cuando estaba borracho.

Los tiempos verbales, el presente, el pretérito, oscilaban como la aguja de un barómetro que se moviera irregularmente entre el buen tiempo y el tiempo inestable.

–¿Él te amaba, Clara?

Era un problema que nunca le había preocupado. Como marido de Clara, Charley Fortnum no significaba para él más que un ligero inconveniente cuando sentía la urgente necesidad de estar con ella. Pero Charley Fortnum drogado, tendido sobre un cajón en una sucia habitación, adquiría el aspecto de un serio rival.

–Siempre fue bueno conmigo.

Después del helado de aguacate, Plarr sintió que se le despertaba de nuevo el deseo. No tenía que visitar a sus pacientes hasta el anochecer, y podía dormir una siesta en la casa sin aguzar el oído por si llegaba el jeep de Fortnum. Después del clímax de la mañana, podía prolongar su placer durante la tarde entera. Desde aquella primera ocasión, en el apartamento de Plarr, ella nunca había intentado representar la comedia de la pasión y su indiferencia se iba convirtiendo en un desafío. A veces, cuando estaba solo, Plarr imaginaba el momento en que la sorprendería en un verdadero grito de placer.

–¿Alguna vez te dijo Charley por qué se casó contigo? –preguntó.

–Ya te lo expliqué. Para dejarle a alguien su dinero, cuando muera. Y ahora está muerto.

–Quién sabe...

–¿Quieres más helado? Puedo llamar a María. Hay un timbre. Pero siempre lo toca Charley.

–¿Por qué?

–No estoy acostumbrada a los timbres. Todos esos aparatos eléctricos... me dan miedo.

A Plarr le divertía verla sentada muy erguida, a la cabecera de la mesa, como una dama ante sus invitados. Pensó en su madre, en los antiguos días de la estancia, cuando la institutriz lo llevaba al comedor para el postre; también su madre solía servir helado de aguacate. Había sido mucho más hermosa que Clara: no había punto de comparación entre ellas; pero Plarr recordaba cuánto trabajo se tomaba para estar bella, en aquellos tiempos: los botes de cremas se acumulaban sobre el tocador, que se extendía de pared a pared. Plarr se preguntó si ya en aquellos días su padre no habría estado relegado a un segundo plano, después de Guerlain y Elizabeth Arden.

–¿Cómo se portaba Charley en la cama?

Clara no se tomó la molestia de responder.

–La radio –dijo–. Deberíamos escucharla. Puede haber noticias.

–¿Noticias?

–Noticias de Charley. ¿De quién, si no? ¿Se puede saber en qué estás pensando?

–Pensaba en la tarde que podemos pasar juntos.

–Charley puede volver.

–No volverá –dijo Plarr, pillado por sorpresa.

–¿Cómo puedes estar tan seguro de que ha muerto?

–No estoy seguro. Pero si estuviera vivo, lo primero que haría sería buscar un teléfono. No creo que Charley quiera alarmarte..., ahora que esperas un hijo.

–De todos modos, oigamos la radio.

Plarr sintonizó Asunción y luego encontró una emisora local. No daban noticias. Sólo una triste canción guaraní con acompañamiento de arpa.

–¿Te gusta el champán? –dijo Clara.

–Sí.

–Charley tiene unas botellas. Se las dieron a cambio de otras de Long John. Es un champán francés...

La música se detuvo. Una voz anunció la emisora y el boletín de noticias. Charley Fortnum ocupaba el primer lugar. Habían secuestrado a un cónsul británico (el locutor suprimió el humillante adjetivo calificativo). No mencionaron al embajador de los Estados Unidos. León se las habría ingeniado para comunicarse con sus contactos. La omisión confería cierta importancia a Charley. Lo hacía parecer muy «secuestrable». Según dijo el locutor, las autoridades creían que los secuestradores eran paraguayos. Se pensaba que el cónsul estaba al otro lado de la frontera y que los secuestradores pedirían el rescate a través del Gobierno argentino para no dar pistas. Circulaba la versión de que exigían la liberación de diez prisioneros políticos en Paraguay. Cualquier acción policial en Paraguay o Argentina pondría en peligro la vida del cónsul. Debían poner a disposición de los prisioneros liberados un avión para dirigirse a La Habana o a México. A continuación dieron a conocer con detalle las condiciones habituales. El anuncio se había realizado una hora antes, mediante una llamada telefónica a *La Nación* de Buenos Aires. El locutor agregó que era imposible que el cónsul estuviera en la capital, pues encontraron su automóvil cerca de Posadas, a más de mil kilómetros de Buenos Aires.

–No entiendo –dijo Clara.

–Cállate y escucha –dijo Plarr.

El locutor siguió explicando que los secuestradores habían elegido un momento muy oportuno, ya que el general Stroessner estaba en esos momentos pasando unas vacaciones no oficiales en el sur de Argentina. Informado del secuestro, el general había dicho: «No es asunto mío. He venido aquí a pescar». Los secuestradores daban de plazo hasta el domingo siguiente al Gobierno paraguayo para ceder a sus exigencias y anunciarlo mediante un comunicado radiofónico. Expirado el plazo, se verían obligados a ejecutar al prisionero.

–¿Por qué la habrán tomado con Charley?

–Debe de haber sido un error. No hay otra explicación. No te preocupes. Dentro de pocos días lo tendrás de nuevo en casa. Dile a la sirvienta que no quieres ver a nadie... Dentro de poco, esto se llenará de periodistas.

–¿Te quedas conmigo?

–Sí, me quedaré un rato.

–Yo no tengo ganas de hacer el amor.

–Me lo imagino. No te preocupes.

Avanzaron por el largo corredor decorado con los grabados deportivos y Plarr se detuvo para mirar una vez más el arroyo sombreado por los sauces en aquella pequeña isla del norte donde había nacido su padre. Los generales no acostumbraban a ir de pesca con sus coroneles a arroyos como ése... Siguió pensando en la tierra de su padre hasta llegar al dormitorio.

–¿Nunca has pensado en volver a Tucumán? –preguntó.

–No, nunca. ¿Por qué me lo preguntas?

Clara se había acostado en la cama sin quitarse el vestido. La habitación tenía aire acondicionado y estaba fresco como una gruta marina.

–¿Qué hace tu padre?

–Es cortador de caña de azúcar... Pero se está haciendo viejo.

–¿Y cuando no es la época de la cosecha?

–Viven del dinero que les mando. Si me muriera, no tendrían qué comer. Pero yo no voy a morirme, ¿no es cierto? ¿Por el niño?

–No, no te vas a morir. ¿No tienes hermanos o hermanas?

–Tenía un hermano, pero se fue... Nadie sabe adónde.

Plarr se sentó en el borde de la cama. Clara lo rozó con la mano pero la retiró de inmediato. Quizá temió que él tomara el gesto por una ternura fingida y se molestara.

–Una mañana salió a cortar caña a las cuatro de la madrugada y no volvió nunca más. Tal vez haya muerto. O quizá se fue, sencillamente...

Plarr recordó la desaparición de su padre. Allí vivían en un continente, no en una isla. Esa era una tierra muy vasta, con difusas fronteras hechas por montañas, ríos, selvas y pantanos... Un infinito que se extendía desde Panamá hasta la Tierra del Fuego.

–¿Nunca os escribió, tu hermano?

–No sabía leer ni escribir.

–Pero tú sabes.

–Un poco. La señora Sánchez me enseñó. Le gustaba que sus chicas fueran instruidas. Y Charley también me ha enseñado un poco.

–¿No tienes ninguna hermana?

–Sí. Parió a un hijo en el campo, lo estranguló y después se murió.

Plarr nunca le había preguntado por su familia hasta ese momento. Y si ahora lo hacía, quizá sólo era para tratar de descubrir qué se ocultaba detrás de su obsesión. ¿Había en Clara algo que la diferenciaba de las demás muchachas que trabajaban en la casa de la señora Sánchez? Si descubría la índole de esa diferencia, tal vez su obsesión desaparecería como un trauma al final de un psicoanálisis. Y Plarr quería estrangular su obsesión como la hermana de Clara había estrangulado a su hijo.

–Estoy cansado –dijo–. Déjame echarme un rato a tu lado. Necesito dormir. Me acosté a las tres de la madrugada.

–¿Qué estuviste haciendo?

–Atendiendo a un paciente. Despiértame al anochecer.

El zumbido del acondicionador de aire, junto a la ventana, parecía uno de los ruidos naturales del verano. Mientras dormía, Plarr creyó oír una vez el sonido de una campana: la pesada campana de barco que colgaba de una cuerda en uno de los aleros de la galería. También se dio cuenta de que Clara se levantaba y salía del cuarto. Oyó voces distantes y el motor de un coche que arrancaba; después Clara volvió y se acostó de nuevo junto a él. Entonces se durmió de nuevo. Soñó como no había soñado en años con la estancia de Paraguay. Estaba acostado en su cama de niño, en el primer piso, y oía ruido de llaves y cerrojos: era su padre, que aseguraba la casa. Lo sabía, pero tenía miedo. Quizá su padre había encerrado dentro de la casa a alguien que debería estar fuera.

Plarr abrió los ojos. El borde elevado de la cama se convirtió en el cuerpo de Clara junto al suyo. Estaba oscuro. No podía ver nada. Extendió la mano, la tocó y sintió moverse a la criatura. Le pasó la mano por la cara. Ella tenía los ojos abiertos.

–¿Estás despierta? –preguntó.

Clara no contestó.

–¿Pasa algo malo?

–No quiero que Charley vuelva, pero tampoco quiero que se muera –dijo ella.

Plarr quedó perplejo ante esa manifestación emocional. Había permanecido impávida mientras escuchaba al coronel Pérez, y cuando éste había dejado la casa sólo había hablado del Cadillac y las gafas de sol.

–Era bueno conmigo –siguió Clara–. Es un hombre bueno. No quiero que le hagan daño. Lo único que quiero es que no vuelva aquí.

Plarr empezó a consolarla acariciándola con la mano, como habría tranquilizado a un perro asustado; suavemente, sin querer, los dos se acercaron. Plarr no sentía deseo y cuando ella gimió y se puso tensa, él no tuvo ninguna sensación de triunfo.

«¿Por qué deseaba que esto ocurriera? –pensó Plarr–. ¿Por qué creí que sería una victoria?» El juego ya casi no tenía sentido, ahora que sabía cuáles eran las tácticas para ganar. Las tácticas eran ternura, comprensión, tranquilidad, la falsificación del amor. Y Plarr había sido arrastrado hacia Clara por su indiferencia, incluso por su hostilidad.

–Quédate conmigo esta noche –dijo Clara.

–Es imposible. La sirvienta se enteraría. No puedes confiar en que no se lo contará a Charley.

–Puedo dejar a Charley.

–Es demasiado pronto para pensar en eso. Primero tenemos que salvarlo..., aunque no sé cómo.

–Claro, pero después...

–Hace un momento estabas muy preocupada por él.

–Por él no, por mí. Cuando Charley está aquí no podemos hablar de nada..., sólo del bebé. Quiere olvidarse de que existe la señora Sánchez; por eso nunca puedo ver a mis amigas, porque todas trabajan allá. ¿De qué le sirvo? Ni siquiera quiere acostarse conmigo, porque tiene miedo de que lastimemos al niño. ¿Qué podemos hacerle? A veces me siento tentada de decirle: «No es hijo tuyo, de todos modos, así que deja de preocuparte».

–¿Estás segura de que no es suyo?

–Sí. Bien segura. Si Charley supiera de ti, tal vez me debería ir.

–¿Quiénes eran esos tipos que han venido a la casa hace un rato?

–Dos periodistas.

–¿Has hablado con ellos?

–Querían que hiciera una llamada a los secuestradores... Que intercediera por Charley. No sabía qué decirles. Conozco a uno de ellos... A veces iba conmigo cuando yo estaba en casa de la señora Sánchez. Creo que le dio rabia lo del niño. El coronel Pérez debió de contárselo. Me ha dicho que lo del niño era toda una novedad. Él siempre pensó que me gustaba más que los demás. Por eso creo que su machismo quedó herido. Esos tipos siempre se lo creen cuando una finge. Les halaga el orgullo. Quería mostrar a su amigo, el fotógrafo, que había algo especial entre nosotros, pero no hay nada, nada. Yo estaba furiosa y me he echado a llorar. Y me han tomado una fotografía. Él me ha dicho: «Muy bien, ha salido fenomenal. Justo lo que necesitábamos. La afligida esposa y futura madre». Después se han ido.

No era fácil interpretar sus lágrimas. ¿Eran por Charley, por ella misma, o eran lágrimas de rabia?

–Qué rara eres, Clara –dijo Plarr.

–¿Por qué? ¿Qué he hecho de malo?

–Estabas simulando de nuevo, ¿no es cierto?

–¿Qué? ¿Simulando?

–Cuando hemos hecho el amor.

–Sí –dijo ella–. Claro que estaba simulando. Siempre trato de hacer lo que te gusta. Sí, como en casa de la señora Sánchez. ¿Por qué no? También tú tienes tu machismo.

Plarr casi la creyó. Quería creerla. Si decía la verdad, todavía había algo que descubrir y el juego no había terminado.

–¿Dónde vas? –preguntó ella.

–He perdido mucho tiempo aquí, Clara. Quizá pueda hacer algo por Charley.

–¿Y yo? ¿Qué puedo hacer yo?

–Lo mejor que puedes hacer es darte un baño. La sirvienta puede notarte olor a cama...

CAPÍTULO II

Plarr volvió en su coche a la ciudad. Se repitió que era necesario hacer algo enseguida por Charley, pero no sabía qué. Si no se metía en el asunto, quizá todo podía arreglarse de la manera habitual: los embajadores de Estados Unidos y de Inglaterra ejercerían las presiones diplomáticas necesarias, una madrugada Charley Fortnum aparecería liberado en una iglesia y volvería a su hogar –¿su hogar?–, y diez prisioneros saldrían de la cárcel en Paraguay. Hasta era posible que su padre estuviera entre ellos. ¿Qué podía hacer sino dejar que todo el asunto se arreglara por sí solo? Ya había mentido al coronel Pérez, estaba implicado.

Desde luego, para tranquilizar su conciencia podía suplicar a León Rivas que dejara en libertad a Charley Fortnum, «en nombre de nuestra vieja amistad». Pero León obedecía órdenes; y en todo caso, Plarr no tenía la menor idea de dónde encontrarlo. En el barrio de los pobres todos los caminos fangosos se parecían, los árboles eran todos iguales, como las chabolas de barro o de lata y los niños de vientres hinchados que acarreaban cubos de agua o de queroseno. Lo mirarían con sus ojos ya enfermos de tracoma y no contestarían una sola palabra a sus preguntas. Le llevaría horas, quizá días encontrar la casa donde habían ocultado a Charley Fortnum. Y si la encontraba, ¿qué ganaría? Procuró convencerse, sin éxito, de que ni León ni Aquino eran asesinos; pero eran instrumentos: quedaba el Tigre, fuera quien fuese.

Oyó hablar por primera vez del Tigre una noche, en su sala de espera, al pasar frente a León y Aquino, sentados el uno junto al otro. Eran sólo dos extraños entre los demás pacientes y ni siquiera se había vuelto a mirarlos. Todos los que esperaban eran responsabilidad de su secretaria.

Su secretaria era una muchacha muy bonita llamada Ana. Era tremendamente eficaz y su padre era un funcionario muy influyente en el Ministerio de Bienestar Social. A veces Plarr se preguntaba por qué no había intentado nunca hacer el amor con ella. Quizá fuera por el uniforme blanco y almidonado, que la chica había adoptado por voluntad propia: sin duda crujiría si alguien intentaba tocarla; y hasta era posible que le hubiera conectado un timbre de alarma. O tal vez era la importancia de su padre, o la religiosidad de la muchacha, verdadera o fingida; siempre llevaba una cruz de oro colgada del cuello y una vez, al pasar por la plaza frente a la catedral, Plarr la había visto salir con su familia al terminar la misa del domingo, con un misal encuadernado en pergamino blanco. Parecía un regalo de Primera Comunión, y recordaba los confites de almendra que se distribuyen en esas ocasiones.

La tarde en que León y Aquino fueron a verlo, Plarr había atendido a todos los demás pacientes cuando llegó el turno de los dos extraños. No los recordaba porque siempre había caras nuevas que reclamaban su atención. Paciencia y pacientes eran términos muy vinculados. Su secretaria se le acercó con un crujido del uniforme y puso una hoja de papel en el escritorio.

–Quieren verlo juntos –dijo.

Plarr devolvió a la biblioteca un libro que había consultado frente a un paciente (por algún motivo, los pacientes siempre se sentían más seguros si podían ver una fotografía en colores, y ése era un aspecto de la psicología humana que los editores norteamericanos conocían muy bien). Cuando se volvió, los dos hombres estaban sentados frente a su escritorio. El más bajo, que tenía las orejas salientes, preguntó:

–Eres Eduardo, ¿no es cierto?

–¡Y tú eres León! –exclamó Plarr–. ¡León Rivas!

Se abrazaron con cierta timidez.

–¿Cuántos años hace? –preguntó Plarr–. No he tenido noticias tuyas desde que me mandaste la tarjeta de tu ordenación. Lamenté mucho no poder ir a la ceremonia; era peligroso para mí.

–De todos modos, eso se acabó.

–¿Por qué? ¿Has colgado los hábitos?

–Me he casado. Y al arzobispo eso no le gusta.

Plarr vaciló.

–Tengo mucha suerte. Es una mujer estupenda –dijo León Rivas.

–Felicidades. Pero ¿encontraste a alguien en Paraguay que consagrara tu matrimonio?

–Hicimos nuestros votos mutuos. Tú sabes que un sacerdote no es más que un testigo del matrimonio. Y en un caso de emergencia... El nuestro era un caso de emergencia.

–Había olvidado que las cosas, algunas veces, podían ser tan fáciles.

–Oh, te aseguro que no son tan fáciles. Hay que pensarlo mucho. Esta clase de matrimonio es más indisoluble que los celebrados en una iglesia. ¿No reconoces a mi amigo?

–No... No creo que... No.

Plarr trató de imaginar sin la barba rala esa cara que tenía ante sí para recobrar la de algún compañero de estudios en Asunción.

–Es Aquino.

–¿Aquino? ¡Claro, si es Aquino!

Otro abrazo; era como una ceremonia militar: un beso en la mejilla y una condecoración concedida por un pasado muerto en una tierra devastada.

–¿Qué haces ahora? –preguntó Plarr–. Querías ser escritor, ¿no es cierto? ¿Lo eres ya?

–No quedan escritores en Paraguay.

–Vi tu nombre en un paquete, en la tienda de Gruber –dijo León.

–Sí, me lo comentó; pero pensé que podíais ser agentes de allá.

–¿Por qué? ¿Te vigilan?

–No lo creo.

–Nosotros venimos de allá.

–¿Habéis tenido problemas?

–Aquino ha estado preso –dijo León.

–¿Y te dejaron salir?

–Las autoridades no me invitaron precisamente a salir –dijo Aquino.

–Tuvimos suerte –explicó León–. Lo trasladaban de una comisaría a otra y hubo un tiroteo, pero el único que resultó muerto fue el policía que habíamos sobornado. Lo mataron los otros policías, en medio de la confusión. Le habíamos pagado sólo la mitad por adelantado, de modo que Aquino nos salió barato.

–¿Vais a quedaros aquí?

–No venimos a quedarnos. Venimos para hacer un trabajo. Después regresaremos.

–Así que no venís a consultarme como pacientes...

–No, no somos pacientes.

Plarr tenía clara conciencia de los riesgos de una frontera. Se levantó y abrió la puerta. La secretaria estaba de pie frente al fichero. Intercalaba tarjetas aquí y allá. Su cruz se mecía siguiendo sus movimientos como el incensario de un sacerdote. Plarr cerró la puerta.

–Sabes que la política no me interesa, León. Sólo me importa la medicina. No soy como mi padre.

–¿Y por qué estás aquí, y no en Buenos Aires?

–No me iba muy bien en Buenos Aires.

–Pensamos que te gustaría saber qué pasó con tu padre.

–¿Lo sabéis?

–Creo que pronto podré saberlo.

–Será mejor que os incluya en mi fichero –dijo Plarr–. Pondré que tienes la presión baja, León, y una posibilidad de anemia... Y tú, Aquino... quizá la vesícula. Te pediré una radiografía. Mi secretaria supondrá que haré mi diagnóstico, ¿entendéis?

–Creemos que tu padre puede estar vivo –dijo León–. Por eso pensamos que tú...

La secretaria llamó a la puerta y entró.

–He terminado con las tarjetas –dijo–. Si ya no me necesita...

–¿Le espera su novio?

–Hoy es sábado –dijo ella, como si eso explicara todo.

–Ya lo sé.

–Tengo que confesarme.

–Ah, desde luego –dijo Plarr–. Discúlpeme, Ana. Lo había olvidado. Puede irse, desde luego.

El hecho de que aquella chica no lo atrajera irritaba a Plarr, y por eso no perdía ocasión de mortificarla.

–Rece por mí –dijo.

Ella ignoró el tono burlón.

–Cuando termine, deje esas tarjetas en su escritorio, doctor.

Cuando salió, su uniforme crepitó como un insecto.

–No creo que su confesión le lleve demasiado tiempo –dijo Plarr.

–Los que no tienen nada que confesar son los que más tardan –dijo León Rivas–. Quieren agradar al sacerdote y darle algo que hacer. Un asesino sólo tiene una cosa en su mente y se olvida de todo lo demás, quizá de cosas peores... Con ellos se va muy rápido.

–Sigues hablando como un cura, León. ¿Por qué te casaste?

–Me casé cuando perdí la fe. Un hombre debe tener algo que proteger.

–No puedo imaginarte sin fe.

–Me refiero a mi fe en la Iglesia. O en lo que han hecho de la Iglesia. Desde luego, sé que algún día las cosas mejorarán. Pero yo me ordené cuando Juan era papa. No tengo paciencia para esperar a otro Juan.

–Ibas a ser abogado, antes de ordenarte sacerdote. ¿Qué eres ahora?

–Un delincuente –dijo León.

–Te lo pregunto en serio.

–Y te contesto en serio. Por eso he venido a verte. Necesitamos tu ayuda.

–¿Para asaltar un banco? –preguntó Plarr.

No podía tomar en serio a León cuando le miraba esas orejas salientes que le hacían recordar tantas cosas.

–Para asaltar una Embajada, en cierto modo...

–Pero yo no soy un delincuente, León. Salvo por uno o dos abortos –agregó deliberadamente para comprobar si los ojos sacerdotales pestañeaban: pero lo miraron con indiferencia.

–En una sociedad corrompida –dijo León Rivas– los delincuentes son los hombres honrados.

Dijo la frase con demasiada soltura. Probablemente era una cita conocida. Plarr recordó que primero había sido la obsesión por los libros de Derecho que León estudiaba (una vez le explicó el significado del término forense «agravio»). Después aparecieron los libros de Teología (León era capaz de justificar la Trinidad mediante una especie de altas matemáticas). Sin duda, ahora otras obsesiones dirigirían su nueva vida. La cita quizá fuera de Marx.

–El nuevo embajador norteamericano quiere visitar las provincias del norte en noviembre. Tú tienes contactos aquí, Eduardo. Lo único que necesitamos son los detalles exactos de su programa.

–No quiero ser cómplice de un asesinato, León.

–No habrá ningún asesinato. Un asesinato no nos serviría de nada. Aquino, cuéntale cómo te trataron.

–Fue muy simple –dijo Aquino–. Un método muy anticuado. Nada eléctrico. Como los conquistadores, se las arreglaron con un cuchillo.

Plarr escuchó con una sensación de náusea. Había presenciado muchas muertes desagradables que lo habían perturbado menos. En aquellos casos siempre había algo que hacer, algún medio de dar ayuda, por pequeña que fuese. Sintió náuseas al oír ese relato en tiempo pretérito, así como años antes, cuando era estudiante, se había sentido mal al presenciar la disección de un cadáver en una clase. Cuando se trataba de un cuerpo vivo, siempre surgían la curiosidad y la esperanza.

–¿Y no hablaste?

–¡Claro que hablé! –dijo Aquino–. Ya lo tienen todo fichado. La sección contrarrevolucionaria de la CIA quedó muy contenta conmigo. Había dos de sus agentes. Me regalaron tres paquetes de Lucky Strike. Uno por cada tipo que traicioné.

–Muéstrale la mano, Aquino –dijo León.

Aquino puso la mano sobre el escritorio como un paciente en una consulta. Le faltaban tres dedos: sin ellos, la mano parecía algo recogido con una red en aguas infestadas de anguilas.

–Por eso empecé a escribir poesía. El verso es menos cansado que la prosa cuando sólo se tiene la mano izquierda. Me aprendía mis versos de memoria. Cada tres meses podía recibir una visita (era otra de las recompensas que recibí) y le recitaba los versos que componía.

–Eran buenos versos –dijo León–, tratándose de un principiante. Una especie de purgatorio en villancicos.

–¿Cuántos sois? –preguntó Plarr.

–Sin contar al Tigre, que ya estaba en Argentina, cruzamos la frontera doce de nosotros.

–¿Quién es el Tigre?

–El que da las órdenes. Lo llamamos así, pero con cariño. Le gustan las camisas a rayas.

–El plan parece insensato, León.

–Se ha hecho en otras ocasiones.

–¿Por qué secuestrar al embajador de los Estados Unidos aquí, en lugar del que tienen en Asunción?

–Ése era el primer plan. Pero el general toma grandes precauciones. Aquí, tú lo sabes bien, ya no tienen tanto miedo a las guerrillas después del fracaso de Salta.

–De todos modos, estás en un país extraño.

–Sudamérica es nuestro país, Eduardo. No Paraguay ni Argentina. Recuerda lo que dijo el Che: «El continente entero es mi país». ¿Qué eres tú? ¿Inglés o sudamericano?

Plarr recordó la pregunta, pero aún no pudo contestarla, mientras atravesaba la ciudad en su coche y pasaba frente al edificio blanco de la prisión, de estilo gótico, que siempre le recordaba un pastel de bodas. Se dijo a sí mismo que León Rivas era un sacerdote, no un asesino. ¿Y Aquino? Aquino era un poeta. Se habría tranquilizado más fácilmente en cuanto al destino de Charley Fortnum si no lo hubiese visto inconsciente, acostado sobre un cajón. Un cajón de forma tan extraña que parecía un ataúd.

Capítulo III

Charley Fortnum se despertó con el peor dolor de cabeza que había tenido nunca. Le ardían los ojos y veía turbio. «Clara», murmuró, tendiendo la mano para tocarla; pero sólo tocó una pared de barro. Entonces pasó por su mente la imagen de Plarr inclinado sobre él, durante la noche, con una linterna eléctrica. El doctor le explicó algo acerca de un accidente inverosímil.

Ya era de día. La luz del sol se filtraba bajo la puerta; a pesar de su visión confusa, se dio cuenta de que aquel lugar no era un hospital. Ni el cajón donde estaba acostado era una cama de hospital. Deslizó las piernas fuera del cajón y trató de levantarse. Tuvo vértigo y estuvo a punto de caerse. Se aferró al cajón y comprobó que había estado acostado toda la noche en un ataúd. La cosa no le olió nada bien, como él mismo hubiese dicho.

–¿Estás ahí, Ted? –preguntó.

No podía creer que Plarr fuera capaz de una broma pesada, pero necesitaba alguna explicación para lo que ocurría y estaba ansioso por regresar junto a Clara. Clara debía de estar asustada, sin saber qué hacer. Si hasta tenía miedo de usar el teléfono...

–¡Ted! –volvió a llamar, pero sólo logró emitir una especie de seco gruñido.

Nunca le había sentado tan mal el whisky, ni siquiera la marca nacional. ¿Con quién carajo y dónde habría estado bebiendo? «Mason, hay que hacer algo enseguida», se dijo a sí mismo. Siempre atribuía a Mason sus peores errores y fracasos. De niño, cuando todavía se confesaba, era siempre Mason el que se arrodillaba y murmuraba frases abstractas sobre sus pecados contra la pureza, aunque era Charley Fortnum el que salía del confesionario con la cara radiante, después de la absolución concedida a Mason. «Mason, Mason –murmuró–, mocoso de mierda, qué estarías haciendo anoche...» Sabía que cuando se excedía de la medida justa olvidaba muchas cosas; pero nunca había olvidado tanto. Dio un paso vacilante hacia la puerta y llamó por tercera vez a Plarr.

Alguien empujó la puerta: en el vano apareció un extraño que agitó una metralleta en dirección a Fortnum. Tenía el pelo renegrido y los ojos estrechos de los indios y gritó algo en guaraní.

A pesar de la enconada insistencia de su padre, Fortnum sólo había aprendido unas pocas palabras de guaraní, pero era evidente que el hombre le decía que se volviera a la presunta cama.

–Bueno, hombre, está bien –dijo Fortnum en inglés para que tampoco el hombre pudiera entenderlo a él–. No pierdas la cabeza.

Se sentó en el ataúd y agregó, con una sensación de alivio:

–Vete a la mierda.

En ese momento apareció otro extraño con pantalones vaqueros y el torso desnudo. Llevaba una taza de café y ordenó al indio que saliera. El café olía a hogar y Fortnum se sintió un poco aliviado. El hombre tenía las orejas salientes y Charley recordó a un compañero de escuela a quien Mason hacía bromas despiadadas, aunque después Fortnum se arrepentía y compartía una barra de chocolate con la víctima. Ese recuerdo le dio cierta sensación de seguridad.

–¿Dónde estoy? –preguntó.

–No se preocupe –contestó el hombre, ofreciéndole el café.

–Tengo que irme a mi casa. Mi mujer estará preocupada.

–Mañana. Espero que mañana podrá irse.

–¿Quién era ese hombre de la metralleta?

–Miguel. Un buen hombre. Tómese el café, por favor. Se sentirá mucho mejor.

–¿Cómo se llama usted? –preguntó Charley Fortnum.

–León –dijo el hombre.

–¿Y su apellido?

–Nosotros no tenemos apellido, porque no tenemos familia.

Charley meditó un instante sobre esa frase como si se tratara de un párrafo difícil en un libro; después de la segunda lectura, no le pareció más clara.

–Anoche estaba aquí el doctor Plarr –dijo.

–¿Plarr? ¿Dice usted Plarr? No conozco a nadie con ese nombre.

–Me dijo que había tenido un accidente.

–Eso se lo dije yo.

–No, no fue usted. Lo vi. Llevaba una linterna eléctrica.

–Lo soñó. Sufrió usted una conmoción. Su automóvil quedó destrozado. Por favor, tómese el café. Tal vez después recuerde mejor.

Charley Fortnum obedeció. Era un café muy fuerte. Y en efecto, la cabeza empezó a aclarársele.

–¿Dónde está el embajador?

–¿Qué embajador?

–Lo dejé en las ruinas. Quería ver a mi mujer antes de la cena. Quería comprobar si estaba bien. No me gusta dejarla sola demasiado tiempo. Espera un hijo.

–¿Ah, sí? Debe estar usted muy contento. Es muy hermoso ser padre.

–Ahora lo recuerdo. Había un coche atravesado en la carretera. Tuve que parar. No fue un accidente. Estoy seguro de que no fue un accidente. ¿Y por qué tiene una metralleta ese tipo?

La mano le tembló un poco al beberse el café.

–Quiero irme a casa –agregó.

–Está demasiado lejos para ir caminando –dijo el hombre–. Todavía no está del todo bien. Y además, no conoce el camino.

–Encontraré un camino. Puedo parar un automóvil.

–Es mejor que hoy descanse. Después de la conmoción... Mañana quizá podamos encontrarle un transporte. Hoy no es posible.

Fortnum arrojó el resto de café a la cara del hombre y se precipitó hacia la otra habitación. Allí se detuvo: el indio estaba a poca distancia, frente a la puerta que daba al exterior, apuntando con su metralleta al vientre de Charley Fortnum. Los ojos oscuros le brillaban de placer mientras movía levemente el arma, como vacilando al elegir su blanco entre el ombligo y el apéndice. Dijo algo en guaraní que pareció divertirlo.

El hombre llamado León se acercó desde el cuarto interior.

–Ya lo ve –dijo–. Se lo dije: hoy no podrá irse.

Tenía una mejilla roja por el café caliente, pero hablaba con suavidad, sin ira. Tenía la paciencia de alguien más habituado a padecer dolor que a causarlo.

–Debe de tener hambre, señor Fortnum –dijo–. Si quiere unos huevos...

–¿Usted sabe quién soy?

–Claro que sí. Usted es el cónsul de Inglaterra.

–¿Qué piensan hacer conmigo?

–Tendrá que quedarse un tiempo con nosotros. Créame, no somos sus enemigos, señor Fortnum. Nos ayudará a salvar a hombres inocentes de la cárcel y la tortura. Nuestro hombre en Rosario ya habrá telefoneado a *La Nación* para decirle que usted está en nuestras manos.

Charley Fortnum empezó a entender.

–Se equivocaron, ¿no es cierto? Ustedes querían al embajador norteamericano...

–Sí, fue un error lamentable.

–Un error estúpido. A nadie le importará un pito Charley Fortnum. ¿Qué harán, entonces?

–Estoy seguro de que usted se equivoca. Ya lo verá. Todo se arreglará. El embajador de Inglaterra hablará con el presidente. El presidente hablará con el general. Está aquí, en Argentina, pasando las vacaciones. También intervendrá el embajador norteamericano. Sólo pedimos que el general suelte a algunos hombres. Todo habría ido bien si uno de los hombres no hubiera cometido un error.

–No parecen estar ustedes muy bien informados. Iban dos oficiales de policía con el embajador. Y su secretaria. Por eso no había sitio para mí en el coche.

–Habríamos sabido qué hacer con ellos.

–Está bien. Déme esos huevos –dijo Charley Fortnum–. Pero dígale a Miguel que no me apunte. Me quita el apetito.

El hombre llamado León se arrodilló frente a un pequeño hornillo de alcohol que había en el suelo, lo encendió y cogió una sartén y un poco de manteca.

–Si tiene un poco de whisky no me vendría mal.

–Lo lamento. No tenemos alcohol.

La manteca empezó a crepitar en la sartén.

–Usted se llama León...

–Sí.

El hombre rompió dos huevos, uno tras otro, contra el borde de la sartén. Cuando sostuvo las dos mitades de la cáscara sobre la sartén, la posición de sus dedos recordó a Fortnum el momento en que el sacerdote rompe la hostia sobre el cáliz en el altar.

–¿Qué hará, si se niegan?

–Ruego por que acepten... –dijo el hombre arrodillado–. Estoy seguro de que aceptarán.

–Entonces, que Dios lo oiga –dijo Charley Fortnum–. No fría demasiado los huevos.

Hasta el atardecer no oyó Charley Fortnum las noticias

sobre sí mismo. León había encendido la radio al mediodía, pero las pilas se acabaron en mitad de una canción guaraní y no había otras de repuesto. El muchacho con barba al que León llamaba Aquino fue a la ciudad para comprar pilas nuevas. Tardó mucho en volver. Una mujer volvió del mercado con alimentos y preparó el almuerzo: sopa de verduras con algunas briznas de carne. Además barrió espectacularmente la choza, levantando polvo que se depositaba en otra parte. Tenía el pelo negro, abundante y sucio, y una verruga en la cara. Trataba a León con una mezcla de servilismo y dominio. León la llamaba Marta.

En cierto momento, Charley Fortnum, confuso por la presencia de la mujer, dijo que necesitaba ir al baño. León dio una orden al indio, que lo llevó a una cabina que estaba en el patio trasero de la choza. La puerta había perdido una bisagra y no podía cerrarse; en el interior sólo había un agujero profundo cavado en la tierra, con dos tablones cruzados sobre él. Cuando salió, el guaraní estaba sentado a pocos pasos, jugando con el arma: apuntaba hacia un árbol, hacia un pájaro que pasaba volando, hacia un perro vagabundo. A través de los árboles Fortnum pudo ver otra choza aún más pobre que aquella a la que regresaba. Por un momento, pensó correr allí en busca de ayuda, pero estaba seguro de que el indio no desaprovecharía la ocasión de probar el arma.

Cuando volvió dijo a León:

–Si puede conseguirme un par de botellas de whisky, se las pagaré.

Advirtió que no le habían robado la cartera y sacó el dinero necesario.

León dio los billetes a Marta.

–Tenga paciencia, señor Fortnum –dijo–. Aquino no ha vuelto. Nadie podrá ir hasta que él vuelva. Es muy largo el camino a la ciudad.

–Pagaré un taxi.

–Me temo que no será posible. Aquí no hay taxis.

El indio volvió a sentarse en cuclillas en el suelo. Charley Fortnum dijo:

–Voy a dormir un rato. Esa droga que me dieron era muy fuerte.

Volvió al otro cuarto y se acostó sobre el ataúd. Trató de dormir pero sus pensamientos lo mantuvieron despierto. Se preguntó cómo se las arreglaría Clara en su ausencia. Nunca la había dejado sola una noche entera. Fortnum no sabía nada de medicina, pero tenía la idea de que una conmoción de cualquier tipo podía causar daño al niño aún no nacido. Hasta había tratado de dejar el whisky, después de casarse con Clara (salvo la noche de bodas, una noche de whisky y champán en que por primera vez habían hecho el amor decentemente, sin obstáculos, en el Hotel Italia de Rosario: un hotel anticuado que olía agradablemente a polvo intocado, como una vieja biblioteca).

Fueron a ese hotel porque Fortnum pensó que Clara se sentiría cohibida en el Hotel Riviera, que era nuevo, caro y con aire acondicionado. Fortnum había tenido que recoger ciertos documentos en el consulado de la calle Santa Fe, 939 (recordaba el número porque coincidía con el del mes y el año de su primer matrimonio). Si alguien hacía averiguaciones, esos documentos probarían que no existían obstáculos para su segundo matrimonio. Le llevó semanas enteras conseguir que le mandaran una copia del certificado de defunción de Evelyn desde un pueblo de Idaho. Fortnum aprovechó la oportunidad para dejar su testamento en el consulado, bien a salvo en un sobre lacrado. El cónsul era un hombre maduro y agradable. Charley Fortnum y él hicieron muy buenas migas desde el momento en que, por algún motivo, había surgido el tema de los caballos. El cónsul los invitó a champán francés después de las ceremonias civil y religiosa. Esa pequeña celebración entre los ficheros del consulado resultaba mucho más grata si la comparaba con la recepción en Idaho, después de su primer matrimonio. Fortnum recordaba con espanto el blanco pastel y los parientes políticos con trajes oscuros y hasta cuello duro, aunque aquél sólo había sido un matrimonio civil no aceptado en Argentina. Al regresar, él y Evelyn fueron muy prudentes y no mencionaron jamás ese detalle. Era Evelyn la que había rechazado la boda católica, porque su conciencia de Christian Scientist se lo impedía. Por supuesto, el matrimonio civil hacía que su herencia quedara insegura, lo que también era una indignidad. Quería arreglar las cosas mucho mejor para Clara; asegurarse de que no habría grietas en las paredes de su segundo matrimonio. Se proponía dejarla, cuando él muriera, en una situación de seguridad absoluta.

Al poco rato cayó en un sueño profundo. Se despertó cuando la radio en la habitación contigua empezó a repetir su nombre: señor Carlos Fortnum. La policía, decía el locutor, suponía que debían de haberlo llevado a Rosario, porque la llamada a *La Nación* provenía de esa ciudad. Era difícil investigar en una ciudad de más de medio millón de habitantes, y las autoridades tenían sólo cuatro días de plazo para cumplir los términos exigidos por los secuestradores. Charley Fortnum pensó que Clara estaría escuchando las noticias y agradeció a Dios que Ted estuviera junto a ella para tranquilizarla. Ted sabría lo ocurrido. Ted iría a verla. Ted haría algo para mantenerla tranquila. Ted le diría que ella estaría segura, aunque a él lo mataran. Clara temía tanto el pasado... Era evidente, porque nunca hablaba de él. Ése era uno de los motivos por los cuales se había casado con ella: quería probarle que nunca, en ninguna circunstancia, ella tendría que volver a casa de la señora Sánchez. Fortnum se preocupaba exageradamente por la felicidad de Clara, como un hombre torpe al cuidado de un objeto muy frágil que no le pertenece. Le asustaba la idea de romper esa felicidad.

Ahora, alguien hablaba por la radio del equipo de fútbol que estaba de gira por Europa.

–¡León! –llamó.

La cabeza pequeña con orejas de murciélago y los ojos atentos de un buen sirviente se asomó por la puerta.

–Ha dormido un buen rato –dijo León–. Eso le hará bien, señor Fortnum.

–He oído la radio, León.

–Ah, sí.

León llevaba un vaso en una mano y sostenía una botella de whisky bajo cada brazo.

–Mi mujer ha traído dos botellas de la ciudad –dijo.

Mostró el whisky con orgullo (era una marca argentina) y contó la vuelta con cuidado.

–No se preocupe –agregó–. En pocos días, todo se acabará.

–¿Quiere decir que acabarán conmigo? Déme usted el whisky.

Fortnum se sirvió un tercio de un vaso y lo bebió de un trago.

–Estoy seguro de que esta noche anunciarán que han aceptado nuestras condiciones. Entonces, mañana por la tarde podrá usted irse a su casa.

Fortnum se sirvió otro vaso.

–Bebe usted demasiado –dijo León con una amable solicitud.

–No, no. Sé cuál es mi medida exacta. Lo que importa es la medida. ¿Cuál es su apellido, León?

–Ya le he dicho que no tengo apellido.

–Pero tiene un título, ¿no es cierto? Dígame qué hace usted en este ambiente, padre León.

A Fortnum casi le pareció que las orejas de León se erguían como las de un perro que oye una entonación familiar («padre» hacía las veces de «a pasear» o quizá de «gato»).

–Se equivoca. Acaba de conocer a mi mujer, Marta. Es la que ha traído el whisky.

–Pero un sacerdote nunca deja de ser sacerdote, padre. Me he dado cuenta cuando rompió los huevos sobre la sartén. Lo he visto claramente frente al altar.

–Eso son fantasías, señor Fortnum.

–¿Y qué le parecen *sus* fantasías? Usted pudo hacer un excelente negocio con el embajador, pero no le darán nada por mí. No valgo un solo peso para nadie..., salvo para mi mujer. Es raro que un sacerdote se convierta en asesino. Pero supongo que otro lo hará por usted.

–No –dijo León con gran seriedad–. Dios no lo quiera, pero si debemos llegar a eso, seré yo quien lo haga. No quiero eludir la culpa.

–Entonces será mejor que le deje un poco de este whisky. Necesitará un trago. ¿Cuál han dicho que era el plazo? Tres días, ¿verdad?

El otro hombre apartó la mirada. Tenía un aire asustado. Avanzó lentamente hacia la puerta, como un sacerdote que se aparta del altar y teme pisarse la sotana que le queda demasiado larga.

–¿Por qué no se queda y charlamos un rato? –dijo Charley Fortnum–. Cuando estoy solo tengo miedo. No me importa decírselo a usted. Si no podemos hablar con un sacerdote... ¿con quién, entonces? Ese indio... Se queda allí sentado, mirándome y sonriendo. Él quiere matar.

–Se equivoca, señor Fortnum. Miguel es un buen hombre. Como no sabe español, sonríe para demostrar que es un amigo. Trate de dormir un poco más.

–He dormido bastante. Quiero hablar con usted.

El hombre hizo un ademán y Charley Fortnom lo imaginó en la iglesia, haciendo los gestos rituales.

–Tengo cosas que hacer.

–Podría retenerlo aquí si me lo propusiera.

–No, no. Debo irme.

–Podría retenerlo muy fácilmente. Sé cómo hacerlo.

–Volveré dentro de un rato. Se lo prometo.

–Sólo tengo que decirle: padre, quiero confesarme.

El hombre se detuvo en el vano de la puerta, de espaldas. Las orejas le sobresalían de la cabeza como minúsculas manos elevadas en una ofrenda.

–Desde la última vez que me confesé, padre...

El hombre se volvió de repente y dijo con irritación:

–No bromee con esas cosas. No lo escucharé si bromea.

–Esto no es una broma, padre. No estoy en condiciones de hacer bromas. Un hombre tiene mucho que confesar cuando le llega el momento de la muerte.

–Me retiraron las facultades sacerdotales –dijo el otro con voz obstinada–. Si usted es un católico de veras, sabrá lo que significa eso.

–Me parece que conozco las reglas mejor que usted, padre. No necesita usted poseer sus facultades en un caso de emergencia. Si no hay otro sacerdote... Y no lo hay, ¿verdad, padre? Sus hombres no le permitirían traer a un sacerdote aquí.

–Este no es un caso de emergencia. No lo es, todavía.

–Pero queda tan poco tiempo... Si le pido...

El hombre volvió a recordarle a un perro, un perro reprendido por una falta que no entiende claramente.

–Señor Fortnum –empezó a suplicar–, le aseguro que no se dará el caso..., nunca será necesario...

–«Yo pecador me confieso»; así se empieza, ¿no es cierto? No sé cuánto tiempo hace... Sólo he ido una vez a la iglesia en los últimos cuarenta años... Hace bastante. Fue cuando me casé. Pero confesarme hubiera sido mi ruina. Me habría llevado demasiado tiempo, y no podía tener a la novia esperando...

–Por favor, señor Fortnum, no se burle de mí.

–No me burlo de usted, padre. Me burlo un poco de mí mismo. Puedo hacerlo mientras dure el whisky. Cuando uno lo piensa, es bastante cómico... –agregó–. «... y a vos padre, que roguéis por mí ante Dios nuestro Señor.» Así es la fórmula, ¿no es cierto? Y mientras tanto usted tiene la metralleta lista. ¿No cree que debemos empezar ahora? Antes de que carguen el arma. Tengo muchas cosas de que confesarme.

–No lo escucharé.

El hombre hizo el ademán de taparse los oídos. Las orejas salientes se aplanaron y recobraron la posición normal.

Charley Fortnum dijo:

–Oh, no se preocupe. No hablaba del todo en serio. Además, ¿qué importancia tiene?

–¿Qué quiere decir?

–Yo no creo en nada, padre. Nunca me habría tomado la molestia de casarme por la Iglesia si la ley no me hubiese obligado. Era por el dinero. La herencia de mi mujer, quiero decir. ¿Por qué se casó usted, padre? Perdóneme –agregó rápidamente–. No tengo derecho a preguntarle eso.

Pero el hombrecito no pareció molesto. Más aún, la pregunta pareció fascinarlo. Se acercó lentamente con la boca abierta, como un hombre famélico atraído irresistiblemente por un ofrecimiento de pan. Por la comisura de los labios le corría un hilo de saliva. Al fin se acurrucó en el suelo, junto al ataúd. En voz baja, como un penitente arrodillado en el confesionario, dijo:

–Creo que fue por rabia. Y por soledad, señor Fortnum. Nunca quise hacer el menor daño a esa pobre mujer.

–Entiendo lo de la soledad –dijo Charley Fortnum–. Yo también la he sufrido. Pero ¿por qué rabia? ¿Contra quién sentía rabia?

–Contra la Iglesia –agregó el hombre con ironía–. La Santa Madre Iglesia.

–Yo le tenía rabia a mi padre. Creía que él no me entendía, o que yo no le importaba un pito. Lo odiaba. Sin embargo, cuando murió me sentí terriblemente solo. Y ahora... –Levantó el vaso y agregó–: a veces lo imito. Aunque él bebía más que yo. Pero un sacerdote es un sacerdote. No sé cómo puede usted tenerle rabia a la Santa Madre Iglesia. Yo nunca podría tenerle rabia a una institución de mierda.

–La Iglesia también es como una persona –dijo el hombre–. Dicen que es Cristo sobre la Tierra. Y casi lo creo, todavía... Un hombre como usted, un inglés, no puede imaginar qué vergüenza me daban las cosas que debía leer a la gente. Yo era párroco en la parte más pobre de Asunción, cerca del río. ¿Se ha dado cuenta de que los pobres siempre viven cerca del río? Aquí hacen lo mismo. Es como si pensaran irse nadando algún día. Pero no saben nadar y no hay nadie que les enseñe. Los domingos tenía que leerles los Evangelios.

Charley Fortnum escuchaba con cierto interés y mucha astucia. Su vida dependía de ese hombre y era esencial saber qué lo movía. Quizás hubiera en él una cuerda que podía tocar. El hombre hablaba de modo inmoderado, como bebe un hombre sediento. Quizás hiciera mucho tiempo que no podía hablar libremente: quizás ésa fuera la única manera en que podía desahogarse ante un hombre que moriría y no recordaría más de lo dicho que un sacerdote en un confesionario.

–¿Qué tienen de malo los Evangelios, padre? –preguntó Charley Fortnum.

–Son absurdos –dijo el ex sacerdote–. Al menos en Paraguay. «Vende lo que tienes y dalo a los pobres...» Tenía que leer eso a los pobres mientras el viejo arzobispo que teníamos entonces comía un fino pescado del Iguazú y tomaba vino francés con el general. Desde luego, no es que la gente se muriera de hambre... Eso puede evitarse con un poco de mandioca, y la desnutrición es mucho más segura para los ricos que el hambre absoluta. El hambre enloquece a los hombres. La desnutrición los mantiene tan cansados que ni siquiera pueden levantar un puño. Los norteamericanos lo saben muy bien y la ayuda que nos dan llega justo hasta ahí. Nuestro pueblo no se muere de hambre: agoniza... Las palabras se me atragantaban: «Dejad a los niños venir hacia mí...». Y allí estaban los niños, sentados en las primeras filas, con los vientres enormes y los ombligos como manijas de puertas. «Mejor servía que se le atase al cuello una piedra de molino...» «Pero el justo da, y no detiene su mano...» ¿Qué es lo que da? ¿Mandioca? Después yo distribuía las hostias..., no son tan alimenticias como un buen *chipá*. Y después bebía el vino. ¡Vino! ¿Cuál de esos pobres desgraciados conocía el sabor del vino? ¿Por qué no podíamos usar agua en el sacramento? Él la usó en Canaá. ¿No habría en la Última Cena un poco de agua que Él pudiera usar en lugar de vino?

Ante el asombro de Charley Fortnum, los ojos de perro estaban llenos de lágrimas. El hombre dijo:

–Oh, no piense usted que todos somos tan malos cristianos como yo. Los jesuitas hacen lo que pueden. Pero la policía los vigila. Tienen los teléfonos intervenidos. Si alguien parece peligroso, enseguida lo despachan por el río.

No lo matan. A los yanquis no les gustaría que mataran a sacerdotes. Y además, no somos demasiado peligrosos. Una vez hablé en un sermón del padre Torres, muerto en las guerrillas de Colombia. Sólo dije que, a diferencia de Sodoma, de la Iglesia surgía a veces un hombre justo y quizás eso impediría su destrucción. La policía avisó al arzobispo y el arzobispo me prohibió que volviera a predicar. Bueno..., pobre hombre, era muy viejo y el general le tenía simpatía. Y pensaba que hacía bien dando al César...

–Todas esas cosas no tienen demasiado que ver conmigo, padre –dijo Fortnum, apoyado sobre el codo en el ataúd y mirando hacia la cabeza oscura que aún mostraba huellas de la tonsura, como un campo prehistórico visto en una llanura desde un avión. Decía «padre» tantas veces como podía: eso lo tranquilizaba. Un padre no suele matar a su hijo, aunque en el caso de Abraham faltó muy poco–. Yo no tengo la culpa, padre.

–No le echo la culpa, señor Fortnum. Dios no lo quiera.

–Comprendo que, desde su punto de vista, el embajador norteamericano... bueno, era un buen blanco. Pero yo..., ni siquiera soy cónsul de verdad, y los ingleses no tienen nada que ver con esta lucha, padre.

El sacerdote murmuró un lugar común con aire distraído:

–Dicen que un hombre debió morir para salvar a la Humanidad.

–Eso es lo que decían los crucificadores, pero no los cristianos.

El sacerdote lo miró desde abajo:

–Sí, tiene usted razón –dijo–. He hablado sin pensar. Usted conoce el Testamento.

–No lo leo desde que era niño. Pero ese tipo de cosas se quedan grabadas en la mente. Como Struwelpeter.

–¿Struwelpeter?

–Le cortaron los pulgares.

–Nunca he oído hablar de él. ¿Es un mártir inglés?

–No, es un personaje de un cuento infantil, padre.

–¿Tiene usted hijos? –preguntó el sacerdote repentinamente.

–No. Pero ya le he dicho que dentro de unos pocos meses tendré uno. Ya patalea fuerte.

–Sí, recuerdo que me lo dijo. No se preocupe –agregó–. Pronto volverá a su casa.

Lo dijo como si la frase estuviera entre signos de interrogación y esperara que el prisionero lo tranquilizara, añadiendo: «Sí, claro, no tengo la menor duda». Pero Charley Fortnum no se prestó al juego.

–¿Por qué este ataúd, padre? Me parece bastante morboso.

–La tierra está demasiado húmeda para dormir sobre ella, aun con una manta. No queremos que coja reuma.

–Vaya, son ustedes muy amables, padre.

–No somos bárbaros. Aquí, en el barrio, hay un hombre que hace ataúdes. Le compramos uno. Era más seguro que comprar una cama. Verá, en este barrio hay más demanda de ataúdes que de camas. Nadie hace preguntas sobre un ataúd.

–Además, supongo que pensó que después le vendría bien para el cadáver...

–Juro que no pensamos en eso. Pedir una cama habría sido peligroso.

–Oh, bueno, creo que tomaré otro whisky. Tómese uno conmigo, padre.

–No puedo. Es que... estoy de guardia. Tengo que vigilarlo.

El hombre sonrió tímidamente.

–No debe de ser muy difícil dominarlo a usted. Ni siquiera para un viejo como yo.

–Siempre hay dos de nosotros de guardia –dijo el sacerdote–. Ahora Miguel está fuera con su metralleta. Son órdenes del Tigre. Y hay otro motivo, además. Un hombre puede ser convencido por su prisionero. O sobornado... Todos somos seres humanos. Ésta no es la clase de vida que ninguno de nosotros habríamos elegido.

–¿El indio no habla español?

–No, y eso ayuda...

–¿Me permite que estire un poco las piernas?

–Claro que sí.

Charley Fortnum fue hacia la puerta y comprobó la verdad de lo que el sacerdote había dicho. El indio estaba acurrucado junto a la puerta con el arma en sus rodillas. Sonrió a Fortnum confidencialmente, como si ambos compartieran un chiste secreto. Movió casi imperceptiblemente la posición de su arma.

–¿Usted habla guaraní, padre?

–Sí. En otra época predicaba en guaraní.

Pocos minutos antes existió un momento de simpatía, de acercamiento, aun de amistad entre ellos. Pero ese momento había pasado. Cuando termina la confesión, tanto el sacerdote como el penitente se quedan a solas. Y fingen no reconocerse si se cruzan en la iglesia. Ahora el penitente parecía ser ese hombre de pie junto al ataúd que miraba su reloj. Charley Fortnum pensó: «Está calculando cuántas horas me quedan».

–Cambie de idea: tómese un whisky conmigo, padre.

–No. Gracias. Quizás otro día, cuando haya acabado todo esto. Llega tarde –agregó–. He debido irme hace rato.

–¿Quién llega?

El sacerdote respondió con irritación:

–Ya le he dicho que la gente como nosotros no tiene apellido.

Anochecía. En la otra habitación había una vela encendida. La puerta estaba abierta y Charley Fortnum podía ver al indio sentado junto a la puerta, acunando su metralleta. Se preguntó cuándo le llegaría el turno de dormir. El hombre llamado León se había ido hacía mucho rato. En el cuarto había un negro que no conocía. «Si tuviera un cuchillo –se dijo–, quizá podría hacer un agujero y escapar.»

El hombre al que llamaban Aquino apareció con una vela en la mano izquierda. Fortnum se dijo que siempre tenía la derecha escondida en el pantalón. Quizá tuviera un revólver, o un cuchillo. Sus pensamientos volvieron a la idea desesperada de abrir un agujero en el barro de la pared. En una situación imposible hay que intentar lo imposible.

–¿Dónde está el padre? –preguntó.

–Tiene cosas que hacer en la ciudad, señor Fortnum.

Siempre lo trataban con mucha cortesía, como para tranquilizarlo. «No hay nada personal en este asunto. Una vez que todo acabe, podemos vernos como amigos.» ¿O era la cortesía habitual que, según se dice, muestra el guardia de una prisión hacia el asesino más brutal antes de su ejecución? La gente tiene por la muerte el mismo temor reverencial que siente hacia un extranjero importante, por indeseable que sea, que visita la ciudad.

–Qué hambre tengo –dijo Fortnum–. Podría comerme una vaca.

No era cierto, pero quizá fueran lo bastante insensatos como para darle un cuchillo con la comida. Tenía la impresión de estar en manos de aficionados, no de profesionales.

–Pronto vendrá la comida, señor Fortnum –dijo Aquino–. Tenga un poco de paciencia. Esperamos a Marta. Nos ha prometido un guiso. No es muy buena cocinera, pero si usted hubiera estado en la cárcel, como yo...

«Guiso», se dijo Fortnum. Eso significaba que sólo le darían una cuchara.

–Queda un poco de whisky –dijo–. ¿No quiere tomar una copa conmigo?

–Ninguno de nosotros puede beber alcohol –contestó Aquino.

–Sólo un trago..., para hacerme compañía.

–Bueno, sólo una gota. Me comeré una de las cebollas que Marta ha traído para guisar. Me quitará el olor de la boca. No quiero decepcionar a León. Para él es muy natural privarse de todo. Pero nosotros no somos curas, gracias a Dios. Eh, eso es demasiado... –protestó.

–¿Demasiado? Pero si le he puesto la mitad de lo que yo tomo. ¡Salud!

–Salud.

Fortnum advirtió que Aquino seguía con la mano derecha metida en el bolsillo.

–¿Qué es usted, Aquino?

–No entiendo...

–¿Es usted obrero?

–Soy un delincuente –dijo Aquino con orgullo–. Todos nosotros somos delincuentes.

–¿Y ésa es su única ocupación?

Fortnum levantó el vaso y Aquino lo imitó.

–Pero debió de empezar de otra manera... –siguió Fortnum.

–Oh, fui al colegio como todo el mundo. Era un colegio de curas. Buenos hombres. El colegio tampoco era malo. León estudiaba allí. Quería ser abogado. Yo quería ser escritor, pero también los escritores tienen que vivir, así que me metí en el negocio del tabaco. Gané dinero vendiendo cigarrillos norteamericanos por la calle. Cigarrillos de contrabando, de Panamá. El dinero no venía mal... Quiero decir que pude compartir un cuarto con otros tres; y nos alcanzaba para comprar *chipás*. Uno engorda con el *chipá*. Son mejores que la mandioca.

–Tengo una finca en las afueras de la ciudad –dijo Charley Fortnum–. Podría tomar un nuevo capataz. Usted es un hombre culto, aprendería enseguida el trabajo.

–Oh, ahora tengo otro trabajo –dijo Aquino con orgullo–. Se lo he dicho..., soy un delincuente. También soy poeta.

–¿Poeta?

–En el colegio León me ayudaba... Decía que yo tenía

talento. Pero una vez mandé un artículo al diario de Asunción; criticaba a los yanquis. En nuestro país el general prohíbe publicar cosas contra los yanquis. A partir de entonces, en el periódico ni siquiera querían leer los artículos que les mandaba. Pensaban que diría algo entre líneas y los metería en líos. Creían que era un hombre político. De manera que... ¿qué otra cosa podía hacer? Me hice político. Y entonces me metieron en la cárcel. Siempre pasa lo mismo cuando uno no es colorado, miembro del partido del general.

–¿Lo pasó mal en la cárcel?

–Bastante mal –dijo Aquino.

Se sacó la mano derecha del bolsillo y se la mostró a Charley Fortnum.

–Por esto empecé a escribir poesía. Lleva mucho tiempo aprender a escribir con la mano izquierda. Y después se escribe muy lentamente. Odio las cosas lentas. Prefiero ser un ratón y no una tortuga, aunque la tortuga vive mucho más.

Después del segundo trago de whisky se le había soltado la lengua.

–Admiro al águila, que cae sobre su víctima como una roca desde el cielo, pero no al buitre que baja muy despacio para tener tiempo de ver si la carroña se mueve. Por eso elegi la poesía. La prosa es muy lenta, la poesía cae de repente y golpea antes de que uno tenga tiempo de darse cuenta. Desde luego, en la cárcel no me daban lápiz ni papel, pero no necesitaba escribir mis versos. Me los aprendía de memoria.

–¿Eran buenos los versos? –preguntó Charley Fortnum–. Aunque yo no soy un entendido.

–Creo que algunos eran buenos –dijo Aquino.

Terminó su whisky y agregó:

–León decía que algunos eran buenos. Me habló de un hombre llamado Villon. Era un delincuente, como yo.

–Nunca he oído hablar de él –dijo Charley Fortnum.

–El primer poema que escribí en la cárcel –siguió Aquino– era sobre la primera cárcel donde estuve..., la cárcel que todos conocemos. ¿Sabe qué dijo Trotsky cuando le mostraron su nueva casa, en México? La habían hecho a prueba de asesinos... o al menos así lo creían. Trotsky dijo: «Me recuerda la primera cárcel donde estuve. Las puertas hacen el mismo ruido». Mi poema tenía un estribillo: «Sólo veo a mi padre a través de barrotes». ¿Comprende? Es una alusión a los corralitos donde ponen a los niños en las casas burguesas. En mi poema, el padre seguía a su hijo a lo largo de su vida entera: era el maestro, el sacerdote, el oficial de policía, el guardia de la prisión, por fin el general Stroessner. Vi al general una vez, cuando hizo una gira por el interior. Fue a la comisaría donde yo estaba preso y lo vi a través de los barrotes.

–Mi mujer va a tener un hijo –dijo Charley Fortnum–. Me gustaría ver a ese hijo de puta, aunque fuera por poco tiempo. Pero no a través de barrotes. Me gustaría vivir lo bastante para saber si será varón o mujer.

–¿Cuándo nacerá?

–Creo que dentro de cinco meses. No estoy seguro. No entiendo mucho de esas cosas.

–No se preocupe. Volverá a su casa mucho antes, señor.

–No volveré si ustedes me matan –contestó Charley

esperando recibir la habitual respuesta tranquilizadora, por falsa que pudiera parecer.

No se sorprendió cuando no recibió tal respuesta. Estaba empezando a vivir en la zona de la verdad.

–He escrito muchos poemas sobre la muerte –dijo Aquino alegremente y lleno de satisfacción, mientras miraba la luz de la vela a través de la última gota de whisky–. El que me gusta más tiene un estribillo que dice: «La muerte no es más que una mala hierba, no necesita la lluvia». León no está de acuerdo..., dice que parece el verso de un campesino. En una época yo quería ser campesino. A León le gusta más otro poema que dice: «No importa cuál sea el crimen: todos reciben lo mismo». Y hay otro que me gusta mucho a mí; no sé bien qué quise decir, pero suena muy bien cuando uno lo recita como debe: «Cuando la muerte está en los labios, el hombre vivo habla».

–Parece que ha escrito usted muchos versos sobre la muerte.

–Sí. Creo que la mitad de mis poemas son sobre la muerte –dijo Aquino–. Es uno de los dos temas más importantes: el amor y la muerte...

–No quiero morir antes de que nazca mi hijo.

–Le deseo la mejor suerte del mundo, señor Fortnum. Pero ninguno de nosotros tiene el destino en sus manos. Quizá mañana me mate un automóvil, o la fiebre... Una bala es una de las muertes más rápidas y honrosas.

–Me imagino que así es como me matarán ustedes.

–Sí... ¿De qué otra manera? No somos hombres crueles, señor Fortnum. No le cortaremos los dedos.

–Sin embargo, se puede vivir con menos dedos. Usted

ha descubierto que no son tan importantes, ¿no es cierto?

–Oh, entiendo que se tenga miedo al dolor... Sé en qué puede convertir el dolor a un hombre... en qué me convirtió a mí. Pero no entiendo por qué tiene usted tanto miedo a la muerte. La muerte llega siempre. Y después queda toda la eternidad, si los curas tienen razón. Y si no la tienen, no hay nada que temer.

–¿Usted creía en ese «después» cuando lo torturaban?

–No –admitió Aquino–. Pero tampoco pensaba en la muerte. Sólo existía el dolor.

–Hay una frase... Más vale pájaro en mano que ciento volando. No sé nada de ese «después». Lo único que sé es que quisiera vivir diez años más, en mi casa de campo, viendo crecer al hijo de puta...

–Pero señor Fortnum, piense en lo que podría ocurrir durante esos diez años. Su hijo podría morir... Los niños mueren tan fácilmente aquí. Su mujer podría engañarlo, un cáncer podría torturarlo... Una bala es algo simple y rápido.

–¿Está seguro?

–Creo que un poco más de whisky no me vendría mal –dijo Aquino.

–Yo también tengo sed. Hay una frase que decimos nosotros: «A un inglés siempre le faltan dos whiskies para estar a la par».

Sirvió el whisky cuidadosamente: apenas quedaba un cuarto de botella y Fortnum pensó con tristeza en su casa, en la mesa con las bebidas en la galería, en la segunda botella siempre al alcance de la mano...

–¿Usted está casado? –preguntó.

–Bueno, no exactamente.

–Yo me casé dos veces. La primera vez no duró. La segunda vez... No sé por qué, me sentía diferente. ¿Quiere ver una fotografía de ella?

Buscó una fotografía en su cartera, una instantánea en colores. Clara estaba sentada al volante de La Niña de sus ojos, mirando con una expresión de temor, como si la cámara hubiera podido dispararse como un revólver.

–Bonita chica –comentó Aquino cortésmente.

–Ella no sabe conducir. Y la foto salió demasiado azul. Se nota por el color de los aguacates. No fue uno de los mejores trabajos de Gruber.

Miró la instantánea con expresión nostálgica.

–Además está desenfocada, y no le hace mucha justicia a ella, pero yo había tomado un whisky de más y creo que la mano me temblaba un poco.

Sus ojos se desviaron con ansiedad hacia la botella medio vacía.

–Sin embargo, no hay nada mejor para afirmar el pulso. ¿Qué le parece si terminamos la botella?

–Muy poco para mí –dijo Aquino.

–Cada hombre tiene su medida exacta. Nunca critico a nadie por no compartir la mía. La medida está como metida en el sistema de cada uno... Es algo como un ascensor en una casa de pisos.

Estaba observando a Aquino cuidadosamente. Era evidente que las medidas de ambos eran diferentes.

–Me han gustado sus versos sobre la muerte –dijo.

–¿Cuál le ha gustado más?

–Mi memoria es tan mala... ¿Qué harán con el cadáver?

–¿Qué cadáver?

–El mío.

–Señor Fortnum, para qué hablar de temas desagradables. Yo escribo sobre la muerte, pero sólo como una gran abstracción. No escribo sobre la muerte de los amigos.

–En Londres ni siquiera saben quién soy... ¿Qué puede importarles de mí? No pertenezco a ningún club elegante.

–«La muerte no es más que una mala hierba: no necesita la lluvia». ¿Ese es el poema que le gusta más?

–Sí, es ése. Ahora lo recuerdo. De todos modos, aunque no sea más que una maleza, hay que morir con cierta dignidad. Supongo que estará de acuerdo... Salud.

–Salud, señor Fortnum.

–Llámeme Charley, Aquino.

–Salud, Charley.

–No me gustaría que me encontraran sucio, sin afeitar.

–Si quiere, puedo traerle un poco de agua.

–¿Y una navaja?

–No.

–Siquiera una Gillette. No puedo hacer nada malo con una Gillette.

Sin duda lo importante era la medida: ahora todo le parecía posible. Por ejemplo, con un par de tijeras... primero habría que humedecer el barro cocido de la pared.

–¿Y unas tijeras para recortarme el pelo?

–Tendré que pedir permiso a León.

Algo que fuera puntiagudo... Fortnum pensó qué podía

ser. Ahora que había bebido la medida exacta, sentía la cabeza bien despejada y pensaba que tenía alguna posibilidad de escapar.

–Quiero escribir a Clara..., a mi mujer. La muchacha de la foto. Usted puede quedarse con la carta hasta que todo haya terminado y esté a salvo. Pero quiero que sepa que pensé en ella al final. Si me consigue un lápiz, bien afilado... –agregó imprudentemente, echando una mirada a la pared y preguntándose si después de todo no sería demasiado optimista.

Había un sitio en la pared que parecía débil: podía ver briznas de paja mezcladas con el barro.

–Tengo un bolígrafo, pero será mejor que le pida permiso a León, Charley.

–¿Pero qué hay de malo en ello, Aquino? Yo mismo podría pedírselo a su amigo, pero usted sabe cómo son las cosas... Los curas no me gustan mucho.

–Tendrá que darnos todo lo que escriba. Y nosotros tendremos que leerlo.

–Desde luego. ¿Abrimos la otra botella?

–Supongo que no tratará de emborracharme... Yo puedo beber como una esponja.

–No, no. Es que todavía no he tomado mi medida exacta. Para mí, es uno más de la mitad. Y usted sólo ha tomado la mitad de mi medida.

–Puede pasar mucho tiempo antes de que podamos comprarle más whisky...

–Que el mañana se ocupe del mañana... Suena un poco como la Biblia. Yo también me estoy inspirando. Es por el whisky. ¿Sabe una cosa? No estoy acostumbrado a escribir cartas. Es la primera vez que me separo de Clara..., desde que estamos juntos de verdad.

–Necesitará papel, Charley.

–Sí, no había pensado en eso.

Aquino le llevó cinco hojas de papel.

–Las he contado. Tiene que devolverme todas las hojas, escritas o no.

–Y tráigame un poco de agua para lavarme. No quiero ensuciar el papel con los dedos.

Aquino obedeció, aunque esta vez protestó un poco.

–Esto no es un hotel, Charley –dijo, depositando la palangana y salpicando el suelo de tierra.

–Si lo fuera, pondría el cartel de «NO MOLESTAR» en la puerta. Llévese un poco de whisky, Aquino.

–No. Ya he bebido demasiado.

–Hágame un favor, cierre la puerta. No puedo soportar a ese indio mirándome fijamente.

Cuando se quedó a solas, Charley Fortnum eligió el punto de la pared que le parecía débil, lo frotó con agua y empezó a rascar con el bolígrafo. Al cabo de un cuarto de hora había un hilo de tierra en el suelo y se veía una minúscula incisión en la pared.

De no haber sido por el whisky, Fortnum habría desesperado. Borró la huella del suelo, lavó el bolígrafo y empezó a escribir la carta. Tenía que justificar el tiempo transcurrido. «Mi querida Clarita», empezó y después vaciló un largo rato. Para sus informes oficiales utilizaba una máquina de escribir que siempre parecía encontrar la frase burocrática exacta: «En respuesta a su carta del 20 de agosto», «Acuso recibo de su carta del 22 de diciembre». «Cómo te extraño», escribió. Era lo único importante que podía escribir: cualquier otra cosa sólo sería una repetición o una paráfrasis. «Parece que ha pasado un montón de años desde que salí de casa. Esa mañana te dolía la cabeza. ¿Estás mejor ahora? Por favor, no tomes demasiadas aspirinas. Te harán daño al estómago y también pueden hacer daño al niño. Haz que pongan una lona sobre La Niña de mis ojos, si llueve.»

Pensó que no entregarían la carta hasta que él estuviera muerto o de nuevo en su casa. De pronto tuvo la sensación de una inmensa distancia entre la choza de barro y su casa de campo, entre el ataúd y el jeep que esperaba bajo los árboles y Clara acostada hasta tarde en la cama matrimonial y la bandeja con las bebidas en la galería. Los ojos se le llenaron de lágrimas y recordó las amonestaciones de su padre: «Pórtate como un hombre, Charley. No seas cobarde. Lloras con demasiada frecuencia. No puedo soportar a la gente que siente lástima de sí misma. Debería darte vergüenza, vergüenza, vergüenza». La palabra sonaba como el fin de toda esperanza. A veces, pero no muy a menudo, se defendía: «No lloro por mí. Esta mañana he aplastado un lagarto contra el postigo de la ventana. No quería hacerlo, quería dejarlo salir... Lloro por el lagarto, no por mí». Ahora tampoco lloraba por sí mismo. Lloraba por Clara y un poco por La Niña de sus ojos, ambos solos e indefensos. Por sí mismo sólo sentía un poco de miedo y un poco de incomodidad. La soledad, lo sabía por experiencia, era peor que cualquier otra cosa.

Dejó la carta, bebió otro trago de whisky y empezó a agujerear de nuevo la pared con el bolígrafo. La pared absorbía el agua y muy pronto volvía a estar seca como un hueso. Media hora después se rindió. Había conseguido un agujero ancho como la cueva de un ratón, pero con muy pocos milímetros de profundidad. Reanudó la carta y escribió con ímpetu: «Te aseguro que van a saber quién es Charley Fortnum. No soy el pobre infeliz que ellos creen. Soy tu marido y te quiero demasiado para que estos hijos de puta nos separen. Voy a pensar algo y yo mismo te entregaré esta carta y nos reiremos juntos y nos tomaremos una botella de ese buen champán francés que reservábamos para alguna ocasión especial. Creo que el champán no le hará daño al niño». Dejó de escribir y apartó la carta, porque una idea empezaba a insinuarse en su cerebro. Se enjugó el sudor de la frente y por un momento tuvo la impresión de que se enjugaba también el whisky y de que la cabeza se le aclaraba.

–Aquino –llamó–. ¡Aquino!

Aquino apareció con aire reticente.

–Basta de whisky –dijo.

–Quiero ir al baño, Aquino.

–Le diré a Miguel que lo acompañe.

–No, por favor, Aquino... No puedo cagar como las personas con ese indio allí sentado y apuntándome con su metralleta. Se muere de ganas de usarla, Aquino.

–Miguel no tiene malas intenciones. Es que está loco por el arma... Es la primera que tiene.

–De todos modos, me asusta. ¿Por qué no coge usted el arma y me acompaña, Aquino? Sé que usted no dispararía a menos que fuera necesario.

–Miguel no permitirá que nadie use su metralleta.

–Entonces cagaré aquí mismo.

–Bueno, voy a hablarle –dijo Aquino.

A casi todos los hombres les resulta muy difícil matar a sangre fría a alguien que es casi un amigo: el plan de Charley Fortnum era muy simple.

Cuando Aquino volvió, traía la metralleta.

–Está bien –dijo–. Vamos. Sé que sólo puedo usar la izquierda, pero recuerde que con una de éstas no se necesita ser un campeón de tiro. Una bala siempre dará en el blanco.

–Hasta la bala de un poeta –dijo Charley Fortnum, forzando una sonrisa–. Me gustaría tener una copia de ese poema. Para conservarlo como recuerdo.

–¿Qué poema?

–Usted sabe cuál. Ése sobre la muerte.

Cruzaron la otra habitación. El indio no lo miró: seguía con los ojos su metralleta, ansioso como si algo muy querido estuviera en manos indignas de confianza.

Charley habló sin parar durante el camino hacia la cabina entre los árboles. El reloj se le había parado mientras estaba inconsciente y no tenía idea de la hora, pero pudo ver que las sombras eran muy largas. Bajo los árboles cargados de frutas, ya era de noche.

–Todavía no he terminado la carta –dijo–. Es una carta muy difícil...

Cuando llegó hasta la puerta de la cabina, se volvió y sonrió. Si Aquino le devolvía la sonrisa, era una buena señal. Pero Aquino no sonrió. Quizá sólo estuviera preocupado. O componiendo un poema sobre la muerte. O quizás había bebido más de la medida exacta.

Charley Fortnum esperó en la cabina un tiempo razonable, tratando de acumular coraje. Después salió rápidamente y corrió hacia la derecha para interponer la cabina entre él y Aquino. Eran sólo unos pocos metros, y la oscuridad lo esperaba bajo los árboles. Oyó una breve ráfaga de disparos, un grito, otro grito de respuesta. No sintió nada.

–No dispare, Aquino –aulló.

Se oyó una segunda ráfaga y cayó en el borde mismo de la sombra.

CUARTA PARTE

Capítulo Primero

El desayuno señaló el comienzo de un mal día para sir Henry Belfrage. Era la tercera vez seguida que el cocinero freía el huevo por ambos lados.

–¿Te olvidaste de advertírselo a Pedro, querida? –preguntó.

–No. Juro que no me olvidé –dijo lady Belfrage–. Recuerdo muy bien...

–Debe de haber cogido la costumbre de los yanquis. Es una costumbre yanqui. ¿Te acuerdas de los problemas que tuvimos una vez en el Plaza de Nueva York? Usan un nombre especial para «frito por un solo lado». ¿No recuerdas cuál es el nombre? Pedro podría entender...

–No, querido... Creo que nunca he oído ese nombre.

–A veces simpatizo con estos tipos que escriben sobre el imperialismo yanqui. ¿Por qué tenemos que resignarnos a comer los huevos fritos así? Pronto pondrán *maple syrup* en las salsas... El vino que tomamos anoche en la Embajada norteamericana era espantoso. Supongo que sería californiano.

–No, querido. Era argentino.

–Ah, el embajador trata de congraciarse con el ministro del Interior. Pero el ministro hubiera preferido un buen vino francés, como el que servimos aquí.

–Tampoco es un vino excelente...

–El mejor que podemos permitirnos con nuestro miserable presupuesto para gastos de representación. ¿Te diste cuenta de que sirvió whisky argentino?

–Lo malo es que él no bebe, querido. ¿Sabes que le sorprendió mucho que el señor..., el pobre señor...? Ese cónsul nuestro... ¿No se llama Mason?

–No, no, es el otro. Se llama Fortnum.

–Bueno, parece que el pobre señor Fortnum se llevó dos botellas de whisky cuando fueron a visitar las ruinas.

–No se lo reprocho. ¿Sabes que el embajador viaja siempre con una nevera portátil llena de botellas de Coca-Cola? Yo no hubiera bebido tanto de ese vino asqueroso si él no me hubiera mirado sin cesar con esos ojos puritanos que tiene. Me sentía como la chica de aquel libro que llevaba una letra escarlata, una A, en su vestido. A de alcoholismo.

–Creo que era de Adulterio, querido...

–Quizá tengas razón. Yo sólo vi la película. Y hace años. No estaba muy claro.

El día, que ya había empezado mal con los huevos mal fritos, siguió de mal en peor. Crichton, el agregado de Prensa, fue a verlo para protestar porque los periodistas lo volvían loco con llamadas telefónicas.

–Me paso el día repitiéndoles que Fortnum no era más que un cónsul honorario –se quejó a sir Henry–. El periodista de *La Prensa* no puede entender la diferencia entre honorario y honorable. No me sorprenderá si dicen que era hijo de un par.

–No creo que sepan tanto de nuestros títulos –dijo sir Henry en tono conciliador.

–Parecen creer que todo este asunto es tan importante...

–Es porque es un momento muy aburrido, Crichton. Aquí no tienen ningún monstruo del lago Ness. Y hablan todo el año de los platillos volantes.

–Ojalá pudiéramos hacer una declaración que los tranquilizara.

–También yo lo querría, Crichton. Desde luego, puede usted decir que anoche pasé varias horas con el embajador de los Estados Unidos... Y no necesita agregar que la consecuencia fue un terrible dolor de cabeza.

–*La Nación* ha recibido otra llamada anónima. Esta vez desde Córdoba. Quedan cuatro días.

–Gracias a Dios que no son más –dijo el embajador–. La semana próxima todo habrá terminado. Ese hombre estará muerto o libre.

–La policía cree que lo de Córdoba es un subterfugio y que debe de estar en Rosario... o incluso aquí.

–Debimos retirarlo hace meses. Nada de esto habría ocurrido...

–La policía dice que fue un error, sir. Querían al embajador de los Estados Unidos. Si es cierto, los norteamericanos deberían estarnos agradecidos y ayudar un poco.

–Wilbur..., el embajador insiste en que lo llame Wilbur... –dijo sir Henry Belfrage–, se niega a admitir que él era el blanco elegido. Dice que los Estados Unidos son muy queridos en Paraguay. Quedó demostrado durante la gira de Nelson Rockefeller. Nadie tiró piedras ni incendió edificios en Paraguay. Todo fue tan agradable como en Haití. El embajador llama Nelson a Rockefeller. Por un momento quedé confundido. ¿Sabe usted que creí que iba a pedirme que yo también lo llamara Nelson?

–Lo siento mucho por el pobre diablo...

–No creo que Wilbur sea digno de nuestra compasión, Crichton.

–Oh, no me refiero a él. Pienso en...

–Ah, Mason... ¡Demonios! A mi mujer le ha dado por llamarlo Mason y yo empiezo a hacer lo mismo. Si nos equivocamos y ponemos Mason en un telegrama oficial, sabe Dios en qué acabará la cosa en Londres. Pensarán que tiene algo que ver con la línea Mason-Dixon. Tendré que repetir Fortnum, Fortnum, Fortnum, como aquel cuervo que decía *Nevermore,* Nunca más, Nunca más...

–No creo que se atrevan a matarlo... ¿Qué piensa usted, sir Henry?

–Claro que no lo matarán, Crichton. Ni siquiera mataron a aquel cónsul paraguayo que secuestraron hace unos años. El general dijo que el asunto no le interesaba y entonces soltaron al tipo. Esto no es Uruguay, ni Colombia... ni tampoco Brasil. Ni Bolivia, ni Venezuela. Ni siquiera Perú –agregó con cierta aprensión, a medida que el ámbito de la esperanza se estrechaba.

–Pero estamos en Sudamérica –dijo Crichton con lógica irrebatible.

Durante la mañana llegaron unos cuantos telegramas

fastidiosos. Alguien había iniciado otro lío con las islas Malvinas; cuando no había otro asunto de que preocuparse, siempre aparecían las islas Malvinas, como Gibraltar. Y el subsecretario de Relaciones Exteriores quería saber, como consecuencia, qué voto se esperaba de Argentina ante las Naciones Unidas a propósito de la última ponencia africana. El Ministerio había promulgado una nueva reglamentación sobre gastos de representación y sir Henry Belfrage presentía que se acercaba rápidamente el momento en que incluso él debería servir vinos argentinos. También había un problema acerca de la película que representaba a Gran Bretaña en el festival de cine de Mar del Plata. Un miembro conservador del Parlamento denunciaba como pornográfica la película de un individuo llamado Russell. No había instrucciones con respecto a Fortnum desde el día anterior, en que Belfrage recibió órdenes de entrevistarse con el ministro de Relaciones Exteriores y actuar de común acuerdo con el embajador norteamericano. El embajador británico en Asunción había recibido las mismas instrucciones, y sir Henry Belfrage esperaba que pudiera vérselas con alguien más dinámico que Wilbur.

Después del almuerzo, su secretaria le dijo que un tal doctor Plarr quería verlo.

–¿Quién es ese Plarr?

–Viene del norte. Creo que quiere verlo por el caso de Fortnum.

–Oh, hágalo pasar –dijo sir Henry Belfrage.

Le irritaba perderse la siesta: era el único momento del día en que tenía un poco de vida privada. Un nuevo libro de Agatha Christie lo estaba esperando junto a su cama, recién enviado por su librero de Curzon Street.

–Creo que nos conocemos... –dijo al doctor Plarr, y lo miró con recelo: en Buenos Aires casi todos, salvo los militares, parecían tener el título de doctor. «Tiene cara de abogado», pensó. Nunca se sentía cómodo con los abogados; le disgustaba la crueldad de las bromas legales: para los abogados, un asesino convicto era lo que un paciente con cáncer incurable para un cirujano.

–Sí, nos conocimos aquí, en la Embajada –le recordó Plarr–. Durante una recepción. Yo salvé a su señora de un poeta...

–Oh, sí, ya recuerdo, mi estimado amigo. Usted vive allá. Estuvimos hablando de Fortnum, ¿no es cierto?

–Así es. Yo atiendo a su esposa. Espera un hijo.

–Ah, usted es médico...

–Sí.

–¡Gracias a Dios! Aquí, uno nunca sabe... Y además, usted es de veras inglés. No como los O'Brien y los Higgins. Bueno, bueno, la pobre señora de Fortnum debe de estar terriblemente preocupada. Dígale usted que estamos haciendo todo lo humanamente posible...

–Sí, desde luego, ella lo sabe. Pero pensé que no estaría de más averiguar cómo andan las cosas. He venido a Buenos Aires esta mañana porque sentí la necesidad de verlo a usted. Regreso esta tarde. Si hubiera alguna noticia precisa que pudiera llevarle a la señora de Fortnum... eso la consolaría mucho.

–Es una situación tremendamente difícil, Plarr. Usted sabe, cuando todos son responsables de un asunto, nadie es responsable... El general está aquí, en el sur, pescando, y se niega a hablar del asunto mientras duren sus vacaciones. El ministro de Relaciones Exteriores dice que el asunto incumbe exclusivamente a los paraguayos y el presidente no puede ejercer ninguna presión sobre el general, que es huésped oficial. Desde luego, la policía hace lo que puede, pero sin duda tienen instrucciones de actuar con absoluta discreción. En bien del propio Fortnum.

–Pero los norteamericanos... Ellos podrían influir sobre el general. Sin su apoyo no duraría veinticuatro horas en Paraguay.

–Lo sé, pero eso hace las cosas más difíciles, Plarr. Los norteamericanos adoptan una actitud bastante sensata... Piensan que hay que acabar con esos secuestros, aunque por ahora eso signifique, bueno..., cómo podría decirlo..., cierto riesgo para la vida de las víctimas. Como el caso del embajador alemán que mataron... ¿dónde fue? ¿En Guatemala? En esta ocasión, para serle franco..., bueno, un cónsul honorario no es un embajador. Los norteamericanos piensan que crearían un mal precedente si intervinieran. Los ingleses no son muy estimados en Paraguay. Claro que si Fortnum fuera norteamericano, la situación sería diferente.

–Los secuestradores creyeron que lo era. Eso dice la policía. Se dice también que los secuestradores esperaban un coche diplomático. Y en la oscuridad, es fácil confundir CD con CC.

–Sí. La de veces que le habíamos dicho a ese infeliz que no llevara la bandera ni la placa CC en su automóvil. El cónsul honorario no tiene derecho a llevarlas.

–Sin embargo, la pena de muerte parece una sentencia un poco severa.

–¿Qué más puedo hacer yo, Plarr? He ido dos veces al Ministerio de Relaciones Exteriores. Anoche hablé extraoficialmente con el ministro del Interior. Estaba cenando en casa de Wilbur... Quiero decir, del embajador norteamericano. No puedo hacer nada más sin instrucciones de Londres. Y Londres se caracteriza por..., bueno, por la falta de prisa. A propósito, ¿cómo está su madre? Ahora lo recuerdo todo. Su madre suele tomar el té con mi señora. A las dos les gustan las tortas y esas cosas con dulce de leche.

–Los alfajores.

–Eso es. Yo no puedo soportarlos.

–Sé que todo esto debe ser muy fastidioso para usted, sir Henry. Pero mi padre está en una de las cárceles del general, si es que aún vive. Quizás este secuestro sea su última oportunidad de salir... Eso me hace sospechoso ante la policía, de modo que este asunto me concierne personalmente. Y además, está Fortnum. No puedo evitar sentirme responsable por él. No es mi paciente, pero su señora lo es.

–¿No había algo raro en ese matrimonio? Recibí una carta de allá, escrita por un pesado llamado Jeffries.

–Humphries.

–Sí, ése era el nombre. Me escribió que Fortnum se había casado con una mujer «indeseable». ¡Qué tipo con suerte! Yo he llegado a una edad en que nunca conozco a nadie indeseable...

–Se me ha ocurrido que quizá yo podría ponerme en

contacto con los secuestradores –dijo Plarr–. Quizá telefoneen a la señora de Fortnum cuando comprueben que no llegarán a ningún arreglo con las autoridades.

–Eso es bastante improbable, mi estimado amigo.

–Pero no imposible, señor. Si llaman y yo tengo algo que ofrecerles... Tal vez podría persuadirlos de que prolonguen el plazo... digamos una semana más. En ese caso, ¿habría posibilidades de llegar a un acuerdo?

–Si quiere mi opinión sincera, lo único que conseguiría sería prolongar la agonía..., de Fortnum y de su señora. Si yo fuera Fortnum, preferiría una muerte rápida.

–Pero algo podrá hacerse...

–Óigame bien, Plarr. He visto dos veces a Wilbur y sé que los norteamericanos no moverán un dedo. Si pudieran acabar con los secuestros sacrificando a un cónsul honorario inglés en una oscura provincia se sentirían muy satisfechos. Wilbur dice que Fortnum es un alcohólico. Se fue con dos botellas de whisky a las ruinas, y el embajador sólo bebe Coca-Cola. Revisé nuestro fichero y no encontré nada preciso sobre el alcoholismo de Fortnum, aunque uno o dos de sus informes... Bueno, no eran demasiado sobrios... También recibimos una carta de ese individuo... ¿Cómo se llama? ¿Humphries? En ella decía que Fortnum había colgado la bandera al revés. Pero no se necesita ser un alcohólico para hacer eso.

–De todos modos, sir Henry, si pudiéramos persuadir a los secuestradores de que prolonguen un poco el plazo...

Sir Henry Belfrage sabía que la siesta estaba irremediablemente perdida. El nuevo libro de Agatha Christie tendría que esperar. Belfrage era un buen hombre, concienzudo y por añadidura modesto. Se dijo que si hubiera estado en el lugar de Plarr, no se habría tomado el trabajo de volar a Buenos Aires en medio del calor de noviembre sólo para ayudar al marido de una paciente.

–Hay algo que usted podría intentar –dijo–. Dudo mucho que resulte, pero de todos modos...

Vaciló. Con una pluma en la mano, era un portento de concisión: sus informes eran admirablemente breves y lúcidos, y un telegrama nunca le ofrecía la menor dificultad. Se sentía tan a sus anchas en la Embajada como se sintió en su habitación de niño. Las arañas de cristal centelleaban como los adornos de un árbol de navidad. Recordaba que de niño hacía rápidas construcciones con su mecano. «Master Henry es un niño muy inteligente», decía siempre su institutriz. Pero a veces, cuando salía a los vastos espacios de Kensington Gardens, se sentía totalmente perdido. Y había momentos en que los extraños –como ocurría durante su recepción anual– casi le producían pánico.

–¿Me decía usted, sir Henry?...

–Oh, discúlpeme, amigo. Me distraje un momento. Hoy tengo un dolor de cabeza espantoso. Ese vino de Mendoza... ¡Cooperativas! ¿Qué puede saber de vinos una cooperativa?

–Decía usted que puede intentarse algo...

–Sí, sí.

Belfrage se llevó la mano al bolsillo de la chaqueta y tocó su estilográfica. Era como un talismán.

–La prórroga podría ser útil si consiguiéramos que la

gente se interesara... He hecho todo lo posible, pero nadie conoce a Fortnum en Inglaterra. A nadie le interesa un cónsul honorario. No pertenece al Servicio. Y para decirle la verdad, hace seis meses aconsejé librarnos de él. Esa carta debe de estar en los archivos, sin duda. De manera que en Londres todos se sentirán aliviados cuando expire el ultimátum y ya no haya que seguir escribiendo notas..., y Fortnum quede en libertad, según creo yo.

–¿Y si lo matan?

–Me temo que hasta esa posibilidad le irá bien al Foreign Office... Para ellos será una muestra de firmeza: demostrará que no quieren negociar con delincuentes. Usted sabe el tipo de palabras que usan en los Comunes. Ley y Orden. No se pagará ni un *danegeld*...* Citarán a Kipling. Hasta la oposición aplaudirá.

–Pero no se trata sólo de Charley Fortnum. Su mujer... va a tener un hijo. Si la prensa aprovecha eso...

–Sí, entiendo lo que quiere usted decir. La mujer que espera... etcétera. Pero por lo que escribió ese Humphries, no creo que la mujer con quien Fortnum se casó pueda despertar la simpatía de la prensa inglesa. No es una historia para familias... *The Sun* o *News of the World* aprovecharán la historia verdadera, desde luego, pero no para producir el efecto que deseamos.

–Entonces, ¿qué sugiere usted, sir Henry?

–Se lo diré, pero nunca debe usted decir que fue idea

* Alusión al impuesto anual que, según la creencia general, se impuso primitivamente para sobornar a los invasores daneses e impedir sus saqueos. *(N. del T.)*

mía, Plarr. El Foreign Office me pondría de patitas en la calle. Y además, no creo que mi idea sirva de nada. Mason no ofrece el material adecuado.

–¿Mason?

–Oh, perdón. Quiero decir Fortnum.

–Todavía no me ha sugerido nada, sir Henry.

–Bueno, lo que yo pienso es que... No hay nada que un funcionario público odie más que una voz de alarma en los diarios *respetables*. A veces, la única manera de mover las cosas es conseguir la publicidad acertada. Si usted consiguiera suscitar cierta reacción en su ciudad... Siquiera un telegrama del Club Inglés dirigido al *Times*. Una llamada a su infatigable lucha en pro de los intereses británicos...

Belfrage se tocó la estilográfica como para encontrar en ella la correcta jerga oficial.

–Pero no existe ningún club inglés, sir Henry. También creo que los únicos ingleses de la ciudad somos Humphries y yo.

Sir Henry Belfrage echó una rápida mirada a sus uñas (había perdido el cepillo de uñas). Dijo algo tan rápidamente que Plarr no lo entendió.

–Discúlpeme, no le he oído.

–Estimado amigo, no me pida que se lo deletree... Organice un Club Inglés enseguida y telegrafíe al *Times* y al *Telegraph*.

–¿Cree usted que servirá de algo?

–No, no lo creo. Pero nada se pierde con intentarlo. Siempre habrá un miembro de la oposición que tomará el partido que le indiquen sus líderes. Y por lo menos el secretario del Parlamento pasará *un mauvais quart d'heure*.

Y además, están los periódicos norteamericanos. Es muy posible que muerdan el anzuelo. El *New York Times* puede ser muy virulento. «Guerra a la independencia latinoamericana hasta que muera el último inglés.» Y ya sabe usted cuál podría ser la actitud de los antibélicos. Desde luego, es una esperanza remota. Si Fortnum fuera un magnate de los negocios, todo el mundo se interesaría. Pero no es más que morralla, mi estimado Plarr.

No había avión de regreso hasta la noche. Y Plarr no encontró una excusa que tranquilizara su conciencia para dejar de visitar a su madre. Sabía muy bien qué era lo que más le gustaba a ella: la citó por teléfono en el Richmond de la calle Florida. Su madre detestaba las inevitables conversaciones familiares en su apartamento, siempre tan poco ventilado como la campana de cristal que encerraba las flores de cera que había comprado en una tienda de antigüedades, cerca de Harrods. En ese apartamento, Plarr siempre tenía la impresión de que se ocultaban secretos en todas partes, en los estantes, en las mesas, bajo el sofá... Secretos que su madre se negaba a mostrarle, aunque quizá no fueran más que minúsculas extravagancias en las que gastaba el dinero que él le enviaba. Las tortas de crema eran comida, pero un loro de porcelana era una extravagancia.

Plarr avanzó a paso de caracol entre la multitud que todas las tardes llenaba la calle estrecha, cerrada al tránsito de automóviles. No le desagradaba, porque cada minuto perdido antes de encontrarse con su madre era pura ganancia.

La vio al fondo del salón de té lleno de gente, vestida de luto riguroso y sentada frente a una bandeja con pastas.

–Has llegado diez minutos tarde, Eduardo –dijo ella.

Desde niño, Plarr sólo hablaba español con ella. Únicamente hablaba inglés con su padre, que era hombre de pocas palabras.

–Discúlpame, mamá. Tenías que haber empezado sin esperarme.

Cuando se inclinó para besarla en la mejilla, el olor del chocolate le llegó desde la taza como el hálito dulzón de una tumba.

–Llama al camarero, querido, si no hay ninguna pastita que te guste...

–No tengo ganas de comer nada, mamá. No tomaré más que una taza de café.

Su madre tenía grandes bolsas bajo los ojos, pero Plarr sabía que no eran producto del pesar, sino del estreñimiento. Tenía la impresión de que si las apretara, saldría de ellas crema, como de un *éclair*. Es terrible lo que hacen los años con una mujer hermosa. Los hombres suelen mejorar con el tiempo; las mujeres, muy pocas veces. Plarr pensó que los hombres deberían casarse con mujeres por lo menos veinte años menores que ellos. Así podrían estar seguros de morir antes de que se desvaneciera la primera imagen... Al casarse con Clara, más de cuarenta años menor que él, ¿Fortnum se habría asegurado contra la desilusión? «Yo soy menos sensato –pensó Plarr–. Sobreviviré muchos años al atractivo que Clara tiene para mí.»

–¿Por qué vas de luto, mamá? Nunca te he visto de negro.

–Es por tu padre –dijo la señora de Plarr, limpiándose el chocolate de los dedos con una servilleta de papel.

–¿Has tenido noticias?

–No. Pero el padre Galvão ha hablado muy seriamente conmigo. Dice que por el bien de mi salud debo dejar de tener vanas esperanzas. ¿Sabes qué día es hoy, Eduardo?

Plarr pensó en vano; ni siquiera sabía en qué día de la semana estaba.

–¿Es catorce? –se arriesgó a decir.

–Es el día en que nos despedimos de tu padre en el puerto de Asunción.

Plarr se preguntó si de haber entrado su padre en ese momento en el salón de té habría reconocido a esa mujer gorda y ojerosa, con rastros de crema en las comisuras de los labios. En nuestros recuerdos, los años no pasan.

–Esta mañana el padre Galvão ha dicho una misa por el descanso de su alma.

Examinó la bandeja de pastas y eligió con sumo cuidado un *éclair,* aunque no parecía muy diferente de los demás.

Sin embargo, cuando Plarr hurgaba en su memoria podía recordar a una mujer hermosa, acostada en su camarote, llorando. En aquella época, las lágrimas aumentaban el brillo de sus ojos. No tenía bolsas que los desfiguraran...

–Yo conservo la esperanza, mamá. ¿Sabes que los secuestradores han incluido su nombre en la lista de prisioneros que quieren liberar?

–¿Qué secuestradores?

Plarr había olvidado que su madre nunca leía los periódicos.

–Oh, es una historia demasiado larga para contártela ahora... Tu vestido negro es muy bonito –agregó cortésmente.

–Me alegra que te guste. Me lo hice especialmente para la misa de esta mañana. La tela era muy barata, y me lo cosió una modistita... No quiero que pienses que soy una derrochona.

–Claro que no, mamá.

–Si tu padre hubiera sido menos cabeza dura... ¿De qué le sirvió quedarse en la estancia para que lo mataran? Pudo venderla a buen precio. Y los tres habríamos sido felices aquí.

–Era un idealista –dijo Plarr.

–Los ideales están muy bien, pero fue muy egoísta. Y obró muy mal al no anteponer su familia a los ideales.

Plarr se preguntó cuánta amargura, cuántos reproches se habrían mezclado en sus rezos de la mañana, durante la misa del padre Galvão. El padre Galvão era un jesuita portugués, trasladado por algún motivo desde Río de Janeiro. Tenía mucho éxito con las mujeres, que quizá se confiaban fácilmente a él, porque había venido de muy lejos.

Oía a su alrededor la charla de las mujeres que llenaban el Richmond. Casi era imposible distinguir una sola frase. Se sentía como en una pajarera, oyendo una babel de pájaros de muchas regiones distintas. Algunas cotorreaban en inglés, otras en alemán, y hasta oyó una frase en francés que su madre habría encontrado muy a propósito: «*Georges est très coupable*». La miró mientras ella tendía los labios hacia el chocolate. ¿Alguna vez habría sentido amor hacia su padre o hacia él mismo, o sólo habría representado la comedia del amor, como Clara? Durante los años pasados con su madre en Buenos Aires, Plarr aprendió a desdeñar la comedia. En su apartamento no había recuerdos de ninguna clase. Ni siquiera una fotografía. Era un lugar tan despojado y casi tan austero como el calabozo de una comisaría. Aun durante sus aventuras amorosas, Plarr evitaba siempre esa frase teatral: «Te quiero». Muchas veces lo habían acusado de crueldad, aunque él prefería considerarse un médico hábil y concienzudo en sus diagnósticos. Si alguna vez se hubiese visto frente a una enfermedad sin encontrar los términos para describirla, habría usado sin vacilar la fórmula «Te quiero». Pero siempre lograba atribuir la emoción que sentía a una enfermedad muy distinta: la soledad, el orgullo, el deseo físico y hasta una simple sensación de curiosidad.

–Tu padre nunca nos quiso –dijo la señora de Plarr–. Era un hombre que no conocía el significado de la palabra querer.

«¿Lo conocemos nosotros?», estuvo a punto de preguntar Plarr. Pero sabía que su madre lo tomaría por un reproche, y no tenía ganas de reprocharle nada. Más justo sería reprocharse a sí mismo la misma ignorancia. Quizá su madre tuviera razón; quizá él se pareciera a su padre.

–Yo no lo recuerdo muy bien, salvo que cuando nos despedimos me llamó la atención lo gris que se le había vuelto el pelo. También recuerdo que por la noche cerraba con llave todas las puertas de la casa. El ruido me despertaba siempre. Ni siquiera sé cuántos años tendría ahora, si viviera.

–Hoy cumpliría setenta y un años.

–¿Hoy? Entonces fue el día de su cumpleaños...

–Me dijo que el mejor regalo que podía hacerle era vernos partir río abajo. Fue muy cruel por su parte decir eso.

–Pero mamá, no creo que él lo hiciera por crueldad.

–Ni siquiera me había avisado. No tuve tiempo de preparar bien el equipaje. Olvidé algunas joyas. Tenía un relojito con brillantes que solía llevar con un vestido negro. ¿Te acuerdas de aquel vestido negro? No, no puedes acordarte. Eras un niño tan poco observador... Tu padre me explicó que temía que yo lo comentara con mis amigas y ellas charlaran y la policía no nos dejara marchar... Yo le había preparado una rica cena de cumpleaños, con bocadillos de queso. A él le gustaban más los bocadillos que los postres. Eso es lo que ocurre cuando una se casa con un extranjero. Nunca tuvimos los mismos gustos. Esta mañana he rezado para que no sufra mucho.

–Creía que lo dabas por muerto.

–Quise decir para que no sufra en el purgatorio. El padre Galvão dice que el peor sufrimiento en el purgatorio es que la gente ve las consecuencias de sus acciones y el dolor que ha causado a las personas a las que quería.

Eligió otro *éclair*.

–Pero has dicho que él no nos quería.

–Oh, supongo que nos tendría cierto afecto. Y además, el sentido del deber... Era muy inglés. Prefería la compañía de otros hombres. Estoy segura de que se fue al club después de despedirse de nosotros.

–¿Qué club?

En años enteros nunca habían hablado tanto de su padre.

–Era una imprudencia pertenecer a ese club. Se llamaba el Constitucional. Pero la policía lo cerró. Después sus miembros se reunían en secreto; una vez lo hicieron en nuestra estancia. Tu padre no me escuchaba cuando yo protestaba. «Te debes a tu mujer y a tu hijo», le decía. Y él me contestaba: «Todos los miembros del club tienen mujer e hijos». Y yo le decía: «En ese caso, deberían hablar de cosas más importantes que la política». Oh, bueno, ésas ya son cosas olvidadas –agregó con un suspiro–. Ya lo he perdonado. Ahora, cuéntame un poco de ti, querido.

Sus ojos lo miraron con total falta de interés.

–Oh, no tengo nada importante que contarte –dijo Plarr.

El vuelo de la noche al norte representaba una aventura muy azarosa para un hombre como Plarr, que siempre prefería estar solo. En ese vuelo viajaban pocos extranjeros o turistas. Entre los pasajeros siempre había políticos locales que volvían de una visita a la capital, o señoras acomodadas a quienes él había atendido alguna vez (iban a Buenos Aires de compras, o para asistir a una reunión, o incluso para ir a la peluquería, porque no confiaban en sus peluqueros locales). Todos formaban un grupo ruidoso en el bimotor.

La posibilidad de viajar en paz era remota. Y Plarr sintió que el corazón le daba un vuelco cuando desde el otro lado del pasillo, la señora de Escobar, antes de que él la viera, lo saludó con un alegre chillido de cotorra:

–¡Eduardo!

–¡Margarita!

Empezó a desabrocharse resignadamente el cinturón de seguridad para ir a ocupar el asiento vacío junto a ella.

–No, Gustavo viene conmigo –dijo ella en un rápido susurro–. Está atrás, conversando con el coronel Pérez.

–¿El coronel Pérez también viaja en este vuelo?

–Están hablando del secuestro. ¿Sabes qué creo yo?

–¿Qué?

–Creo que ese Fortnum huyó para librarse de su mujer.

–¿Por qué?

–Tienes que conocer la historia, Eduardo. Ella es una *putain*. La sacó de esa casa horrible de la calle... Pero tú eres un hombre. Ya sabes lo que quiero decir.

Plarr recordó que cada vez que Margarita quería ser un poco soez usaba una palabra francesa. Podía oírla en las sombras cuidadosamente calculadas de su dormitorio, con dos tercios de las persianas bajadas, murmurando: *«Baise-moi, baise-moi!»*. Nunca se habría permitido utilizar la frase española equivalente.

–Hace mucho que no te veo, Eduardo –dijo ella con un suspiro tan cuidadosamente calculado para la ocasión como las persianas de su dormitorio.

Plarr se preguntó qué habría ocurrido con su último amante, Gaspar Vallejo, del Ministerio de Economía. Confió en que no se hubieran peleado.

El rugido de los motores lo salvó de la necesidad de contestar. Cuando cesaron las advertencias transmitidas por los altavoces y volaban sobre el río color caqui que se iba oscureciendo a medida que avanzaba la noche, Plarr ya tenía una vaga frase en los labios:

–Ya sabes lo que es la vida de un médico, Margarita.

–Sí. ¿Quién puede saberlo mejor que yo? ¿Sigues viendo a la señora de Vega?

–No. Creo que ha cambiado de médico.

–Yo nunca cambiaría, Eduardo..., no hay tantos médicos como tú. Si no te he llamado es porque he estado asquerosamente bien. Bueno, aquí está mi marido, por fin. ¡Mira quién está aquí, Gustavo! No me digas que te has olvidado del doctor Plarr.

–¿Cómo voy a olvidarme? ¿Dónde se había metido todo este tiempo, Eduardo?

Gustavo Escobar apoyó pesadamente la mano en un hombro de Plarr, le dio una amistosa palmada: tenía la típica necesidad latinoamericana de tocar a cualquier hombre con quien hablara. Hasta las cuchilladas en una de las historias de Jorge Julio Saavedra podían interpretarse como un modo de tocar.

–Le hemos echado de menos –siguió con la voz estrepitosa de un sordo–. Mi mujer me decía con frecuencia: «¿Por qué será que Eduardo ya no nos visita nunca?».

Gustavo Escobar tenía un gran bigote negro y abundantes patillas: su cara, roja como un ladrillo, semejaba un claro abierto en un monte y su nariz se encabritaba como el caballo de un conquistador.

–Le he echado de menos tanto como mi mujer –dijo Escobar–. Recuerdo las veces que hemos cenado los tres juntos...

Durante el período en que fue amante de Margarita, Plarr nunca pudo distinguir con certeza entre la ruda jovialidad y la ironía de Escobar. Margarita le aseguraba siempre que su marido era terriblemente celoso: admitir que a él no le importaban sus devaneos habría herido su amor propio. Y quizá le importaran, ya que al fin y al cabo ella era una de sus mujeres, aunque tuviera muchas. En una ocasión Plarr lo vio en la casa de la señora Sánchez rodeado de cuatro muchachas. Contra las reglas de la casa, las muchachas tomaban champán, un buen champán francés que él debía de haber llevado consigo. No había reglas que valieran contra Gustavo Escobar. Plarr se preguntaba a veces si no habría sido uno de los clientes de Clara. ¿Qué comedia habría representado ella para él? ¿Quizá la de la sumisión?

–¿Qué ha estado haciendo en Buenos Aires, Eduardo?

–He estado en la Embajada inglesa –le gritó a su vez Plarr– y he visitado a mi madre. ¿Y usted?

–Mi esposa ha hecho algunas compras y yo he almorzado en el Hurlingham.

Seguía tocando el hombro de Plarr como si estuviera pensando en comprarlo para destinarlo a la reproducción (tenía una gran estancia en el lado chaqueño del Paraná).

–Gustavo va a dejarme sola una semana entera –dijo Margarita–. Siempre me permite ir de compras cuando me abandona...

Plarr hubiese querido que la conversación derivase hacia el tema de su sucesor, Gaspar Vallejo, a quien habría interesado más la información que Margarita acababa de darle. Lo habría tranquilizado oír que Vallejo seguiría siendo amigo de la familia.

–¿Por qué no se viene conmigo a la estancia, Eduardo? Podemos salir de caza...

–Un médico es esclavo de sus pacientes –dijo Plarr.

El avión se hundió en una bolsa de aire y Escobar tuvo que cogerse del respaldo del asiento de Plarr.

–Ten cuidado, *caro*. No quiero que te lastimes... Será mejor que te sientes.

Quizá fue esa mecánica expresión de alarma por parte de su mujer lo que irritó a Escobar. O quizá tomó esa advertencia como una alusión a su machismo. Con ironía inconfundible dijo:

–En estos momentos usted es esclavo de un paciente muy especial, ¿no es cierto, Eduardo?

–Todos mis pacientes son especiales.

–La señora de Fortnum espera un hijo, ¿verdad?

–Sí. Y la señora de Vega también. Pero esta vez no ha requerido mis servicios. Ahora está en manos del doctor Benevento.

–Qué hombre tan discreto, este Eduardo –dijo Escobar.

Pasó por delante de su mujer y se sentó en el asiento junto a la ventanilla. No bien cerró los ojos pareció dormirse sin reclinar el asiento. Parecía uno de sus antepasados, dormido en la montura y cruzando los Andes. El movimiento del avión que atravesaba las cumbres nevadas de las nubes lo mecía suavemente.

–¿Qué ha querido decir, Eduardo? –preguntó su mujer en un susurro.

–Qué sé yo...

Recordó que Escobar tenía el sueño muy pesado. Una vez, al principio de su relación, Margarita le había dicho:

–Nada lo despierta, salvo un silencio repentino. Tienes que seguir hablando.

–¿De qué? –preguntó él.

–De cualquier cosa. ¿Por qué no me dices lo mucho que me quieres?

Estaban sentados el uno junto al otro en un sofá y Escobar dormía en un sillón en el extremo opuesto de la habitación, con el respaldo vuelto hacia ellos. Plarr no podía saber siquiera si tenía los ojos cerrados.

–Te necesito –dijo cautelosamente.

–¿Cómo?

–Te necesito.

–Habla en voz normal –dijo ella, tocándolo–. Necesita oír el murmullo continuo de la conversación.

Es difícil mantener un monólogo mientras una mujer le hace el amor a uno. A falta de algo mejor, Plarr empezó a contar el cuento de los tres osos, comenzando por la mitad y con los ojos fijos en la poderosa cabeza estatuaria que asomaba por encima del respaldo.

–Entonces el tercer oso dijo con voz bronca: «¿Quién se ha comido mi sopa?».

La señora de Escobar se había puesto a horcajadas sobre él, como una niña jugando al caballito.

–Los tres osos subieron y el osito pequeño preguntó: «¿Quién ha dormido en mi cama?».

Cogió a la señora de Escobar por los hombros y perdió el hilo del cuento, de modo que tuvo que seguir con la primera frase que se le cruzó por la cabeza: «Así galopa el caballito; ita ita ita». Al fin, cuando descansaron en el sofá, el uno junto al otro, la señora de Escobar –Plarr ni siquiera tuvo tiempo de pensar en ella como Margarita– dijo:

–Hablabas en inglés. ¿Qué decías?

–Te decía que te necesito mucho –contestó Plarr, astutamente.

El caballito era un juego que le enseñó su padre: su madre no tenía repertorio. Quizá los niños latinoamericanos no tuvieran juegos..., o al menos juegos infantiles.

–¿Qué ha querido decir Gustavo con lo de la señora de Fortnum? –preguntó de nuevo Margarita, volviéndolo al presente y al avión que se sacudía sobre el Paraná.

–No tengo la menor idea.

–Me decepcionarías terriblemente, Eduardo, si tuvieras algo que ver con esa *putain*. Todavía me gustas mucho...

–Perdóname, Margarita –dijo Plarr–. Quiero hablar unas palabras con el coronel Pérez.

Las luces de La Paz parpadeaban bajo el avión; una blanca hilera de luces se extendía a lo largo del río, y una oscuridad total al otro lado, como si esas luces marcaran el límite de un mundo plano. Pérez estaba sentado al final del avión, cerca del servicio. El asiento junto a él estaba vacío.

–¿Qué noticias hay, coronel? –preguntó Plarr.

–¿Sobre qué?

–Sobre Fortnum.

–No sé nada. ¿Por qué? ¿Esperaba alguna novedad?

–Pensé que quizá la policía supiera algo... La radio ha dicho que lo buscaban en Rosario.

–Aunque lo hubieran tenido en Rosario, a estas horas ya lo habrían llevado a Buenos Aires.

–¿Y esa llamada de Córdoba?

–Ha debido de ser un estúpido intento de confundirnos. Es imposible que lo hayan llevado a Córdoba. Y hasta dudo que estuvieran en Rosario cuando llamaron. Les habría llevado quince horas llegar hasta ahí en el coche más rápido.

–Entonces, ¿dónde cree usted que está? –preguntó Plarr.

–Quizás esté muerto, en el río, o escondido no lejos de donde lo secuestraron. ¿Qué ha venido a hacer a Buenos Aires, doctor Plarr?

Era una pregunta cortés, no policial. Pérez no parecía más interesado que Escobar.

–He ido a ver al embajador para hablarle de Fortnum.

–¿Sí? ¿Y qué ha dicho?

–Pobre tipo, le interrumpí la siesta. Me ha dicho que lo malo es que nadie se interesa por Fortnum.

–Le aseguro que yo me intereso –dijo el coronel Pérez–. Ayer quise organizar un registro en el barrio popular, pero el gobernador pensó que era demasiado peligroso. Quiere evitar los tiros... Nuestra provincia es muy tranquila, salvo por algunos problemitas causados por esos curas del tercer mundo. El gobernador me mandó a Buenos Aires para que hablara con el ministro del Interior. Creo que el gobernador quiere dar largas al asunto. Si retrasamos las cosas y tenemos suerte, quizás el cadáver de Fortnum aparezca fuera de la provincia. Entonces nadie se quejará de que hayamos actuado con imprudencia. El secuestro habrá fracasado y todos estarán muy contentos. Salvo yo. Hasta su Gobierno se dará por satisfecho, Plarr. Espero que pagarán una pensión a la viuda.

–Lo dudo. Fortnum era sólo cónsul honorario. ¿Qué ha dicho el ministro?

–Ese hombre no tiene miedo a los tiros. Con más tipos como él las cosas irían mejor. Aconseja al gobernador que siga adelante pase lo que pase y que utilice las tropas si es necesario. El presidente quiere que todo esté resuelto antes de que el general termine sus vacaciones. ¿Qué más le dijo su embajador?

–Dijo que si los diarios daban al asunto la publicidad necesaria...

–¿Por qué iban a dársela? ¿Oyó las noticias de esta tarde? Un avión de la B.O.A.C. cayó a tierra. Esta vez los secuestradores pudieron dar el golpe. Hay ciento sesenta y siete muertos... ciento sesenta y siete Fortnum. Y uno de ellos era una estrella de cine. No, doctor Plarr... hay que admitir que este asunto no tiene la más mínima importancia.

–Entonces, ¿se rinde usted?

–No, no. He vivido siempre entre asuntos sin importancia y siempre he preferido arreglarlos. Los expedientes sin acabar ocupan mucho espacio. Ayer mataron a un contrabandista en el río, de modo que hemos podido cerrar su caso. Alguien ha robado cien mil pesos de una habitación del Nacional..., pero nosotros ya sabemos quién fue. Y esta mañana han encontrado una bomba en la iglesia de la Cruz. Una bomba muy pequeña, porque la nuestra es una provincia muy tranquila. Estaba preparada para explotar a medianoche, cuando la iglesia está vacía. Pero si hubiera explotado habría destruido la cruz milagrosa. Y ésa sí habría sido una noticia importante para *El Litoral,* aunque no sé si también para *La Nación*... De todos modos, quizá sea noticia: ya corren rumores de que la Virgen bajó del altar y desactivó con sus propias manos la bomba. El arzobispo ha visitado el lugar. Usted sabe que la cruz ya se salvó, años antes de que existiera Buenos Aires, cuando un relámpago mató a los indios que iban a quemarla.

La puerta del servicio se abrió.

–¿Conoce al capitán Velardo, doctor? Le estaba contando al doctor nuestro nuevo milagro, Rubén.

–Usted puede reírse, mi coronel, pero la bomba no explotó.

–Ya lo ve, doctor. Rubén medio se lo cree.

–Trato de ser objetivo. Como el arzobispo. El arzobispo es un hombre culto.

–Creo que la espoleta estaba mal puesta.

–¿Y por qué lo cree, mi coronel? Hay que ir a las fuentes. Un milagro se parece mucho a un crimen. Usted dice que la espoleta estaba mal puesta, mi coronel. Pero ¿no habrá sido la Virgen la que guió la mano que puso la espoleta?

–De todos modos, prefiero creer que si ahora nos mantenemos en el aire no es por intervención divina sino por obra de los motores, aunque no sean Rolls Royce...

El avión volvió a caer en una bolsa de aire y se encendieron los letreros que indicaban abrocharse los cinturones de seguridad. Plarr pensó que el coronel Pérez parecía un poco inquieto. Volvió a su asiento.

Capítulo II

Plarr hizo las invitaciones por teléfono desde el aeropuerto y esperó a sus dos huéspedes en la terraza del Nacional. Mientras tanto hizo en una hoja del papel timbrado del hotel el borrador de una carta que, pensó, el embajador habría encontrado sobria y convincente. La ciudad empezaba a despertar para la noche, después de la larga siesta de la tarde. Junto al río corría una hilera de automóviles. La blanca estatua desnuda brillaba en el mirador bajo la luz de los faroles y el letrero de la Coca-Cola centelleaba con sus letras rojas como el retablo de un santo. En la oscuridad sonaba la sirena del transbordador desde la costa chaqueña. Eran poco más de las nueve: demasiado temprano para la cena, en ese lugar. Plarr estaba en la terraza sin más compañía que el doctor Benevento y su mujer. Benevento tomaba un aperitivo a breves sorbos y su mujer, severa, madura, y con una gran cruz de oro semejante a una condecoración, se abstenía ostentosamente de probar nada y seguía con un falso aire de paciencia la desaparición del aperitivo de su marido. Era jueves, recordó Plarr, y quizá Benevento había ido al hotel directamente desde la casa de la señora Sánchez tras realizar su revisión semanal. Los dos médicos se ignoraban mutuamente: a pesar de todos los años transcurridos desde su llegada, Plarr todavía era un intruso extranjero a los ojos de Benevento.

Humphries fue el primero en llegar. Llevaba un traje oscuro abrochado y tenía la frente húmeda por el calor de la noche. Su humor no mejoró cuando, no bien se sentó, un mosquito audaz le atacó un tobillo a través del grueso calcetín de lana. Humphries lo aplastó con furia y se quejó:

–Salía para ir al Club Italiano cuando me ha llegado su mensaje.

Parecía molesto por el hecho de tener que privarse de su *goulash* habitual. Miró el tercer lugar reservado en la mesa y preguntó:

–¿Espera a alguien más?

–Al doctor Saavedra.

–¡Santo Dios! ¿Y para qué? No sé qué le ve a ese tipo. Es un asno pedante.

–Pensé que su opinión podría ser útil. Quiero redactar una carta para los periódicos que será enviada por el Club Angloargentino. Una petición en favor de Fortnum.

–Déjese de bromas. ¿Qué club? No existe ningún club...

–Usted y yo lo fundaremos esta noche. Espero que Saavedra sea el presidente. Yo seré vicepresidente. Y supongo que usted aceptará el cargo de secretario honorario. No habrá mucho que hacer...

–Esto es una locura –dijo Humphries–. En esta ciudad sólo hay otro inglés. O lo había. Estoy convencido de que Fortnum se largó. Esa mujer debía de costarle un montón de dinero. Tarde o temprano, nos enteraremos de que ha habido un desfalco en el Consulado. Aunque lo más probable es que nunca nos enteremos de nada. Esos tipos de la Embajada en Buenos Aires son expertos en tapar las cosas sucias. Por el honor de la institución... Uno nunca se entera de la verdad.

Era su queja habitual y bastante sincera. La verdad era para él como una frase difícil que sus discípulos nunca lograban escribir correctamente.

–Por lo menos no hay dudas en cuanto al secuestro –dijo Plarr–. Es cierto. He hablado con Pérez.

–¿Y usted confía en lo que dice un policía?

–En lo que dice este policía, sí. Sea razonable, Humphries. Tenemos que hacer algo por Fortnum. Por más que colgara la bandera al revés. Al pobre tipo sólo le quedan tres días de vida. Hoy el embajador me sugirió, aunque esto no hay que repetirlo, que escribiéramos a los periódicos para despertar cierto interés. Una carta del Club Inglés local. Desde luego, ese club no existe. Mientras volvía en el avión, he pensado que sería mejor llamarlo Club Angloargentino. Así podremos usar el nombre de Saavedra y tendremos una oportunidad más de llegar a los diarios de Buenos Aires. Podemos hablar de la buena influencia que Fortnum tuvo siempre en nuestras relaciones con Argentina. Podemos hablar de sus actividades culturales.

–¡Sus actividades culturales! Su padre era un borracho famoso. Y también lo es Charley Fortnum. ¿Recuerda usted la noche que tuvimos que arrastrarlo hasta el Bolívar? Ni siquiera podía tenerse de pie. Todo lo que ha hecho por nuestras relaciones con Argentina es casarse con una puta del lugar.

–A pesar de todo no podemos dejarlo morir.

–Yo no movería mi dedo meñique por ese hombre –dijo Humphries.

Algo estaba ocurriendo en el interior del Nacional. El *maître d'hotel,* que había salido a la terraza para tomar un poco de aire antes de que empezaran las actividades de la noche, se precipitó hacia el comedor. Un camarero que se dirigía hacia la mesa del doctor Benevento dio media vuelta respondiendo a una señal. A través de las persianas del restaurante, Plarr vio el brillo gris perla del traje de Jorge Julio Saavedra, que se había detenido para cambiar unas palabras con el personal. Una mujer del guardarropía le cogió el sombrero, el camarero le cogió el bastón, el gerente corrió desde su despacho para unirse al *maître d'hotel.* El doctor Saavedra explicaba algo, señalando aquí y allá; cuando salió a la terraza, el personal lo escoltó hasta la mesa de Plarr. Hasta el doctor Benevento se incorporó en su silla unos centímetros cuando Saavedra entró oscilando sobre sus piernas combadas y sus relucientes zapatos puntiagudos.

–Aquí llega el gran novelista –dijo Humphries–. Apuesto la cabeza a que ninguno de ellos ha leído una sola línea de Saavedra.

–Probablemente tiene razón –dijo Plarr–, pero su bisabuelo fue gobernador aquí. En Argentina tienen un fuerte sentido de la historia.

El gerente preguntaba si la ubicación de la mesa satisfacía al doctor Saavedra. El *maître d'hotel* susurró al oído de Plarr la noticia de un plato especial no incluido en el menú: ese día había llegado salmón fresco del Iguazú;

además había dorada, si los invitados del doctor Plarr lo preferían.

Cuando todo el personal se hubo marchado, Saavedra dijo:

–Todas estas atenciones son ridículas. Lo único que les he dicho es que voy a situar una escena de mi novela en el restaurante del Nacional. Quería explicarles dónde pienso sentar a mi personaje. Necesito saber qué abarca su vista en el momento en que Fuerabbia, su asaltante, aparece armado por la terraza.

–¿Es una novela policíaca? –preguntó Humphries con malicia–. Me gustan las buenas novelas policíacas.

–Espero que nunca escribiré una novela policíaca, doctor Humphries, si por eso entiende usted uno de esos absurdos acertijos que son el equivalente literario de un rompecabezas. En mi próximo libro, el tema central es la psicología de la violencia.

–¿De nuevo los gauchos?

–No se trata de gauchos. Esta es una novela contemporánea..., mi segunda incursión en la política. Está situada en la época del dictador Rosas.

–¿No ha dicho que es contemporánea?

–Las ideas son contemporáneas. Si en vez de profesor de literatura fuera usted novelista, doctor Humphries, sabría que un novelista debe distanciarse de su tema. Nada envejece tan deprisa como lo inmediatamente contemporáneo. Escribir una novela policíaca es para mí un proyecto tan absurdo como escribir sobre el secuestro del señor Fortnum.

Se volvió hacia Plarr y agregó:

–Me era un poco difícil venir aquí esta noche. Ha ocurrido algo desagradable. Pero cuando mi médico me llama, debo obedecer. ¿Qué sucede?

–El doctor Humphries y yo hemos decidido fundar un club angloargentino.

–Una idea excelente. ¿Qué actividades...?

–Culturales, desde luego. Literarias, arqueológicas. Queremos que usted sea el presidente.

–Un gran honor –dijo Saavedra.

–Una de las primeras cosas que debe hacer el club es dirigir una comunicación a los periódicos en favor de Fortnum. Si él estuviera aquí, sería uno de los miembros del club.

–Pero qué puedo hacer yo –preguntó Saavedra–. Casi no conozco al señor Fortnum. Sólo hablé con él una vez en casa de la señora Sánchez.

–He traído un borrador, un borrador muy apresurado... No soy escritor. Apenas si escribo mis recetas.

–Ese hombre se ha fugado –dijo Humphries–. Eso es todo. Sin duda, toda esta historia del secuestro es invención suya. Personalmente, me niego a firmar.

–Entonces prescindiremos de usted, Humphries. Sólo que sus amigos, si los tiene, se preguntarán, cuando aparezca la carta, por qué no es miembro del Club Angloargentino. Hasta creerán que le dieron bola negra...

–Usted sabe muy bien que ese club no existe.

–Oh, sí, existe, y el doctor Saavedra ha aceptado ser el presidente. Esta es nuestra primera cena. Y nos espera un buen salmón del Iguazú. Si no quiere ser miembro del club, váyase y deléitese con el *goulash* de su covacha italiana.

–Esto es extorsión.

–Pero por una buena causa.

–Moralmente, usted no es mejor que los secuestradores.

–Quizá: pero de todos modos, preferiría que no mataran a Charley Fortnum.

–Charley Fortnum es una desgracia para su país.

–Si no hay firma, no hay salmón.

–No me deja usted alternativa –dijo Humphries, desplegando la servilleta.

Saavedra leyó la carta con atención. Después la dejó junto a su plato.

–Será mejor que me la lleve a casa para trabajar en ella –dijo–. Le ruego que no se incomode por mi crítica... La hago con actitud profesional. A la carta le falta... el estremecimiento de la urgencia. Es tan fría como un informe comercial. Si deja usted la carta en mis manos, escribiré algo con efecto dramático. Algo que los periódicos deberán publicar por sus méritos literarios.

–Quiero telegrafiar a *The Times* esta misma noche. Y quiero que salga mañana en los periódicos de Buenos Aires.

–Una carta como ésta requiere tiempo, doctor Plarr. Y yo escribo con lentitud. Déme usted hasta mañana y cuando vea el resultado comprenderá que valía la pena esperar.

–Quizá no le quedan más que tres días de vida a ese pobre diablo. Será mejor que mande mi borrador esta noche, sin esperar hasta mañana. En Inglaterra ya es mañana...

–Entonces me veré obligado a no firmar. Lo siento

mucho, doctor, pero va en contra de mis principios poner mi nombre al pie de esta carta, tal como está ahora. En Buenos Aires nadie creería que he tenido algo que ver con ella. Contiene..., discúlpeme usted, algunos clisés terribles. Oiga esto...

–Por eso quería que usted reescribiera la carta. Y creo que puede hacerlo ahora mismo. Mientras cenamos.

–¿Cree usted que escribir es algo tan fácil? ¿Improvisaría usted una operación difícil aquí, en esta mesa? Yo estoy dispuesto a escribir toda la noche, si es necesario. Le aseguro que la calidad de la carta que redactaré compensará con creces el retraso, incluso al ser traducida. A propósito: ¿quién traducirá la carta? ¿Usted o el doctor Humphries? Querría revisar la traducción antes de que la envíe. Desde luego, confío en sus conocimientos. Pero es un problema de estilo. En una carta así debemos conmover al lector, representarle vívidamente el carácter de ese pobre hombre...

–Cuanto menos represente usted su carácter, tanto mejor –dijo Humphries.

–Por lo que sé, el señor Fortnum es un hombre muy simple... Ni demasiado sensato ni demasiado inteligente. Y ahora se encuentra de repente en presencia de una muerte violenta. Quizá nunca haya pensado antes en la muerte. Es una situación en que un hombre como él puede sucumbir al miedo o engrandecerse. Considere el caso del señor Fortnum. Está casado con una mujer joven, que espera un hijo...

–No tenemos tiempo de escribir una novela sobre él –dijo Plarr.

–Cuando lo conocí, había bebido con exceso. La conversación me resultó un poco incómoda, hasta que percibí una profunda melancolía tras la jovialidad superficial.

–Eso es verdad –dijo Plarr, sorprendido.

–Creo que bebía por la misma razón por la que yo escribo: para huir de las sombras de su propia alma. Me confió que estaba enamorado.

–¡Enamorado a los sesenta años! –exclamó Humphries–. Es muy viejo para esas cursilerías.

–Yo no las he superado –dijo Saavedra–. Si las hubiera superado, ya no podría escribir. El instinto sexual y el instinto creador viven y mueren juntos. La juventud, doctor Humphries, dura más en algunos hombres de lo que usted supone por su experiencia personal...

–Lo único que quería Fortnum era tener una puta a mano. ¿Y a eso llama usted amor?

–Si pudiéramos volver al asunto de la carta... –intervino Plarr.

–¿Y a qué llama usted amor, doctor Humphries? ¿Un matrimonio arreglado según la tradición española? ¿Una familia numerosa? Permítame decirle que también yo quise a una puta. Una puta puede tener un alma mucho más generosa que cualquier dama burguesa de Buenos Aires. Como poeta, he recibido mucha más ayuda de una prostituta que de cualquier crítico... o profesor de literatura.

–Creía que era usted novelista, no poeta.

–En español el término poeta no se reserva para los que escriben métricamente.

–La carta –interrumpió Plarr–. Tratemos de terminar la carta antes de terminar el salmón.

–Déjeme pensar con tranquilidad. La frase inicial es la clave de todo el resto. Hay que encontrar de entrada el tono justo, y hasta el ritmo necesario. En la prosa, el ritmo es tan importante como la métrica en un poema. Por cierto, este salmón es excelente. ¿Quiere usted servirme un poco más de vino?

–Puede tomarse la botella entera si escribe la carta.

–Tanto barullo por Charley Fortnum... –respondió Humphries.

Había terminado el salmón, había apurado la última gota de vino: ya no tenía nada que temer.

–Puede haber otro motivo para su desaparición: quizá no quiera pasar por el padre del hijo de otro.

–Quiero empezar la carta con un estudio del carácter de la víctima –dijo Saavedra, bolígrafo en mano y con un resto de salmón en el labio superior–. Pero por algún motivo el señor Fortnum se niega a cobrar vida. Tengo que tachar casi todas las palabras. En una novela lo habría creado en unas pocas frases. Es su realidad lo que me derrota. Estoy coartado por su realidad. Escribo una frase, y siento como si Fortnum me dijera: «Pero yo no soy así».

–Tome un poco más de vino.

–Y siento que me dice otra cosa que me hace vacilar: «¿Por qué trata de hacerme volver a la vida que llevaba, una vida triste, sin honor?».

–A Charley Fortnum no le preocupaba demasiado el honor –dijo Humphries– mientras tuviera whisky a su alcance...

–Si usted pudiera ver con profundidad el carácter de

cualquier hombre, inclusive el suyo propio, encontraría el sentimiento del machismo.

Eran más de las diez. Los clientes empezaban a dirigirse a sus mesas para la cena. Avanzaban por caminos separados, pasando a uno y otro lado de la mesa de Plarr como tribus migratorias que encontraran una roca en el desierto. Llevaban a sus hijos consigo. Un niño que parecía un ídolo de cera se sentaba muy erguido en su cochecito; una niña muy pálida, de unos tres años, se tambaleaba de cansancio sobre el desierto de mármol, vestida con un traje de fiesta azul y con las orejas atravesadas por aros de oro; otro niño de unos seis años caminaba junto a la pared de la terraza, bostezando a cada paso. Parecían haber cruzado todo un continente para llegar a ese lugar. Al amanecer, terminado el apacentamiento, sin duda se trasladarían a otras praderas.

–Devuélvame la carta –dijo Plarr, ya sin paciencia–. La mandaré tal como está.

–En ese caso, no firmaré.

–¿Y usted, Humphries?

–Tampoco firmaré. Ya no puede amenazarme. Ya me he comido el salmón.

Plarr cogió la carta y la rompió en dos pedazos. Dejó unos billetes en la mesa y se levantó.

–Lamento disgustarlo, doctor Plarr. Su estilo no es malo... es muy correcto. Pero nadie creería que yo escribí esa carta.

Plarr fue al servicio. Mientras se lavaba las manos pensó: «Soy como Pilatos. Éste es un clisé que Saavedra no aprobaría». Se lavó las manos cuidadosamente, como si hubiese estado examinando a un paciente. Cuando las retiró del agua, se miró en el espejo e hizo una pregunta a la preocupada imagen que veía en él: «Si matan a Fortnum, ¿me casaré con Clara?». No era una consecuencia forzosa. Clara no esperaba de él semejante cosa. Si heredaba la finca podía venderla y mudarse a otra parte...; quizá volviera a Tucumán. O tal vez alquilara un apartamento en Buenos Aires y se dedicara a comer pasteles, como su madre. Por el bien de todos, convenía que Fortnum se salvara. Fortnum sería un padre mucho mejor que él; un niño necesita que lo quieran.

Mientras se secaba las manos, oyó la voz de Saavedra tras de sí.

–Usted piensa que le he fallado, doctor. Pero no tiene bien en cuenta todas las circunstancias.

El novelista estaba orinando. Se había subido la bocamanga derecha de su traje gris perla: era un hombre muy pulcro.

–Pensé que no era demasiado pedirle que firmara una carta, por mal escrita que estuviera, si eso podía salvar la vida de un hombre.

–Será mejor que me diga cuál es el motivo real, doctor. Esta noche necesito tomar más de una pastilla para dormir. He recibido un golpe terrible.

Se abrochó los pantalones y se volvió:

–¿Le he hablado alguna vez de Móntez?

–¿Móntez? No, no recuerdo ese nombre.

–Es un joven novelista de Buenos Aires. No tan joven ahora, me imagino. Debe de ser mayor que usted. Los años pasan rápido... Lo ayudé a que publicara su primera novela. Una novela muy extraña. Surrealista, pero muy bien escrita. La editorial Sur la rechazó, y Emecé devolvió el original. Al fin pude convencer a mi editor de que la aceptara, prometiéndole que yo mismo escribiría una crítica favorable. En aquellos días tenía una columna semanal en *La Nación,* que era un diario muy influyente. Le tomé afecto a Móntez. Me sentía un poco como su padre. Aunque no lo vi mucho durante los últimos años que viví en Buenos Aires... Después de su éxito había hecho sus propios amigos. Sin embargo, nunca dejé de elogiar su obra cada vez que tenía oportunidad. Y ahora vea lo que ha escrito sobre mí.

Se sacó del bolsillo una hoja impresa doblada.

Era un artículo largo y bien escrito. El tema era la mala influencia del *Martín Fierro* sobre la novela argentina. Borges no estaba incluido en la crítica. Había unas pocas frases elogiosas sobre Mallea y Sabato, pero se burlaba con crueldad de las novelas de Jorge Julio Saavedra. La palabra «mediocre» aparecía con frecuencia, y la palabra machismo surgía socarronamente en casi todos los párrafos. ¿Sería una venganza contra el patronazgo que Saavedra ejerció sobre él, contra todos los tediosos consejos que sin duda debió soportar?

–Sí, es una traición, Saavedra –dijo Plarr.

–No sólo contra mí. Contra el país. *Martín Fierro* es Argentina. Mi bisabuelo murió en un duelo. Luchó a mano limpia contra un gaucho borracho que lo insultó. ¿Dónde estaríamos nosotros ahora si nuestros padres no hubieran hecho un culto del machismo?

Su mano se agitó desde el lavabo al mingitorio.

–Vea lo que dice de la muchacha de Salta. Ni siquiera ha entendido el símbolo de la pierna que le falta. Si hubiera firmado su carta, imagínese cómo se habría reído del estilo. «Pobre Jorge Julio... Eso le pasa por huir de la gente como él e ir a esconderse en provincias. Escribe como un chupatintas de intendencia.» Ojalá estuviera aquí Móntez: le enseñaría aquí mismo, sobre estas baldosas, el significado de la palabra machismo.

–¿Tiene un cuchillo a mano? –preguntó Plarr, esperando en vano provocar una sonrisa.

–Pelearía con él como mi abuelo, a puño limpio.

–A su abuelo lo mataron –dijo Plarr.

–No tengo miedo a la muerte –dijo Saavedra.

–Charley Fortnum sí la teme. No creo que firmar una carta sea algo tan tremendo...

–¿Que no es tremendo? ¿Firmar una prosa como ésa? Sería mucho más fácil ofrecer mi vida. Oh, sé que es imposible entenderlo para alguien que no es escritor.

–Hago todo lo posible por entender –dijo Plarr.

–Su plan es llamar la atención sobre Fortnum, ¿no es cierto?

–Sí.

–Entonces le sugiero esto: informe a los periódicos y a su Gobierno que me ofrezco como rehén en su lugar.

–¿Habla en serio?

–Absolutamente en serio.

«Podría resultar –pensó Plarr–. En medio de tanta locura, quizás ésta resulte...» Sintió impulsos de decir: «Es usted muy valiente, Saavedra».

–Por lo menos, le demostraré a ese jovencito Móntez que el machismo no es una invención del autor del *Martín Fierro.*

–¿Se da cuenta de que pueden aceptar su ofrecimiento? –dijo Plarr–. Y entonces ya no habrá más novelas escritas por Jorge Julio Saavedra. A menos que el general lo lea y gane usted un gran público en Paraguay.

–Envíe telegramas al consulado de Buenos Aires y a *The Times* de Londres. No olvide *The Times*. En Inglaterra se publicaron dos de mis novelas. Y acuérdese de *El Litoral*. Debe telefonearles. Es seguro que los secuestradores leerán *El Litoral*.

Fueron a la oficina del gerente, que estaba vacía, y Plarr escribió los cables. Cuando se volvió, se dio cuenta de que Saavedra tenía los ojos llenos de lágrimas.

–Móntez era como un hijo para mí –dijo Saavedra–. Yo admiraba sus libros. Eran tan diferentes de los míos... Y tenían calidad. Yo era capaz de percibir su calidad. Sin embargo, él debía de despreciarme en aquella época. Soy un viejo, doctor Plarr. La muerte no está muy lejos de mí. Probablemente nunca habría terminado esa novela de la que hablé al gerente, la historia del intruso... Iba a llamarla *El intruso*. Cuando planeaba esa novela, me di cuenta de que pertenecía a su ámbito de la literatura, al de Móntez, y no al mío. En otra época yo le daba consejos, y míreme ahora..., tratando de imitarlo. Imitar es el privilegio de los jóvenes. Prefiero morir de un modo que infunda respeto al propio Móntez.

–Móntez dirá que al fin lo mató el *Martín Fierro*.

–En Argentina a casi todos nos mata el *Martín Fierro*.

Pero todos tenemos el derecho de elegir el momento de nuestra muerte.

–A Charley Fortnum no le han permitido elegir.

–El señor Fortnum es víctima de una contingencia. Y en eso estoy de acuerdo con usted: no es una manera digna de morir. Es como un accidente de tráfico o una gripe.

Plarr se ofreció para llevar a Saavedra a su casa. El novelista nunca lo había invitado y lo imaginaba dueño de una vieja casa colonial con ventanas de rejas, en una calle sombreada, con naranjos y lapachos en el jardín; una casa tan digna y anticuada como los trajes del novelista. En las paredes quizás hubiera retratos del bisabuelo que fue gobernador de la provincia y del abuelo asesinado por el gaucho.

–No queda lejos. Puedo ir caminando –dijo Saavedra.

–Creo que deberíamos hablar un poco más de su ofrecimiento y pensar cómo llevarlo a cabo.

–Ahora todo eso ya no está en mis manos.

–No lo crea.

Mientras conducía su coche, Plarr advirtió al novelista que desde el momento en que se anunciara en *El Litoral* su ofrecimiento la policía lo vigilaría.

–Los secuestradores tendrán que comunicarse con usted y sugerir el medio de hacer el cambio. Sería mejor que usted se fuera de la ciudad esta noche, antes de que la policía se entere. Puede esconderse en casa de algún amigo, en el campo.

–Pero ¿cómo me encontrarán los secuestradores?

–Tal vez a través de mí. Quizá sepan que soy amigo de Fortnum.

–No puedo huir y esconderme como un criminal.

–Entonces será difícil que los secuestradores acepten su ofrecimiento.

–Y además, tengo mi trabajo... –agregó Saavedra.

–Llévese consigo los papeles.

–Para usted es fácil decirlo. Usted puede atender a sus pacientes en cualquier parte, puede llevarse su experiencia consigo. Pero mi trabajo está atado al cuarto donde escribo. Cuando vine de Buenos Aires, pasó casi un año antes de que pudiera escribir una línea. Mi cuarto era como una habitación de hotel. Para escribir hay que tener un hogar.

Un hogar: Plarr se sorprendió al descubrir que el novelista vivía en un edificio más moderno y modesto que el suyo, en un barrio muy cerca de la cárcel. Los grises edificios de apartamentos parecían un anexo de la cárcel. Uno casi esperaba que estuvieran clasificados A, B y C según las diferentes categorías de criminales. El apartamento de Saavedra estaba en el tercer piso y no había ascensor. En la entrada unos niños jugaban con envases de lata a una especie de *bowling* y el olor a comida los persiguió a lo largo de las escaleras. Quizá Saavedra se vio en la obligación de explicar; al detenerse en el segundo piso para recobrar el aliento, dijo:

–Un novelista no hace visitas, como un médico. Un novelista tiene que vivir con su tema. Yo no puedo vivir cómodamente en un ambiente burgués, porque escribo sobre el pueblo. La buena mujer que me hace la limpieza está casada con un guardián de la cárcel; aquí me siento en el *milieu* adecuado. La he puesto en mi último libro. Allí se llama Caterina y es la viuda de un sargento. Creo que capté su manera de pensar.

Abrió la puerta de su apartamento y dijo en tono desafiante:

–Ahora entra usted en lo que mis críticos llaman el mundo de Saavedra.

Era un mundo muy pequeño, en verdad. Plarr pensó que la larga práctica de la literatura reportaba al novelista muy pocas ventajas materiales, con excepción de su pulcro traje, sus zapatos relucientes y el respeto del gerente del hotel. La sala de estar era estrecha y larga como el compartimiento de un ferrocarril. Un estante con libros (casi todos de Saavedra), una mesa plegable que una vez abierta casi habría llenado la habitación, un grabado del siglo XIX que mostraba un gaucho a caballo, un sillón y dos sillas: eso era todo, además de un inmenso armario de caoba que sin duda provendría de ámbitos más espaciosos, pues le habían amputado los ornamentos barrocos del frente para que el mueble no tocara el techo. Dos puertas abiertas, que Saavedra cerró rápidamente, permitieron vislumbrar a Plarr una cama monástica y el esmalte con desconchados de una cocina. Por la ventana, y a través de la tela de alambre oxidada que protegía de los mosquitos, llegaba el estrépito de las latas y los niños que jugaban con ellas en la entrada del edificio.

–¿Quiere tomar un whisky?

–Sí, pero muy poco, por favor.

Saavedra abrió el armario. Era como un enorme arcón

en que se hubieran acumulado todas las posesiones de una vida para un viaje inminente. Había dos trajes colgados; en los estantes se amontonaban indiscriminadamente ropa interior y libros; un paraguas estaba apoyado en formas oscuras, al fondo; cuatro corbatas pendían de una varilla; un montón de fotografías en marcos anticuados compartía el suelo con dos pares de zapatos y algunos libros que no encontraron cabida en otra parte. En un estante sobre los trajes había una botella de whisky, una botella de vino medio vacía y unos pocos vasos, uno de ellos desportillado, unos cuantos cubiertos y una panera. Saavedra dijo de nuevo en tono desafiante:

–En este sitio no caben demasiadas cosas, pero cuando escribo no quiero ver mucho espacio a mi alrededor. El espacio distrae.

Miró ansiosamente a Plarr y trató de sonreír.

–Esta es la matriz donde se gestan mis personajes, doctor. Y apenas queda lugar para otras cosas. Discúlpeme si no le ofrezco hielo, pero esta mañana se me ha estropeado la nevera y el electricista no ha venido aún.

–Después de comer prefiero whisky puro –dijo Plarr.

–Entonces se lo serviré en un vaso más pequeño.

Tuvo que empinarse sobre la punta de sus pequeños zapatos relucientes para llegar hasta la parte superior del aparador. Una pantalla ordinaria, de plástico con flores rosadas que empezaba a oscurecerse por el calor, apenas atenuaba la crudeza de la bombilla eléctrica que colgaba en el centro del cuarto. El espectáculo del doctor Saavedra esforzándose por alcanzar el vaso con su pelo blanco, su traje gris perla y sus zapatos de lustre impecable, produjo en Plarr el mismo asombro que sintió en el barrio de los pobres cuando vio a una muchacha con un inmaculado vestido blanco que salía de una choza sin agua. Empezó a adquirir un nuevo respeto por Saavedra. Fuera cual fuere la calidad de sus libros, su obsesión por la literatura no era fingida. Estaba dispuesto a padecer la pobreza por ella; y la pobreza vergonzante es mucho peor de sobrellevar que la pobreza manifiesta. El trabajo que le llevaría plancharse el traje, lustrarse los zapatos... No podía, como los jóvenes, despreocuparse de esas trivialidades. Tenía que cortarse el pelo regularmente. Un botón caído podía ser demasiado revelador. Quizá la historia de la literatura argentina sólo lo recordaría en una nota a pie de página, pero Saavedra se habría ganado esa nota. La desnudez de aquella habitación sólo podía compararse con el hambre insaciable de su obsesión literaria.

Saavedra se acercó a Plarr con dos vasos.

–¿Cuánto cree usted que deberemos esperar para obtener la respuesta? –preguntó.

–Tal vez la respuesta nunca llegue.

–Creo que el nombre de su padre figura en la lista de los prisioneros que quieren liberar los secuestradores.

–Sí.

–Supongo que sería muy extraño para usted ver de nuevo a su padre, después de tanto tiempo. Qué feliz sería su madre si...

–Creo que mi madre prefiere que esté muerto. Mi padre no encajaría en la vida que ella lleva ahora.

–¿Es posible que tampoco la señora de Fortnum se alegre del regreso de su marido?

–¿Cómo quiere que yo lo sepa?

–Oh, vamos, doctor Plarr, tengo amigos en casa de la señora Sánchez.

–¿Es que ella ha vuelto a esa casa? –preguntó Plarr.

–Yo he ido esta tarde y la he visto. Todos estaban muy entusiasmados por su reaparición; hasta la señora Sánchez. Quizás espera que vuelva allí. Cuando llegó el doctor Benevento para visitar a las demás chicas, la llevé al Consulado.

–¿Le ha dicho algo sobre mí?

Estaba un poco irritado por la indiscreción de Clara, pero al mismo tiempo sentía cierto alivio. Era un modo de liberarse del secreto.

No había nadie en la ciudad con quien pudiera hablar de Clara. ¿Y qué mejor confidente podía encontrar que un paciente suyo? También el doctor Saavedra tenía secretos que no quería divulgar.

–Me ha dicho que usted había sido muy bueno con ella.

–¿Sólo eso?

–Dos viejos amigos no necesitan decirse más.

–¿Clara se acostaba con usted? –preguntó Plarr.

–Estuve una sola vez con ella, creo.

Plarr no sintió celos. Imaginar a Clara desnuda en su cuarto, iluminada por la luz de la vela, mientras Saavedra colgaba su traje gris perla, era como mirar una escena a la vez triste y cómica desde la última fila del gallinero de un teatro. La distancia apartaba hasta tal punto a los personajes que sólo podía sentir por ellos una leve compasión.

–¿Por qué no lo probó de nuevo? ¿No le gustó?

–No era cuestión de gustos. Estoy seguro de que era una buena chica. Y muy atractiva, además. Pero no tenía nada especial para mis intereses. Nunca vi en ella a un personaje. Un personaje (perdóneme si empleo el término de mis críticos) que perteneciera al mundo de Jorge Julio Saavedra. Móntez opina que ese mundo no tiene existencia real. ¿Qué puede saber él, viviendo en Buenos Aires? ¿Acaso Teresa no existe? Recuerda usted la noche en que la conoció? Apenas estuvimos juntos cinco minutos cuando Teresa se convirtió en la muchacha salteña. Dijo algo que... Ahora ni siquiera recuerdo las palabras. Me acosté con ella cuatro veces. Después la tuve que dejar porque decía demasiadas tonterías. Me desorientaba.

–Clara es tucumana. ¿Consiguió usted algo de ella?

–Tucumán no es una región apropiada para mí. Mi región es la región de los extremos. Móntez no lo entiende. Trelew..., Salta. Tucumán es una ciudad elegante, rodeada por medio millón de hectáreas de azúcar. *Quel ennui!* Su padre cortaba caña de azúcar, ¿no es cierto? Y su hermano desapareció.

–Yo hubiera creído que todo eso era un buen tema para usted, Saavedra.

–No, no para mí. Clara nunca se convirtió en un personaje vivo. Ella sólo me ofrecía la imagen de una chata pobreza, sin una sola nota de machismo en medio millón de hectáreas. Usted no puede darse cuenta de lo aburrida y tranquila que puede ser la pobreza lisa y llana –agregó, ignorando el estrépito de las latas que rodaban sobre el piso de cemento–. Permítame ofrecerle un poco más de whisky. Es auténtico Johnny Walker.

–No, no, gracias. Tengo que volver a mi casa.

Pero no se fue. Los novelistas debían de tener cierta sabiduría... Plarr preguntó:

–¿Qué será de Clara, si Fortnum muere?

–Usted podría casarse con ella.

–Es imposible. Tendría que irme muy lejos de aquí.

–No le sería difícil encontrar un lugar mejor donde vivir. Por ejemplo, Rosario.

–Esto también es mi hogar..., o lo más parecido a un hogar que he conocido desde que salí de Paraguay.

–Y lo hace sentirse cerca de su padre.

–Es usted un hombre muy perspicaz, Saavedra. Sí, quizá fuera la cercanía de mi padre lo que me trajo aquí. En el barrio de los pobres tengo conciencia de hacer algo que él habría aprobado. Pero cuando estoy con mis pacientes ricas, siento como si estuviera traicionándolo. A veces me acuesto con alguna de las pacientes. Cuando me despierto, veo la cara sobre la almohada a través de sus ojos. Quizás ése sea uno de los motivos por los cuales mis aventuras nunca duran demasiado. Y cuando tomo el té con mi madre en la calle Florida, entre todas las demás señoras de Buenos Aires... Lo veo sentado, reprobándome con sus ojos celestes de inglés. Creo que mi padre habría protegido a Clara. Es una de sus pobres.

–¿Usted quiere a esa muchacha?

–Querer, querer... Ojalá supiera lo que usted y los demás entienden por *querer*. De cuando en cuando la necesito. Como usted sabe, el deseo sexual tiene sus ritmos. Clara ha durado más de lo que creía posible –agregó– . Para usted, Teresa era la muchacha salteña a la que faltaba una pierna. Clara es... mi pobre. Pero no querría que fuera mi víctima. Me pregunto si Charley Fortnum no se habrá casado con ella por la misma razón.

–Quizá no vuelva a verlo a usted nunca más, doctor –dijo Saavedra–. Fui a consultarlo para que me recetara comprimidos contra la melancolía. Pero al fin y al cabo, yo tengo mi trabajo. Me pregunto si usted no necesita esos comprimidos más que yo.

Plarr lo miró sin comprenderlo. Sus pensamientos estaban en otra parte.

Cuando Plarr entró en el ascensor de su casa, recordó el entusiasmo con que Clara hizo su primer viaje en él. «Quizá la llame al Consulado para decirle que podemos reunirnos aquí», pensó. La cama del Consulado era demasiado estrecha para los dos; además, si se reunían en el Consulado él tendría que irse antes de que llegara la mujer con cara de lechuza, muy temprano por la mañana.

Entró en su apartamento. Primero fue hacia la sala de consulta, para ver si su secretaria le había dejado alguna nota sobre el escritorio, pero no encontró nada. Descorrió las cortinas y miró hacia el puerto: había tres policías junto al quiosco de Coca-Cola, quizá porque el barco semanal a Asunción estaba anclado en el muelle. Era como la escena de su niñez, sólo que desde su ventana del cuarto piso tenía la sensación de verla como en sentido opuesto.

–Que Dios te ayude, padre, dondequiera que estés –dijo en voz alta.

Resultaba más fácil creer en un Dios con un sentido del oído humano que en cierta fuerza omnisciente capaz de leer los pensamientos no formulados. Pero fue extraño que el rostro conjurado al pronunciar esas palabras no fuera el de su padre, sino el de Charley Fortnum. El cónsul honorario estaba tendido en el ataúd y susurraba: «Ted». El padre de Plarr le puso el nombre de Eduardo, tal vez como un homenaje a su madre. Cuando procuró reemplazar la cara de Charley Fortnum por la de Henry Plarr, descubrió que los años casi habían borrado los rasgos de su padre. Como ocurre con una moneda antigua enterrada durante largo tiempo, sólo podía discernir un ligero relieve en la superficie que quizás fue el contorno de una mejilla o un labio. Fue la voz de Charley Fortnum la que volvió a llamarlo: «Ted».

Se apartó de la ventana –¿acaso no hizo todo lo que estaba en sus manos para ayudarlo?– y abrió la puerta del dormitorio. A la luz que llegaba del estudio vio el cuerpo de la señora de Fortnum contorneado por las sábanas.

–¡Clara! –exclamó.

Ella despertó al instante y se sentó. Plarr advirtió que su vestido estaba cuidadosamente doblado sobre una silla: tenía la pulcritud típica de su profesión. Para una mujer que debe desvestirse muchas veces cada noche es importante dejar bien puesta su ropa; de lo contrario, quedaría lastimosamente arrugada después de dos o tres clientes. Clara había contado a Plarr que la señora Sánchez insistía en que cada muchacha se pagara los gastos de lavandería: eso era una garantía de aseo.

–¿Cómo has entrado?

–He llamado al portero.

–¿Él te ha abierto la puerta?

–Me conoce.

–¿Te ha visto antes aquí?

–Sí. Y también allá.

«De manera que la he compartido hasta con el portero», pensó Plarr. ¿Cuántos otros guerreros desconocidos de su campo de batalla adquirirían forma, tarde o temprano? Nada era más extraño a la vida en la calle Florida y el tintineo de las tazas de té y los alfajores de dulce de leche, blancos como la nieve. Plarr compartió a Margarita con el señor Vallejo durante algún tiempo –casi todas las aventuras amorosas se superponen al principio o al final– y preferiría el portero al señor Vallejo, cuyo aroma a loción de afeitar percibió algunas veces en la piel de Margarita durante los últimos meses.

–Le he dicho que le darías una propina. ¿Se la darás?

–Desde luego. ¿Cuánto? ¿Quinientos pesos?

–Sería mejor que le dieras mil.

Plarr se sentó en el borde de la cama y apartó la sábana. Todavía no se había hartado de ese cuerpo delgado, de esos pechos pequeños que, como el vientre, apenas indicaban la gravidez.

–Me alegro de que hayas venido. Iba a llamarte, aunque eso no habría sido muy prudente. La policía cree que tengo algo que ver con el secuestro. Piensan que el motivo pueden ser los celos –agregó, sonriendo ante esa idea.

–No se atreverán a hacerte nada. Eres el médico de la mujer del ministro de Hacienda.

–Pero quizá me vigilen.

–¿Y qué te importa? A mí también me vigilan.

–¿Te han seguido hasta aquí?

–Oh, sé cómo tratar a esa clase de tipos. Pero la policía no me preocupa. Es ese periodista de mierda... Volvió al campo al anochecer. Me ofreció dinero.

–¿Para qué? ¿Para escribir una historia?

–Quería acostarse conmigo.

–¿Qué le dijiste?

–Le dije que ya no necesitaba su dinero. Entonces se enfadó. Se creía realmente que me gustaba cuando yo estaba en la casa de la señora Sánchez. Se creía fenomenal en la cama... Oh, qué rabia le dio cuando le dije que Charley era dos veces más hombre que él –agregó con placer.

–¿Cómo te lo sacaste de encima?

–Llamé al policía; habían dejado a uno allí. Dicen que es para protegerme, pero me vigila todo el tiempo. Y cuando los dos discutían me fui en el jeep.

–Pero tú no sabes conducir, Clara.

–Siempre observaba a Charley cuando conducía. No es tan difícil. Sabía qué cosa hay que empujar y de qué cosas hay que tirar. Al principio me he hecho un lío, pero al fin todo ha terminado bien. He ido dando tumbos hasta la carretera, pero cuando he descubierto cómo tenía que hacer las cosas, he conducido mucho más rápido que Charley.

–La pobre Niña de sus ojos... –dijo Plarr.

–Creo que iba demasiado deprisa. Por eso no he visto el camión.

–¿Qué ha pasado?

–Choqué.

–¿Te has hecho daño?

–Yo no. Pero el jeep...

Le brillaban los ojos, llenos de entusiasmo por tantos acontecimientos insólitos. Clara seguía teniendo para Plarr el atractivo de una desconocida, como una muchacha vista por primera vez en una reunión.

–Me gustas mucho –dijo Plarr, sin pensarlo demasiado, como podría haberlo dicho a una muchacha desconocida en una reunión, sin que ninguno de los dos creyera que esas palabras significaran algo más que «Vamos a la cama».

–El conductor me ha llevado en el camión. Quería acostarse conmigo, claro... Pero le he dicho que esperáramos hasta llegar a la ciudad, a una casa de San José adonde él iba. Cuando hemos parado en el primer semáforo, me he bajado antes de que él pudiera cogerme. He ido a casa de la señora Sánchez. Oh, no sabes lo contenta que se ha puesto de verme. Estaba muy contenta, no estaba nada enfadada. Y ella misma me ha vendado.

–Entonces te has hecho daño.

–Le he dicho que conocía a un médico muy bueno –dijo Clara, sonriendo y apartando más la sábana para mostrar el vendaje en torno a su rodilla derecha.

–Clara, voy a sacarte eso para ver...

–Oh, esto puede esperar –dijo ella–. ¿Me quieres un poco? –agregó, corrigiéndose rápidamente–. ¿Tienes ganas de hacer el amor conmigo?

–Hay tiempo para eso. Quédate quieta que voy a quitarte la venda.

Trató de tener el mayor cuidado posible, pues sabía que le dolería. Clara permaneció inmóvil, sin quejarse, y Plarr pensó en sus pacientes burguesas, que se habrían convencido a sí mismas de que el dolor era insoportable. Hasta habrían sido capaces de desmayarse, de miedo o para atraer su atención.

–Así es la gente de campo –dijo admirado.

–¿Qué quieres decir?

–Eres una chica muy valiente.

–Pero si es un tajito de nada. Si vieras lo que se hacen los hombres en el campo cuando cortan la caña... Una vez vi a un muchacho que casi se cortó un pie por la mitad. ¿Hay noticias de Charley? –preguntó como de paso, como si estuvieran conversando cortésmente sobre un pariente común.

–No.

–¿Crees que todavía estará vivo?

–Estoy casi seguro.

–Entonces tienes noticias...

–He vuelto a hablar con el coronel Pérez. Hoy he ido a Buenos Aires para hablar con el embajador.

–¿Pero qué vamos a hacer si vuelve?

–Supongo que lo que hacemos ahora... ¿Qué otra cosa?

Terminó de rehacer el vendaje y agregó:

–Seguiremos como siempre. Iré a verte a tu casa, y Charley se irá a ver su plantación.

Era como describir una vida que había sido muy agradable, pero en la cual ya no creía.

–Me gustó mucho ver de nuevo a las chicas en la casa de la señora Sánchez. Les dije que tenía un amante. Por supuesto, no les dije quién era.

–Me sorprende que no lo sepan. Todos parecen saberlo en esta ciudad, salvo el pobre Charley.

–¿Por qué le llamas pobre? Estaba muy contento. Y yo siempre hacía lo que él quería.

–¿Qué quería?

–No mucho... Ni demasiadas veces. Era aburrido, Eduardo. No sabes lo aburrido que era... Siempre tan amable y cariñoso conmigo. Nunca me hacía daño, como tú. A veces doy gracias a Dios y a la Santísima Virgen de que este niño que llevo aquí dentro sea hijo tuyo, y no suyo. ¿Qué clase de niño sería si fuese de Charley? El hijo de un viejo. Me habrían dado ganas de estrangularlo.

–Charley sería mejor padre que yo.

–Charley no puede hacer nada mejor que tú.

«Oh, sí puede –pensó Plarr–. Puede morir mejor que yo, y eso es bastante.»

Clara extendió una mano y le tocó la mejilla. Plarr sintió los nervios a través de los dedos. Nunca lo había acariciado así. La cara era parte del territorio prohibido de la ternura, y la pureza del gesto le chocó casi tanto como si una jovencita le hubiera tocado el sexo. Apartó la cara rápidamente y Clara dijo:

–¿Te acuerdas de aquella vez, en casa, cuando te dije que fingía? Bueno, *caro,* la verdad es que no fingía. Ahora, cuando haces el amor conmigo, sí lo hago. Finjo que no siento nada. Me muerdo los labios para simular. ¿Será porque te quiero, Eduardo? ¿Crees que te quiero?

Después, con una humildad que puso a Plarr tan en guardia como una exigencia, agregó:

–Discúlpame. No quería decir eso... Después de todo, eso no tiene ninguna importancia, ¿no es cierto?

¿Que no tenía importancia? ¿Cómo podía él explicarle la terrible importancia que tenía? El amor era una aspiración que él no podía satisfacer, una responsabilidad que se negaba a aceptar, una exigencia... Su madre había usado tantas veces la palabra «querer». Era como la amenaza de un asaltante armado: «¡Arriba las manos!». Siempre se pedía algo a cambio del amor: la obediencia, el perdón, un beso que uno no tenía ganas de dar. Tal vez Plarr quiso a su padre precisamente porque él nunca usaba la palabra «querer» ni pedía nada a cambio. Sólo podía recordar un beso, en el puerto de Asunción, y era el beso que un hombre da a otro hombre. Era como el beso que se dan los generales franceses después de recibir una condecoración, como recordaba haber visto en fotografías. A veces, su padre le daba un tirón de pelo o una palmadita en la mejilla. La expresión inglesa *old fellow* era en sus labios lo que más se acercaba a una palabra de cariño. Recordaba a su madre, llorando en el camarote mientras el barco avanzaba por el río y diciéndole: «Ahora tú eres el único que puede quererme». Lo hizo acercarse a su litera y repetía: «Hijo querido, hijo querido», como Margarita, años después, lo hizo acercarse a su cama, antes de que el señor Vallejo lo reemplazara. Y recordaba que Margarita lo llamaba «el amor de mi vida», así como su madre lo llamaba «mi único hijo». Plarr no creía en el amor sexual, pero a veces, acostado en su cama, en el apartamento de Buenos Aires demasiado pequeño para los dos, al oír las pisadas de su madre que iba al cuarto de baño recordaba los nocturnos ruidos ilícitos que habla oído en la estancia de Paraguay: una leve llamada a una puerta, las extrañas pisadas de alguien que andaba de puntillas por el piso de abajo, un lejano disparo de fusil que difundía un aviso urgente desde los campos. Aquéllas habían sido las muestras de una ternura auténtica, de una compasión lo bastante profunda como para que su padre estuviera dispuesto a morir por ella. ¿Era eso el amor? ¿León sentía amor? ¿O siquiera Aquino?

–Eduardo...

Plarr volvió como desde lejos y oyó a Clara suplicar:

–Eduardo, te diré lo que quieras. No quería que te enojaras... ¿Qué quieres de mí, Eduardo? Dímelo. Por favor. ¿Qué quieres de mí? Quiero saberlo. Pero ¿cómo puedo saberlo, si no entiendo nada?

–Charley es mucho más sencillo, ¿no es cierto?

–Eduardo, ¿estarás siempre enfadado si te quiero? Te juro que eso no cambiará nada entre nosotros. Seguiré viviendo con Charley. Te veré únicamente cuando tú quieras, como en la casa...

Plarr se sobresaltó al oír el timbre de la puerta, que paró y volvió a sonar. Vaciló un instante. ¿Por qué vacilaba? Apenas pasaba una semana sin que sonara durante la noche el timbre del teléfono o de la puerta.

–No hables –dijo–. No será más que un paciente.

Fue al vestíbulo y atisbó por la mirilla de la puerta, pero era imposible ver nada en la oscuridad del pasillo. Se sintió otra vez niño en Paraguay. Cuántas veces su padre había preguntado, como él ahora, «¿Quién es?» frente a una puerta con el cerrojo echado, tratando de que el tono fuera firme...

–La policía.

Abrió la puerta y se encontró frente al coronel Pérez.

–¿Puedo entrar?

–Si me dice «la policía», ¿cómo puedo negarme? Si me hubiera dicho «Pérez» le habría contestado que viniera mañana, a una hora más oportuna, ya que es usted un amigo.

–Precisamente porque somos buenos amigos he dicho «la policía»: para advertirle que ésta es una visita oficial.

–¿Demasiado oficial para que pueda ofrecerle una copa?

–No, todavía no hemos llegado a ese extremo.

Plarr llevó al coronel Pérez hasta su consultorio y sirvió dos whiskies de marca argentina.

–Reservo el whisky escocés para las visitas sociales –dijo.

–Sí, entiendo. Supongo que su entrevista con el doctor Saavedra, esta noche, ha sido puramente social...

–¿Estoy bajo vigilancia?

–No hasta ahora. Quizá debí hacerlo vigilar antes. Alguien de *El Litoral* me ha informado de su llamada. Y desde luego, los cables que ha enviado desde el hotel me han interesado mucho, cuando me los han mostrado. En esta ciudad no existe ningún Club Angloargentino, ¿no es cierto?

–No. ¿Han enviado los cables?

–¿Por qué no? No tenían nada de malo. Pero la mentira que me dijo ayer... Usted parece estar muy mezclado en este asunto, doctor.

–Tiene razón, si usted quiere decir que hago todo lo posible por liberar a Fortnum. Pero los dos trabajamos para lo mismo...

–Hay una gran diferencia, doctor. A mí me interesan mucho más los secuestradores que Fortnum. Preferiría que el secuestro fracasara, porque eso desalentaría a los demás. Pero usted quiere que el secuestro resulte. Desde luego, yo querría ganar la batalla en los dos sentidos: salvar al señor Fortnum y capturar o matar a los secuestradores. Pero lo segundo es para mí mucho más importante que la vida del señor Fortnum. ¿Está solo?

–Sí. ¿Por qué?

–Estaba mirando por la ventana y me ha parecido que en el otro cuarto se apagaba una luz.

–Era un coche que pasaba por la costanera.

–Sí, tal vez.

Pérez bebió el whisky lentamente. Plarr tenía la extraña impresión de que le costaba encontrar las palabras adecuadas.

–¿Usted cree de veras que esos hombres pueden liberar a su padre, doctor?

–Bueno, otras veces han liberado prisioneros con ese método.

–Pero no a cambio de un simple cónsul honorario.

–Hasta un cónsul honorario es un ser humano. Tiene derecho a vivir. El Gobierno inglés no quiere que lo maten.

–Eso no depende del Gobierno inglés, depende del general y dudo que el general se preocupe mucho por la vida humana. Salvo la suya, desde luego...

–Él depende de la ayuda norteamericana. Si insisten...

–Sí, pero el general ya da a los yanquis algo que para ellos vale mucho más que un cónsul honorario inglés. El general tiene una gran virtud para los yanquis, la misma que tenía Papá Doc en Haití: es anticomunista. ¿Está seguro de que no hay nadie más aquí, doctor?

–Desde luego.

–Yo sólo... Me pareció oír... Bueno, no importa. ¿Usted es comunista, doctor?

–No. Marx siempre me ha parecido ilegible. Como todo lo relacionado con la economía. Pero ¿por qué cree que los secuestradores son comunistas? No todos los que están contra la tiranía y la tortura son comunistas.

–Algunos de los hombres que quieren liberar los secuestradores son comunistas. Eso dice el general.

–Mi padre no lo es.

–Entonces usted cree que todavía vive.

El teléfono sonó junto al codo de Plarr. Levantó el auricular de mala gana. Una voz que reconoció como la de León, dijo:

–Ha ocurrido algo. Te necesitamos enseguida. Hemos tratado durante todo el día...

–¿Es tan urgente? Estoy tomando una copa con un amigo.

–¿Estás arrestado? –susurró la voz en el auricular.

–Todavía no.

El coronel Pérez se inclinó hacia adelante, tratando de oír.

–Es demasiado tarde para llamarme. Sí, sí, lo sé. Es natural que esté preocupado. Pero en los niños la temperatura sube mucho. Déle otras dos aspirinas.

–Te volveré a llamar dentro de quince minutos.

–Espero que no sea necesario. Llámeme mañana por la mañana, pero no muy temprano. He tenido un día muy ocupado. He ido a Buenos Aires. Tengo ganas de meterme en la cama –agregó, con los ojos fijos en el coronel Pérez.

–Dentro de quince minutos –repitió León.

Plarr colgó el auricular.

–¿Quién era? –preguntó Pérez–. Oh, discúlpeme, tengo el hábito de hacer preguntas. Es un vicio de la policía.

–Alguien que se preocupa por su hijo enfermo.

–Me ha parecido oír la voz de un hombre.

–Sí. El padre. Los hombres siempre se preocupan más por los hijos que las mujeres. La madre está en Buenos Aires, de compras. ¿De qué estábamos hablando, coronel?

–De su padre. Es raro que esos hombres incluyeran su nombre en la lista. Hay tantos otros que les serían más útiles... Hombres más jóvenes. Su padre debe de ser muy viejo ahora. Parece como si los secuestradores estuvieran retribuyéndole la ayuda que puede ofrecerles.

Terminó la frase con un ademán vago. Plarr dijo:

–¿Qué podría ofrecerles yo?

–Toda esta publicidad que trata usted de hacer. Es útil para ellos. Es algo que no pueden hacer por sí mismos. No quieren matar a ese hombre. Su muerte sería una especie de derrota. Además..., esto se me ha ocurrido hoy, porque tardo en analizar las cosas..., los secuestradores sabían algo que los periódicos nunca publicaron: el verdadero programa que el gobernador había preparado para la visita del embajador. Es curioso que eso se me haya escapado hasta este momento. Debieron recibir informes, informes confidenciales.

–Quizá. Pero yo no se los di. No cuento con la confianza del gobernador.

–No, pero el señor Fortnum estaba al corriente y pudo decírselo. O la señora de Fortnum. No es raro que una mujer diga a su amante cuándo su marido la dejará sola.

–Usted me considera un Don Juan con mis pacientes coronel. En Inglaterra, un marido podría asustarme, pero aquí no funciona el Consejo Médico General. Espero que no habrá importunado a la señora de Fortnum.

–Quería hablar con ella, pero no estaba en su casa de campo. Esta noche ha visitado a la señora Sánchez. Después ha ido al Consulado, pero no está allí ahora. Estaba un poco preocupado porque han encontrado el jeep del señor Fortnum destrozado. Pobre hombre, dos coches destrozados en dos días. Me ha alegrado saber que la señora Fortnum había ido a visitar a sus antiguas amigas y que sus heridas eran muy leves. ¿Ha estado atendiendo a una paciente, doctor? Tiene la manga derecha arremangada.

Plarr apartó el teléfono. Temía que volviera a sonar demasiado pronto.

–Qué observador es usted, coronel. La señora Sánchez no me ha parecido muy digna de confianza como médico. Clara está en el otro cuarto.

–Tampoco me he equivocado en cuanto a sus mentiras de ayer...

–Un asunto amoroso obliga a mentir un poco.

–Lamento haberlo interrumpido, doctor, pero esas mentiras me preocuparon. Después de todo, somos viejos amigos. Incluso hemos compartido algunas aventuras, en nuestros buenos tiempos. La señora Escobar, por ejemplo.

–Sí, lo recuerdo. Yo le dije que nuestra relación terminaba y que no había moros en la costa... Nunca entendí por qué al final ella prefirió a Vallejo.

–No confiaba en mí. Es el destino de los policías... El señor Escobar tiene una pista de aterrizaje en la estancia del Chaco. Probablemente le llegan cigarrillos y whisky de Paraguay.

–Un benefactor público...

–Sí, desde luego, nunca me hubiera metido con él. Espero que esas aspirinas que ha recetado hagan efecto. Imagino que no tendrá ganas de que vuelvan a interrumpirlo.

El coronel Pérez apuró su whisky y se levantó.

–Me ha tranquilizado usted mucho. Ahora entiendo por qué quiere usted que suelten a Fortnum. Un marido es muy importante en una aventura amorosa. Es una vía de escape, cuando la relación empieza a aburrir. A nadie le gusta dejar completamente sola a una mujer. Bueno, trataremos de salvarle al señor Fortnum, doctor. Y de capturar a los secuestradores. Ya sabrán qué hacer con ellos al otro lado del río.

Plarr lo acompañó hasta la puerta.

–Me alegra que ya no sospeche de mí.

–Los secretos siempre huelen mal a un policía, inclusive los secretos inocentes. Estamos entrenados para husmearlos, como un perro para husmear la marihuana. Siga mi consejo, doctor: ya ha hecho demasiado. En el futuro, déjenos trabajar a nosotros. Siempre hemos sido amigos, pero si se mezcla en este asunto, tendrá que andarse con cuidado. Yo dispararé primero y después mandaré una corona de flores.

–Suena como una frase de Al Capone.

–Sí. También Al Capone imponía el orden, a su manera...

Abrió la puerta y vaciló un momento en el oscuro pasillo, como tratando de recordar algo importante.

–Hay algo más que quizá debía decirle antes. He tenido noticias de su padre. Por el jefe de policía de Asunción. Desde luego, cotejamos con él todos los nombres que los secuestradores pusieron en su lista. Su padre murió hace más de un año. Trató de escapar con otro hombre..., un individuo llamado Aquino Ribera. Pero era demasiado viejo y lento. No pudo correr y lo abandonaron. Ya lo ve..., es inútil pensar que puede hacer algo por él. Buenas noches, doctor. Lamento haberle traído malas noticias, pero al menos lo dejo con una mujer. Una mujer es el mejor consuelo que puede tener un hombre.

Casi en el mismo instante en que se cerró la puerta empezó a sonar el teléfono.

«León me engañó –pensó Plarr–. Me ha mentido para conseguir mi ayuda. No contestaré. Que se las arreglen como puedan.» Ni por un instante se le ocurrió que podría ser el coronel Pérez quien mintiera. La policía era lo bastante poderosa como para decir la verdad.

El teléfono sonó y sonó mientras él permanecía obstinadamente en el vestíbulo y al fin el que llamaba desistió. Esta vez podía haber sido un paciente, y en el silencio acusador Plarr empezó a sentirse culpable de su egoísmo: era como un silencio después de la llamada de un suicida. El dormitorio también estaba en silencio. Poco antes Clara le había pedido ayuda, y él no la había escuchado.

La baldosa de mármol sobre la cual estaba era como el borde de un abismo: Plarr no podía dar un paso en ninguna dirección sin hundirse aún más en la oscuridad de la culpa o la complicidad. Permaneció inmóvil, escuchando el silencio: el silencio del apartamento, donde Clara esperaba acostada; el silencio de la calle, donde se alejaba un coche de la policía; el silencio del barrio popular, donde algo había ocurrido entre las chozas de barro y de lata. El silencio soplaba como una ráfaga de tenue lluvia a través del río y hacia esa república abandonada por el mundo donde su padre yacía muerto, sumido en el más profundo de los silencios... «Era demasiado viejo y lento. No pudo correr y lo abandonaron.» De pronto sintió vértigo en su cornisa de mármol. No podía quedarse inmóvil para siempre. El teléfono volvió a sonar y Plarr fue hacia su escritorio y lo descolgó.

Oyó la voz de León:

–¿Qué ha pasado?

–Tenía visita.

–¿La policía?

–Sí.

–¿Estás solo ahora?

–Sí. Solo.

–¿Dónde has estado durante todo el día?

–En Buenos Aires.

–Pero anoche tratamos de localizarte...

–Me llamó un paciente.

–Y esta mañana, a las seis...

–No podía dormir. Salí a caminar por la costanera. Me dijiste que ya no me necesitarías.

–Tu paciente te necesita ahora. Ve hasta el río y espera cerca del quiosco de Coca-Cola. Observaremos si hay alguien que vigile. Si el camino está libre, te recogeremos en el coche.

–Acabo de tener noticias de mi padre. Me las ha dado el coronel Pérez. ¿Es cierto?

–¿Qué te ha dicho?

–Que escapó, pero como era demasiado lento, lo abandonasteis.

Plarr pensó: «Si percibo una mentira en el teléfono, o siquiera una vacilación, colgaré el auricular y no contestaré más».

–Sí –dijo León–. Perdóname. Es cierto. No podía decírtelo. Necesitábamos tu ayuda.

–¿Mi padre murió?

–Sí. Le dispararon enseguida. Cuando estaba tirado en el suelo.

–Podías habérmelo dicho.

–Tal vez. Pero no podíamos arriesgarnos.

La voz de León le llegó como a través de una distancia inconmensurable.

–¿Vas a venir?

–Oh, sí, iré –dijo Plarr.

Colgó el auricular y fue al dormitorio. Encendió la luz y vio a Clara, que lo miraba con los ojos muy abiertos.

–¿Quién ha venido?

–El coronel Pérez.

–¿Tienes problemas?

–No con él.

–¿Y quién ha llamado por teléfono?

–Una paciente. Tengo que salir un momento, Clara.

Plarr recordó que ella le había hecho una pregunta, todavía sin respuesta. Pero no podía recordar cuál era.

–Mi padre murió –dijo.

–Oh, Eduardo, lo siento mucho. ¿Lo querías?

Tampoco ella podía dar por sentado el amor, siquiera entre padre e hijo.

–Creo que sí.

Plarr había conocido en Buenos Aires a un hombre que era hijo natural. Su madre murió sin decirle el nombre de su padre. El hombre investigó a través de las cartas de su madre, haciendo preguntas a sus amigos. Hasta examinó la cuenta bancaria: su madre tenía una renta que debía provenir de alguna parte. No estaba enfadado ni escandalizado, pero el deseo de saber quién era su padre lo atormentaba como una picazón. Le explicó a Plarr: «Es como uno de esos juegos con bolitas... Por más que muevo la cojita, no puedo poner las bolitas en el lugar que corresponde, pero tampoco soy capaz de abandonar el juego». Al fin, un día averiguó el nombre: era el de un banquero internacional, muerto hacía mucho tiempo. «No te imaginas qué vacío me siento ahora –le dijo a Plarr–. ¿Qué puede interesarme en el futuro?» Era un vacío muy semejante al que Plarr empezaba a sentir.

–Ven, acuéstate, Eduardo.

–No puedo. Tengo que irme.

–¿Adónde?

–No lo sé muy bien... Es algo que tiene que ver con Charley.

–¿Han encontrado su cadáver?

–No, no se trata de eso.

Clara había retirado la sábana y Plarr volvió a taparla.

–Te resfriarás, con el aire acondicionado.

–Volveré al Consulado.

–No, quédate aquí. No tardaré mucho.

La soledad obliga a aceptar con alegría todo ser vivo: un ratón, un pájaro en el umbral, la araña de Robert Bruce. El aislamiento total puede engendrar cierta ternura.

–Perdóname, Clara. Cuando vuelva...

Pero no se le ocurría nada que valiera la pena prometerle. Puso la mano sobre el vientre de Clara y dijo:

–Cuídalo bien. Trata de dormir.

Apagó la luz para dejar de ver esos ojos que lo miraban, perplejos, como si sus acciones hubieran sido demasiado complicadas para que las entendiera una chica de la casa de la señora Sánchez.

Mientras bajaba la escalera (los vecinos podían oír el ascensor) trató de recordar cuál era la pregunta de Clara que había quedado sin respuesta. No podía ser muy importante. Las únicas preguntas importantes eran las que un hombre se hace a sí mismo.

QUINTA PARTE

Capítulo Primero

Plarr volvió del cuarto interior y dijo al padre Rivas:
–Se repondrá. El que le disparó no pudo apuntar mejor. Le acertó en el talón de Aquiles. Claro que tardará tiempo en estar bien. Si es que le dais tiempo. ¿Qué pasó?

–Trató de escapar. Aquino disparó primero al suelo y después a las piernas.

–Sería mejor llevarlo a un hospital.

–Sabes que es imposible.

–Lo único que puedo hacer es ponerle una venda. Pero habría que enyesarle el tobillo. ¿Por qué no abandonas todo este asunto, León? Puedo tener a Fortnum dos o tres horas en mi coche, para daros tiempo a desaparecer, y después decir a la policía que lo encontré en el camino.

El padre Rivas no se molestó en contestar.

–Siempre ocurre lo mismo cuando una cosa sale mal... Es como un error en una ecuación. Tu primer error fue confundirlo con el embajador de los Estados Unidos. Ahora esto... Tu ecuación nunca saldrá bien.

–Quizá tengas razón, pero a menos que recibamos órdenes del Tigre...

–Pídele órdenes, entonces.

–Imposible. Cuando anunciamos el secuestro, se rompió el contacto. Aquí estamos librados a nosotros mismos. De ese modo no podremos hablar si nos capturan.

–Tengo que irme. Tengo que dormir un poco.

–Te quedarás aquí –dijo el padre Rivas.

–Eso es imposible. Si me ven salir de día...

–Si tienes el teléfono intervenido, ya sabrán que eres cómplice nuestro. Si vuelves te arrestarán y tu amigo Fortnum se quedará sin médico.

–Tengo que pensar en los otros pacientes, León.

–Ellos pueden llamar a otros médicos.

–Si conseguís lo que queréis... o matáis a Fortnum... ¿qué pasará conmigo?

El padre Rivas señaló al negro llamado Pablo que esperaba en el umbral.

–Te trajeron aquí por la fuerza. Es la verdad pura y simple. Ahora no podemos dejarte ir.

–¿Y si me voy por esa puerta?

–Le diré que te dispare. Sé razonable, Eduardo. ¿Cómo podemos saber que no avisarás a la policía?

–No soy un soplón, a pesar de la jugarreta que me has hecho.

–No estoy seguro. La conciencia de un hombre no es algo simple. Creo en tu amistad. Pero quizá te convencerías de que tienes que volver para visitar a tu enfermo. La policía te seguiría y tu juramento hipocrático nos condenaría a todos a la muerte. Además, existe ese sentimiento de culpa que percibo en ti... Dicen que te acuestas con la mujer de Fortnum. Si es cierto, la necesidad de reparar tu culpa puede exigir la muerte de todos nosotros.

–Yo no soy creyente, León, no pienso en esos términos. No tengo conciencia. Soy un hombre simple.

–Nunca he conocido a un hombre simple. Ni siquiera en el confesionario, a pesar de permanecer horas seguidas allí. El hombre no es una criatura simple. Cuando yo era un sacerdote joven procuraba desentrañar los impulsos de hombres y mujeres, sus tentaciones, sus desengaños... Pronto abandoné la idea, porque nunca encontraba una respuesta directa. Nadie era lo bastante simple como para que yo lo entendiera. Al fin me limitaba a decir: «Tres Padrenuestros, tres Avemarías. Vete en paz».

Plarr se apartó con impaciencia. Miró una vez más a su enfermo. Charley Fortnum dormía serenamente: el sueño de la droga. Habían conseguido unas cuantas mantas para hacer más cómodo el ataúd. Plarr regresó al otro cuarto y se acostó en el suelo. Tenía la sensación de haber vivido un día interminable. Era difícil creer que esa misma tarde había tomado el té en la calle Florida, viendo a su madre comer sus *éclairs*.

La imagen de su madre lo acompañó durante su sueño. La oyó hablar con su habitual tono quejumbroso, diciéndole que su padre se negaba a descansar en paz en el interior de su ataúd. Había que empujarlo adentro una y otra vez y ése no era el modo en que un caballero disfruta del descanso eterno. El padre Galvão había emprendido viaje desde Río de Janeiro especialmente para tratar de convencerlo de que descansara tranquilo.

Plarr abrió los ojos. El indio Miguel dormía y el padre

Rivas había reemplazado a Pablo en el umbral de la puerta, con el arma apoyada en el regazo. Una vela puesta sobre un plato proyectaba sobre la pared, a su espalda, la sombra de sus orejas. Plarr recordó las siluetas de perros que su padre proyectaba con las manos en la pared del cuarto de niños. Durante un rato permaneció despierto, observando a León, su antiguo compañero de estudios. León orejas-de-perro, el padre orejas-de-perro. Recordó que cuando tenían quince años, durante una de esas largas y serias conversaciones que solían tener, León le había dicho que sólo existía media docena de carreras dignas de que un hombre las siguiera: un hombre podía ser médico, sacerdote, abogado (siempre, desde luego, por las buenas causas), poeta (si escribía bien) u obrero manual. Ahora no podía recordar cuál era la sexta carrera, pero sin duda no era la de secuestrador o asesino.

–¿Dónde están Aquino y los demás? –susurró desde el suelo.

–Esto es una operación militar –dijo León–. El Tigre nos ha adiestrado. Hay hombres apostados como avanzada y turnos de guardia nocturna.

–¿Y tu mujer?

–Está en la ciudad, con Pablo. Esta choza es de Pablo. Como aquí lo conocen, hemos pensado que es mejor hacer las cosas así. No tienes por qué hablar en voz baja. Los indios se duermen en cualquier momento cuando no los necesitan. El único ruido capaz de despertarlos es el de su propio nombre... o cualquier ruido que pueda ser peligroso. Mira a Miguel, durmiendo tan tranquilo mientras hablamos. Lo envidio. Esa es la verdadera paz. Así deberíamos dormir todos. Pero nosotros hemos perdido esa facultad de los animales.

–Quiero que me hables de mi padre, León. Quiero saber la verdad.

No bien lo dijo recordó que Humphries exigía siempre la verdad, inclusive del mozo napolitano, y sólo obtenía una respuesta ambigua.

–Tu padre y Aquino estaban presos en la misma comisaría, a cien kilómetros al sur de Asunción. Cerca de Villarrica. Había pasado allí quince años, y Aquino sólo diez meses. Hicimos todo lo posible, pero estaba viejo y enfermo. El Tigre se oponía a que salváramos a tu padre, pero los demás votamos en contra y le ganamos. Nos equivocamos. Quizá tu padre aún estaría vivo si hubiéramos escuchado al Tigre.

–Sí. Quizá. En una comisaría. Muriéndose poco a poco.

–Fue una cuestión de segundos. Lo había podido hacer fácilmente en la época en que lo conociste. Pero quince años en una comisaría...; uno se viene abajo más rápido que en una cárcel. El general sabe que en la cárcel existe la camaradería. Por eso planta a sus víctimas en macetas separadas, con muy poca tierra, para que se marchiten de pura desesperación.

–¿Pudiste ver a mi padre?

–No. Yo estaba en el coche que usamos para escapar, con una granada lista en la mano. Rezaba.

–¿Rezar todavía tiene algún sentido para ti?

El padre Rivas no contestó y Plarr se quedó dormido.

Ya era de día cuando despertó. Fue enseguida al cuarto interior para ver a su paciente. Charley Fortnum le clavó la mirada en cuanto entró.

–De manera que usted está con ellos -dijo.

–Sí.

–No lo entiendo, Ted. ¿Qué puede tener que ver con todo esto?

–Muchas veces le hablé de mi padre. Pensé que estos hombres podrían ayudarlo.

–Usted era amigo mío... y de Clara.

–No tengo la culpa del error que cometieron. ¿Cómo anda ese talón?

–El dolor de muelas es mucho peor. Tiene que sacarme de aquí, Ted. Hágalo por Clara.

Plarr contó a Fortnum su visita al embajador inglés. Mientras hablaba, comprendió que su relato no era muy alentador. Charley Fortnum pareció registrar con lentitud los detalles.

–¿Consiguió usted hablar con el viejo en persona?

–Sí. Está haciendo todo lo que puede.

–Bah, en Buenos Aires sentirán un gran alivio cuando me maten. Eso lo sé muy bien. Así no tendrán que echarme a patadas. Ése sería un gesto muy poco caballeresco. Esos hijos de puta son tan caballeros...

–El coronel Pérez también hace todo lo que está en sus manos. No pasará mucho tiempo en este lugar.

–Que lo encuentren no cambiará mucho las cosas. ¿Usted cree que esos tipos me dejarán salir vivo de aquí? ¿Ha podido hablar con Clara?

–Sí. Está muy bien.

–¿Y el niño?

–No tiene por qué preocuparse.

–Ayer quise escribirle una carta. Para que tuviera algo que conservar como recuerdo, después... Aunque dudo que una carta le sirviera de mucho. Todavía no sabe leer muy bien. Pensé que alguien podría leerle la carta en voz alta. Quizás usted, Ted. Claro que de ese modo no podía decirle todo lo que siento por ella. Pero pensé que si me mataban, usted podría explicárselo.

–¿Explicarle qué?

–Lo que siento. Ya sé que usted es más frío que un pescado, Ted. Muchas veces se lo he dicho. Pero he pensado muchas cosas mientras he estado tumbado aquí; he tenido mucho tiempo... Todos esos años que viví antes de conocer a Clara..., esa época que los imbéciles llaman la flor de la vida... bueno, fueron años muy vacíos, sin nada importante. Lo único que hacía era cultivar esa maldita hierba mate, para ganar unos centavos. ¿De qué me servía el dinero? Yo necesitaba alguien a quien ayudar. Ganar dinero para mí no me interesaba. Hay gente que se vuelve loca por los perros, o los gatos. A mí no me importan un pito. Tampoco me entusiasman los caballos. ¡Los caballos! Nunca he podido soportar a esos hijos de puta. Lo único que tenía era La Niña de mis ojos. Yo simulaba ante mí mismo que La Niña estaba viva. Le daba gasolina y aceite, oía el ruido de sus tripas, pero sabía que era mucho menos real que esas muñecas que dicen mamá. Claro que durante algún tiempo tuve a mi mujer. Pero la hija de puta era tan perfecta... Hacía cualquier cosa mucho mejor que yo. Discúlpeme. Hablo demasiado. Pero con usted me siento más cómodo que con nadie, porque ha conocido a Clara.

–Hable todo lo que quiera. Es lo único que podemos hacer en una situación como ésta. Yo también soy aquí un prisionero.

–¿No lo dejan irse?

–No.

–Entonces, Clara... ¿no tiene a nadie?

–Creo que puede cuidarse sola durante uno o dos días –dijo Plarr con irritación–. Puede arreglárselas mucho mejor que usted o que yo.

–A usted no lo van a matar.

–No, siempre que puedan evitarlo.

–Hubo una época, antes de conocer a Clara, en que pensé que había encontrado a alguien... Alguien a quien querer. Era una muchacha que también vivía en casa de la madre Sánchez. Se llamaba María. Pero era una mala mujer.

–Alguien le pegó una puñalada.

–Sí. Me sorprende que usted sepa esas cosas. Bueno, conocí a Clara poco después. No sé cómo no me fijé antes en ella. Creo que no soy buen juez en materia de mujeres. Y María... Bueno, en cierto modo me deslumbró. Clara no es tan hermosa como ella, pero es una muchacha honrada. Puedo confiar en ella. Hacer feliz a alguien como Clara es un triunfo, ¿no es cierto?

–Un triunfo bastante modesto.

–Comprendo que a usted le parezca modesto. Pero yo estoy acostumbrado a fracasar y no tengo aspiraciones muy altas. Si las cosas me hubieran ido mejor, quizá... Cuando me nombraron cónsul honorario, dejé de beber casi una semana. Pero no duró. Todavía conservo la carta que me mandaron de la Embajada. Me gustaría que se la diera a

Clara, si no salgo de aquí con vida. Está en el primer cajón a la izquierda de mi escritorio en el Consulado. La reconocerá fácilmente por el escudo grabado en el sobre. Clara puede conservarla para mostrársela al niño, algún día.

Trató de cambiar de postura en el ataúd y esbozó una mueca.

–¿Le ha dolido? –preguntó Plarr.

–Sólo una punzada.

Se echó a reír por lo bajo y agregó:

–Cuando pienso en mi mujer y en Clara... Dios santo, qué diferentes pueden ser dos mujeres. Mi mujer me dijo una vez que se había casado conmigo por pura lástima. ¿Lástima de qué? Ella era como un hombre en la casa... Arreglaba los enchufes... hasta era capaz de cambiar la arandela de un grifo. Y cuando yo bebía un milímetro más de la medida exacta, era muy severa conmigo. Claro que lo sensato no era esperar mucho de ella... Ya le dije que era Christian Scientist y ni siquiera el cáncer existía para ella, aunque su padre murió de eso... ¡Cómo podía esperar que creyera en un dolor de cabeza! De todos modos, no tenía necesidad de hablar con aquel vozarrón, cada vez que yo tenía jaqueca. Su voz me perforaba la cabeza como un taladro. Pero Clara... Clara es toda una mujer, sabe cuándo no debe hablar. Dios la bendiga. Quisiera que fuera feliz hasta el final.

–Eso no parece difícil. No creo que sea una mujer complicada.

–No. Pero tarde o temprano se presentará el momento crítico. Como en los malditos exámenes que nos hacían en la escuela. Y no estoy muy seguro de aprobar.

Plarr pensó que parecían estar hablando de dos mujeres diferentes: una era la mujer que Charley Fortnum amaba; la otra, una prostituta de la casa de la madre Sánchez que la noche antes lo había esperado en su cama. Además, le había preguntado algo... Pero en ese momento el coronel Pérez había llamado a la puerta. Ya era inútil tratar de recordar cuál era esa pregunta.

Hacia el mediodía, Marta volvió de la ciudad con un ejemplar de *El Litoral;* los periódicos de Buenos Aires no habían llegado aún. El director había asignado grandes titulares a la oferta del doctor Saavedra. Plarr se dijo que los diarios de otros lugares no se mostrarían tan generosos. Esperó la reacción de León; pero éste pasó el periódico a Aquino sin decir una sola palabra.

–¿Quién es este Saavedra? –preguntó Aquino.

–Un novelista.

–¿Y por qué cree que un novelista es más importante para nosotros que un cónsul? ¿Para qué sirve un novelista? Además es argentino. ¿A quién le importa que muera un argentino? No al general. Ni siquiera a nuestro presidente. Ni al mundo. Un habitante menos de los países subdesarrollados en que gastar dinero...

A la una el padre Rivas encendió la radio y sintonizó el boletín de noticias de Buenos Aires. La oferta del doctor Saavedra ni siquiera fue mencionada. Plarr se preguntó si en su pequeña habitación, cerca de la cárcel, el novelista estaría escuchando ese silencio que debía de ser para él más humillante que un rechazo. El secuestro ya no interesaba al público argentino. Había otros acontecimientos más excitantes que atraían la atención.

Un hombre había matado al amante de su mujer (en una pelea a cuchillo, por supuesto) y ésa era una historia que nunca perdía encanto para un latinoamericano; en el sur se habían avistado los habituales platillos volantes; los militares se habían sublevado contra el gobierno en Bolivia; dieron un detallado informe sobre las actividades del equipo de fútbol argentino en Europa (alguien censuró severamente al árbitro). Al final el locutor dijo: «No se han producido novedades sobre el secuestro del cónsul inglés. El ultimátum de los secuestradores para que se cumplan sus condiciones vence el sábado a medianoche».

Alguien llamó a la puerta de la choza. El indio, que estaba nuevamente de guardia, se pegó contra la pared ocultando su arma. En ese momento había seis personas en el cuarto: el padre Rivas, Diego, el conductor del automóvil, Pablo, el negro picado de viruelas, Marta y Aquino. Dos de ellos hubiesen debido estar montando guardia fuera. Pero en pleno día y sin amenaza de peligro, León les había permitido que entraran para escuchar las noticias de la radio. Un error que sin duda ya estaría lamentando. La llamada se repitió y Aquino apagó la radio.

–Pablo –dijo el padre Rivas.

Pablo fue de mala gana hacia la puerta. Sacó un revólver del bolsillo, pero el sacerdote le ordenó que lo guardara de inmediato.

Con resignación, casi con alivio, Plarr se preguntó si ése sería el clímax de toda esa absurda aventura. ¿Les barrería una ráfaga de ametralladora cuando abrieran la puerta?

El padre Rivas debió de pensar lo mismo, porque se

adelantó al centro de la habitación, como si quisiese ser el primero en morir si en verdad había llegado el fin. Pablo empujó la puerta.

Fuera había un viejo. Su figura vacilaba bajo la luz del sol moteada de sombras, y los contempló en silencio con lo que parecía una extraña curiosidad. Al fin, Plarr advirtió que era ciego. El viejo palpó el borde de la puerta con una mano de piel fina como el papel y surcada de venas como una hoja seca.

–José, ¿qué estás haciendo aquí? –exclamó el negro.

–He venido a ver al padre.

–Aquí no hay ningún padre, José.

–Sí que lo hay, Pablo. Ayer estaba sentado junto al pozo de agua y oí que alguien decía: «El padre que vive con Pablo es un buen padre».

–¿Para qué quieres un padre? Además, ya no está con nosotros.

El viejo movió la cabeza hacia uno y otro lado, como tratando de discernir cada vez las diferentes respiraciones que sonaban en el cuarto: respiraciones muy fuertes, o contenidas, o jadeantes. Y una de ellas, la de Diego, con un silbido asmático.

–Mi mujer se ha muerto –dijo–. Esta mañana, cuando desperté, y la toqué con la mano para despertarla, estaba fría como una piedra. Anoche estaba muy bien. Me hizo la sopa, una sopa muy rica. Nunca me había dicho que se iba a morir.

–Tienes que buscar al cura del barrio, José.

–No es un buen cura –dijo el viejo–. Es el cura del arzobispo. Tú lo sabes muy bien, Pablo.

–El padre que estuvo aquí sólo vino de visita. Era un conocido de mi primo rosarino. Ya se ha ido de nuevo.

–¿Quién es toda esta gente que está en el cuarto, Pablo?

–Amigos míos. ¿Qué creías? Estábamos escuchando la radio cuando has venido.

–Dios mío, ¿así que tienes una radio, Pablo? Te has vuelto rico de golpe.

–No es mía. Es de un amigo.

–Qué amigo tan rico tienes. Necesito un ataúd para mi mujer, Pablo, y yo no tengo dinero.

–No te preocupes, José. En el barrio te conseguiremos uno.

–Juan dice que le compraste un ataúd. Tú no tienes mujer, Pablo. Dame tu ataúd.

–Lo necesito para mí, José. El médico me ha dicho que estoy muy enfermo. Juan te hará un ataúd y lo pagaremos entre todos los del barrio.

–¿Y la misa? Quiero que el padre le diga una misa. No quiero que lo haga el cura del arzobispo.

El viejo dio un paso hacia el cuarto, tendiendo las manos ante sí con las palmas hacia arriba.

–Te digo que aquí no hay ningún padre. Regresó a Rosario.

Pablo se interpuso entre el viejo y el padre Rivas, como temiendo que a pesar de su ceguera fuera capaz de percibir a un sacerdote.

–¿Cómo has llegado hasta aquí, José? –preguntó Diego–. Tú no tenías más ojos que los de tu mujer.

–Ah, aquí está Diego... Puedo ver muy bien con mis manos.

Las mantenía extendidas, señalando con los dedos primero a Diego, después a Plarr. Al fin las volvió hacia el padre Rivas. Eran como ojos en las antenas de un extraño insecto. Ni siquiera miraba a Pablo: lo daba por sentado. Era a los demás, a los extraños, a quienes sus manos y oídos buscaban. Parecía el guardia de una cárcel contando a los prisioneros alineados en silencio.

–Aquí hay cuatro desconocidos, Pablo –dijo.

Dio un paso hacia Aquino, que se echó hacia atrás.

–Son todos amigos míos, José.

–No sabía que tuvieras tantos amigos, Pablo. No son de este barrio.

–No.

–De todos modos, pueden ir a ver a mi mujer.

–Irán más tarde. Ahora voy a llevarte a tu casa, José.

–Déjame oír la radio, Pablo. Nunca he oído hablar a una radio.

–¡Ted! –llamó la voz de Charley Fortnum desde el otro cuarto–. ¡Ted!

–¿Quién llama, Pablo?

–Un hombre enfermo.

–¡Un gringo! –exclamó el viejo, con cara de espanto–. Es la primera vez que un gringo viene al barrio. Y tienes una radio también... Te has vuelto un hombre muy importante, Pablo.

Aquino aumentó al máximo el volumen de la radio para sofocar la voz de Charley Fortnum. Una mujer habló estrepitosamente de los méritos de los copos de maíz Kellogg. «Crujientes y dorados. Una fuente de vida y energía», explicó.

Plarr fue rápidamente al cuarto interior.

–¿Qué quiere, Charley? –preguntó.

–He soñado que había alguien en la habitación. Me iba a cortar el cuello. Me he dado un susto de muerte. Quería saber si usted seguía aquí.

–No vuelva a hablar. Hay un extraño en el otro cuarto. Si habla, pondrá en peligro nuestras vidas. Cuando se vaya, volveré.

En la otra habitación, la voz enlatada de una mujer decía: «A ella le fascinará la suavidad perfumada de su mejilla».

–Es un milagro –dijo el viejo–. Pensar que una caja es capaz de decir cosas tan bonitas.

Entonces, alguien empezó a cantar una romántica balada de amor y muerte.

–Toma, José. Puedes tocar la radio. Sosténla en tus manos.

Todos se sintieron aliviados al ver las manos del viejo ocupadas, y no vueltas hacia ellos. José acercó la radio a sus oídos, como temiendo perder una sola de las hermosas palabras que decía.

El padre Rivas se llevó a Pablo aparte.

–Iré con él, si te parece que servirá de algo.

–No –dijo Pablo–. Todo el barrio debe de estar en su choza para ver el cuerpo de su mujer. Ya deben de saber que ha salido en busca de un sacerdote. Si aparece el cura del arzobispo, querrá saber quién eres tú. Querrá ver tus documentos. Y es capaz de llamar a la policía.

–A ese viejo tendría que pasarle algo antes de que vuelva a su casa... –dijo Aquino.

–No –dijo Pablo–. No estoy de acuerdo. Lo conozco desde que yo era niño.

Diego, el conductor, dio su opinión en tono más bien sombrío:

–De todos modos, es demasiado tarde para taparle la boca. ¿Cómo supo esa mujer del pozo que aquí había un padre?

–Yo no se lo dije a nadie –contestó Pablo.

–En un barrio es imposible mantener un secreto durante mucho tiempo –dijo el padre Rivas.

–Lo peor de todo es que ahora se ha enterado de lo de la radio y del gringo –dijo Diego–. Deberíamos salir de aquí lo antes posible.

–Tendríais que llevar a Fortnum en una camilla –dijo Plarr.

El viejo sacudió la radio y se quejó:

–No quiere charlar conmigo...

–¿Y cómo va a charlar?

–Hay una voz dentro.

–Vamos, José –dijo Pablo–. Ya es hora de que vuelvas al lado de tu pobre mujer.

–Pero ¿y el padre? –dijo José–. Quiero que el padre le dé la extremaunción.

–Ya te he dicho que aquí no hay ningún padre. El cura del arzobispo se la dará.

–Nunca viene cuando lo llamamos. Siempre está ocupado en alguna reunión. Pasarán muchas horas antes de que venga y el alma de mi pobre mujer andará dando vueltas por ahí mientras lo esperamos.

–A ella no le pasará nada malo, viejo –dijo el padre

Rivas–. Dios no necesita esperar al cura del arzobispo.

Las manos del viejo se volvieron rápidamente hacia él.

–Usted... Ese que ha hablado... Usted tiene voz de padre.

–No, no soy un padre. Si tuviera vista, vería que mi mujer está a mi lado. Háblale, Marta.

–Sí –dijo Marta en voz baja–. Sí. Éste es mi marido, viejo.

–Vamos, te llevaré a casa –dijo Pablo.

El viejo se aferraba obstinadamente a la radio. La música sonaba estrepitosamente, pero no lo bastante para él, que apretaba el aparato contra la oreja.

–Nos ha dicho que ha venido solo hasta aquí –susurró Diego–. Me parece imposible. Supongamos que alguien lo haya traído hasta aquí a propósito y lo haya dejado en la puerta...

–Había venido aquí dos veces, con su mujer. Los ciegos recuerdan muy bien los caminos. Además, si lo llevo hasta su casa puedo comprobar si hay alguien esperando o espiándonos.

–Si dentro de dos horas no has vuelto –dijo Aquino–, si te detienen... tendremos que matar al cónsul. Puedes decirles eso. Ojalá le hubiera disparado a la espalda, ayer –agregó–; ahora estaríamos lejos de aquí.

–He oído una radio... –dijo el viejo lleno de asombro.

La dejó cuidadosamente, como si fuera algo muy frágil.

–Si pudiera contárselo a mi mujer...

–Ya lo sabe. Ahora ella lo sabe todo –dijo Marta.

–Vamos, José.

El negro cogió la mano derecha del viejo y quiso llevarlo hacia la puerta, pero el viejo se negó. Se volvió y con la mano libre pareció contar una vez más a las personas que estaban en el cuarto.

–Qué gran fiesta, Pablo... –dijo–. Dame algo de beber. Dame un poco de caña.

–No tenemos nada para beber, José.

Empujó afuera al viejo y el indio cerró rápidamente la puerta cuando los dos salieron. Durante un instante todos sintieron un alivio semejante al de una ráfaga de aire fresco en un día tórrido.

–¿Qué piensas, León? –dijo Plarr–. ¿Era un espía?

–¿Qué sé yo?

–Tenías que haber ido con ese pobre hombre, padre –dijo Marta–. Su mujer está muerta y no hay ningún sacerdote que lo ayude.

–Si hubiera ido, habría puesto en peligro la vida de todos.

–Ya has oído lo que ha dicho. Al cura del arzobispo no le importan nada los pobres.

–¿Y tú crees que a mí no me importan? Doy mi vida por ellos, Marta.

–Ya lo sé, padre. No te acuso. Eres un buen hombre.

–Hace horas que ha muerto. ¿De qué sirve ahora la extremaunción? Pregúntale al doctor.

–Yo me ocupo solamente de los vivos –dijo Plarr.

La mujer tocó la mano de su marido.

–No quiero ofenderte, padre. Soy tu mujer.

–No eres mi mujer. Eres mi esposa –dijo el padre Rivas con impaciencia.

–Si tú lo dices...

–Ya te lo he explicado una y mil veces.

–Soy una mujer estúpida, padre. Me cuesta entender. ¿Eso importa mucho? Mujer, esposa...

–Sí, importa. La dignidad humana importa mucho, Marta. Un hombre que siente lujuria toma a una mujer mientras le dura el deseo. Yo te he tomado para toda la vida. Eso es el matrimonio.

–Si tú lo dices, padre...

–No porque lo diga yo, Marta. Es la verdad –dijo el padre Rivas con una voz en la que se percibía el cansancio de repetir constantemente lo mismo.

–Sí, padre. Yo estaría más tranquila si te oyera rezar alguna vez...

–Quizá rece más de lo que tú crees.

–Por favor, no te enfades, padre. Estoy muy orgullosa de que me eligieras.

Se volvió hacia los demás.

–Podía acostarse con cualquier mujer que se le antojara en nuestro barrio de Asunción. Es un buen hombre. Si no se ha ido con el viejo por algo ha de ser... Pero por favor, padre...

–No me llames padre todo el tiempo. Soy tu marido, Marta. Tu marido.

–Sí, pero me sentiría tan orgullosa si pudiera verte al menos una vez como eras antes... Con el hábito, en el altar... Bendiciéndonos, padre.

La palabra volvió a escapársele: Marta se tapó demasiado tarde la boca con la mano.

–Ya sabes que no puedo hacer eso.

–Si pudiera verte como te vi en Asunción... con la vestidura blanca, por Pascua...

–Nunca volverás a verme así.

León Rivas se volvió.

–Aquino, Diego –dijo–, volved a vuestros puestos. Os relevaremos dentro de dos horas. Tú, Marta, vuelve a la ciudad y mira si han llegado los periódicos de Buenos Aires.

–Será mejor que compréis más whisky para Fortnum –dijo Plarr–. Su medida vacía muy pronto una botella.

–Esta vez no la compartirá con nadie –dijo el padre Rivas.

–¿Qué quieres insinuar con eso? –preguntó Aquino.

–No insinúo nada. ¿Crees que no te olí el aliento, ayer?

A las cuatro fue Aquino quien puso la radio. Pero no hubo noticias sobre el secuestro. Era como si todos ellos se hubieran borrado de la memoria del mundo.

–Ni siquiera mencionan tu desaparición –dijo Aquino a Plarr.

–Quizá no lo sepan todavía –contestó Plarr–. Estoy perdiendo la cuenta de los días. ¿Hoy es jueves? Recuerdo que le di un largo fin de semana libre a mi secretaria. Debe de estar muy ocupada acumulando indulgencias. Para las ánimas del purgatorio. Espero que no seamos nosotros los beneficiados.

Una hora después volvió Pablo. Nadie demostraba inquietud, aunque se había retrasado más de la cuenta: había tenido que hacer cola para rendir el último homenaje a la muerta. Cuando salió de la casa aún no había llegado el cura del arzobispo. Su única preocupación era que José había charlado con todo el mundo acerca de la radio.

El viejo estaba muy orgulloso porque era el único en el barrio que había oído una radio y hasta la había tenido en sus manos. Por el momento, parecía haberse olvidado del gringo.

–Pronto se acordará –dijo Diego–. Deberíamos irnos de aquí.

–No sé cómo –dijo Pablo–. Con un hombre herido...

–El Tigre habría dicho: «Matadlo enseguida» –respondió Aquino.

–Ya tuviste la oportunidad –dijo Diego.

–¿Dónde está el padre Rivas? –preguntó Pablo.

–De guardia.

–Debería haber dos fuera.

–Uno tiene que beber algo. Se me ha terminado el mate. Marta tenía que traer más, pero el padre Rivas la ha mandado a la ciudad a comprar whisky para el gringo. No hay que dejar que ése pase sed...

–Ve tú, Aquino –dijo Pablo.

–Yo no recibo órdenes de ti, Pablo.

«Si la espera continúa mucho tiempo, acabarán peleándose entre ellos», pensó Plarr.

Cuando Marta volvió de la ciudad ya casi era de noche. Habían llegado los periódicos de Buenos Aires y *La Nación* dedicaba unas pocas líneas al doctor Saavedra, aunque el periodista encontraba necesario recordar a sus lectores quién era Saavedra. «El novelista –escribía– conocido sobre todo por su primer libro: *El corazón silencioso.*» El título estaba equivocado.

La noche pareció arrastrarse interminablemente. Sentados durante horas en silencio, parecían formar parte de un silencio universal que los rodeaba: el silencio de la radio, el silencio de las autoridades, hasta el silencio de la naturaleza. Los perros no ladraban. Los pájaros dejaron de cantar y la lluvia empezó a caer en pesadas gotas espaciadas, tan infrecuentes como las pocas palabras que se cambiaban: el silencio parecía aún más profundo entre las gotas. Muy lejos se había desatado una tormenta. Pero eso era más allá del río, en otro país.

Cada vez que uno de ellos hablaba, surgía la inminencia de una discusión en torno a la frase más inocente. Sólo el indio permanecía impasible, sentado aparte y sonriendo con amable satisfacción mientras engrasaba su metralleta. Limpiaba cada ranura con el cariño y el placer sensual de una mujer que baña a su primer hijo. Cuando Marta les sirvió la sopa, Aquino se quejó de que le faltaba sal y Plarr pensó que la mujer iba a arrojarle a la cara el plato lleno de sopa desdeñada. Plarr los dejó y fue al cuarto interior.

–Si por lo menos tuviera algo que leer –dijo Charley Fortnum.

–Aquí no hay suficiente luz –dijo Plarr.

Sólo una vela iluminaba el cuarto.

–Podrían darme más velas.

–No quieren que se vea luz desde fuera. En este barrio casi todos se duermen en cuanto oscurece... o hacen el amor.

–Gracias a Dios hay mucho whisky. Tómese una copa. Qué extraña situación... Primero me disparan como a un perro y después me dan whisky. Esta vez ni siquiera les he pagado. ¿Hay noticias? Han puesto la radio a un volumen tan bajo que no he entendido nada.

–No hay ninguna noticia. ¿Cómo se siente?

–Como el diablo. ¿Cree que viviré para ver el final de esta botella?

–Claro que sí.

–Entonces sea optimista y sírvase más.

Bebieron juntos en el silencio que habían roto por un instante. Plarr se preguntó dónde estaría Clara. ¿En su casa? ¿En el Consulado? Al fin preguntó:

–¿Por qué se casó con Clara, Charley?

–Ya se lo dije... Quería ayudarla.

–Para eso no necesitaba casarse con ella.

–Si no lo hubiera hecho, los impuestos se lo habrían comido todo después de mi muerte. Además, quería tener un hijo. La quiero, Ted. Y quiero que se sienta segura. Si usted la conociera mejor... Un médico sólo ve el exterior... bueno, supongo que el interior también, pero ya entiende usted lo que quiero decir. Para mí, Clara es como... como...

No pudo encontrar la palabra y Plarr sintió la tentación de decírsela. «Es como un espejo –pensó–, un espejo fabricado por la madre Sánchez para que refleje a todos los hombres que se miran en él: la torpe ternura de Charley, que ella imita, y mi... mi...» Pero tampoco él pudo encontrar la palabra exacta. Desde luego, no era «pasión». ¿Qué le había preguntado Clara justo antes de que él la dejara? En Clara se reflejaba hasta el recelo que inspiraba en los hombres. Plarr sintió irritación contra la muchacha, como si de alguna oscura manera ella lo hubiese herido. «Uno podría usarla para afeitarse», pensó recordando las gafas de sol vendidas por Gruber.

–Usted se reirá, pero Clara me recuerda un poco a Mary Pickford en aquellas películas mudas... –dijo Charley Fortnum–. No me refiero a su cara, desde luego, sino a una especie de... Casi diría de inocencia.

–Entonces espero que el bebé sea una niña. Un varón como Mary Pickford no podría abrirse mucho camino en la vida.

–A mí no me importa lo que sea. Pero creo que Clara quiere un varón. Quizás espera que se parezca a mí –agregó, burlándose de sí mismo.

Plarr sintió un deseo salvaje de decirle la verdad. Sólo lo detuvo el cuerpo herido, indefenso sobre el ataúd. Perturbar a un paciente era una falta de ética profesional. Charley Fortnum levantó su vaso de whisky y agregó:

–No como estoy ahora, desde luego. Salud.

Plarr oyó que las voces subían de tono en el cuarto contiguo.

–¿Qué pasa allí? –preguntó Charley Fortnum.

–Se están peleando.

–¿Por qué?

–Tal vez por usted.

CAPÍTULO II

El viernes, a las nueve de la mañana, un helicóptero empezó a sobrevolar el barrio. Avanzaba y retrocedía en líneas muy regulares, como un lápiz que se desliza a lo largo de una regla, siguiendo cada uno de los caminos fangosos, justo sobre la copa de los árboles, infatigable... Plarr recordó las ocasiones en que sus propios dedos debían seguir huellas sobre un cuerpo enfermo, tratando de localizar del dolor.

El padre Rivas ordenó a Pablo que se reuniera con Diego y Marta, que montaban guardia fuera.

–Todo el barrio estará mirando –dijo–. Les llamará la atención si ésta es la única casa donde no sienten curiosidad.

Después ordenó a Aquino que vigilara a Fortnum en el cuarto interior. Aunque era imposible que Fortnum revelara su presencia, el padre Rivas no quería correr riesgos.

Plarr y el sacerdote permanecieron sentados en silencio, mirando el techo del cuarto, como si el aparato pudiera atravesarlo y precipitarse sobre ellos en cualquier momento. Cada vez que pasaba el helicóptero, oían el ruido de las hojas segadas que caían como lluvia. Cuando el ruido cesaba, permanecían callados, esperando que volviera.

Entraron Pablo y Diego.

–Estaban tomando fotografías –dijo Pablo.

–¿De esta casa?

–De todo el barrio.

–Entonces habrán visto el automóvil –dijo Plarr–. Les habrá llamado la atención un coche en este lugar.

–Está bien escondido –dijo el padre Rivas–. Sólo espero que...

–Han investigado con mucho cuidado –dijo Pablo.

–Sería mejor matar a Fortnum ahora –dijo Diego.

–Nuestro ultimátum no expira hasta el sábado a medianoche.

–No piensan cumplir las condiciones. El helicóptero es la prueba.

–Prolongad unos días más el ultimátum –dijo Plarr–. Así habrá tiempo para que mi publicidad dé resultado. Por el momento no corréis peligro. La policía no se atreve a atacaros.

–El Tigre fijó el límite –dijo el padre Rivas.

–A pesar de lo que decís, debe de haber un medio de comunicarse con él.

–No hay ninguno.

–Sin embargo, pudiste avisarle de lo que pasó con Fortnum.

–El contacto se cortó enseguida.

–Entonces obra por tu propia cuenta. Que alguien llame a *El Litoral*. Dales una semana más.

–Otra semana para que la policía nos encuentre –dijo Diego.

–Pérez no se atreve a averiguar demasiado. No tiene ningunas ganas de encontrarse con un cadáver.

El helicóptero empezó a oírse de nuevo. El ruido venía de muy lejos, apenas más fuerte que el susurro de un hombre. La primera vez se había desplazado de este a oeste. Ahora pasaba sobre los árboles de norte a sur y viceversa. Pablo y Diego volvieron a salir. La larga espera en el cuarto se unió una vez más al ruido de las hojas cortadas. Al fin se hizo de nuevo el silencio.

Los dos hombres volvieron.

–Siguen tomando fotografías –dijo Diego–. Deben de haber fotografiado cada casa, cada camino del barrio.

–La municipalidad nunca se había tomado semejante trabajo –dijo el negro–. Quizás ahora se den cuenta de que necesitamos más pozos de agua.

El padre Rivas llamó a Marta y le dio instrucciones en voz baja. Plarr trató de oír lo que decía, pero fue imposible hasta que alzaron la voz.

–No, no te dejaré, padre –dijo Marta.

–Es una orden.

–¿Qué me has dicho antes que era: tu mujer o tu esposa?

–Mi esposa.

–Sí, es fácil decirlo, pero me tratas como a una mujer que se acuesta contigo. Dices «Vete» porque ya has acabado conmigo. Sé muy bien que no soy más que tu mujer. Ningún cura querría casarnos. Todos se negaron. Hasta tu amigo, el padre Antonio.

–Ya te he explicado mil veces que no se necesita un cura para casarse. El cura no es más que un testigo. La gente se casa por voluntad propia. Es nuestro voto lo que importa. Nuestra intención.

–¿Y cómo sé yo cuál era tu intención? Quizá sólo querías una mujer para acostarte con ella. Quizá soy tu puta. Me tratas como a una puta cuando me dices que me vaya y te deje.

El padre Rivas levantó la mano como para pegarla y enseguida se volvió.

–Si no estás pecando conmigo, padre, ¿por qué no dices misa para nosotros? Estamos en peligro de muerte, padre. Necesitamos una misa. Y esa pobre mujer del barrio que se murió... Y hasta ese gringo... También él necesita que reces por él.

Plarr sintió de nuevo el deseo juvenil de burlarse de León.

–Lástima que dejaras la Iglesia –dijo–. Ya lo ves, están perdiendo la confianza en ti.

El padre Rivas lo miró con los ojos inyectados de un perro que defiende un hueso.

–Nunca te he dicho que hubiera dejado la Iglesia. ¿Cómo ahora se dan cuenta de que puedo dejarla? La Iglesia es el mundo. La Iglesia es este barrio, esta habitación. Sólo hay una manera de dejar la Iglesia, y es morir.

Hizo el gesto de un hombre cansado de una discusión inútil y agregó:

–Y ni siquiera entonces, si es cierto lo que a veces creemos.

–Ella sólo te ha pedido que reces. ¿Te has olvidado

de rezar? Yo sí me he olvidado. No puedo ir más allá de «Ave María»... Enseguida confundo las palabras con una canción de cuna inglesa: *Mary, Mary, quite contrary.*

–Nunca he sabido rezar –dijo el padre Rivas.

–¿Qué dices, padre? No sabe lo que dice –exclamó Marta, como defendiendo a un niño que hubiera dicho una palabrota oída en la calle.

–Una plegaria para los enfermos. Una plegaria para que llueva. ¿Quieres oírlas? Esas me las sé de memoria, pero no son plegarias. Llámalas súplicas, o peticiones, o cualquier nombre que suene a conjuro. También podrías escribirlas en un papel y pedir a los vecinos que lo firmaran para enviarlo por correo al Señor Todopoderoso. Ningún cartero entregará esa carta. Nadie la leerá jamás. Claro, a veces puede producirse una coincidencia... Alguna vez un médico acierta con la medicina adecuada y hay un niño que se cura. O llueve cuando alguien quiere que llueva. O cambia el viento...

–Sin embargo, yo rezaba en la comisaría –les dijo Aquino desde la puerta del otro cuarto–. Rezaba para que alguna vez pudiera acostarme de nuevo con una chica. Y no vas a decirme que ésa no era una plegaria. El primer día que estuve libre me acosté con una... Fue en un campo, mientras comprabais comida en un pueblo. Dios contestó a mi plegaria, padre. Aunque fuera en un campo, no en una cama.

«Es un picador, como yo –pensó Plarr–. Pincha al toro para enfurecerlo más antes de que muera». Las repeticiones de la palabra «padre» eran como una serie de pinchazos para atravesar la piel. «¿Queremos destruirlo o esperamos destruirnos a nosotros mismos? Éste es un deporte muy cruel.»

–¿Qué estás haciendo en este cuarto, Aquino? Te había dicho que vigilaras al prisionero.

–El helicóptero se ha ido. ¿Y qué puede hacer el prisionero? Está escribiendo una carta a su mujer.

–¿Le has dado una pluma? Yo mismo le quité la suya cuando lo trajimos.

–No tiene nada de malo que escriba una carta.

–Ésas eran mis órdenes. Si empezáis a desobedecer las órdenes, ya no habrá seguridad para nadie. Diego, Pablo, salid de nuevo. Si el Tigre estuviera aquí...

–Pero no está, padre –dijo Aquino–. Está bien seguro en alguna parte, comiendo bien y durmiendo mejor. Tampoco estaba en la comisaría, cuando escapé. ¿Nunca arriesgará su propio pellejo como arriesga el nuestro?

El padre Rivas lo empujó a un lado y entró en el otro cuarto. Plarr pensó que era muy difícil reconocer en él al muchacho que le había explicado el misterio de la Trinidad. Las innumerables arrugas de vejez prematura que le atravesaban la cara le parecieron el símbolo de una maraña de angustias, semejante a un nudo de serpientes en lucha.

Charley Fortnum estaba apoyado sobre el codo izquierdo. Había sacado del ataúd la pierna vendada y escribía lentamente, penosamente. No levantó los ojos del papel y el padre Rivas le preguntó:

–¿A quién escribe?

–A mi mujer.

–Debe de ser difícil escribir así.

–He tardado un cuarto de hora en escribir dos frases. Le he pedido a ese Aquino que la escribiera por mí, pero no ha querido. Está muy enfadado conmigo desde que me disparó. Ya no quiere dirigirme la palabra. ¿Por qué? Parece como si lo hubiera herido.

–Quizá lo haya herido.

–¿Cómo?

–Quizá se sienta traicionado. No creía que tuviera usted el coraje de engañarlo.

–¿Coraje? ¿Yo? Tengo menos coraje que un ratón, padre. Quería volver a ver a mi mujer, eso es todo.

–¿Quién le entregará esa carta?

–Tal vez el doctor Plarr. Si lo dejan irse cuando yo haya muerto. Podrá leérsela. Ella no sabe leer muy bien y yo tengo una letra espantosa.

–Si quiere, puede dictarme la carta a mí.

–Se lo agradecería. Preferiría que lo hiciera usted y no otro. Una carta como ésta es como un secreto. Como una confesión. Y después de todo, usted es un sacerdote.

El padre Rivas cogió la carta y se sentó en el suelo, junto al ataúd.

–Ya no me acuerdo de la última frase.

El padre Rivas leyó:

–«No te preocupes, querida, si te quedas sola con tu hijo. Para él será mejor estar con una madre que con un padre. Eso lo sé muy bien. Yo quedé huérfano de madre y no lo pasé nada bien... Siempre caballos, caballos...» Eso es todo. Después de «caballos» no hay nada.

–En la situación en que estoy –dijo Charley Fortnum–, quizá piense usted que debería perdonarlo todo. Hasta a mi padre. Al fin y al cabo, no debía de ser tan mal tipo... Los niños odian con demasiada facilidad. Será mejor que suprimamos todo eso de los caballos, padre.

El padre Rivas tachó las palabras.

–Ponga, en cambio... ¿Qué puede poner? ¡Carajo! No tengo la costumbre de escribir cartas personales. Déme un trago de whisky, padre. Me ayudará a hacer trabajar el cerebro, si es que me queda algo de cerebro.

El padre Rivas le sirvió un poco de whisky.

–Prefiero el Long John –dijo Fortnum–, pero este que me han traído no es tan malo. Si me quedo aquí suficiente tiempo acabaré acostumbrándome al whisky nacional. Pero es más difícil conocer la medida exacta con él que con el escocés. Usted no puede entender lo que digo, padre, pero cada bebida tiene su medida exacta. Salvo el agua, desde luego. El agua no se creó para beberla. Oxida las entrañas o nos produce la tifoidea. No es buena para el hombre ni para los animales. Salvo los caballos de mierda... Supongo que no querrá tomar un poco conmigo...

–No. Estoy de servicio. ¿Quiere seguir con la carta?

–Sí, claro. Esperaba a que el whisky hiciera su efecto. Ha tachado esa frase sobre los caballos, ¿no es cierto? ¿Qué puedo decir ahora? Yo querría hablar con Clara tranquilamente, como si estuviéramos solos en la galería de la casa de campo, pero no puedo encontrar las palabras cuando escribo. Espero que me comprenda. Después de todo, usted también está casado en cierto modo, padre.

–Sí, yo también estoy casado.

–Pero en el lugar adonde voy no existe el matrimonio. Al menos eso es lo que nos dicen ustedes, los curas. Es una lástima para un tipo como yo, que aunque un poco tarde al fin ha encontrado a una mujer. Debería haber días de visita en el cielo, para que tuviéramos algo que esperar... Como en las cárceles. Ya lo ve: la medida exacta de whisky incluso me ha vuelto teólogo. ¿Dónde estaba? Ah, sí, en los caballos... ¿Está seguro de que ha tachado a esos hijos de puta?

Plarr entró en la habitación sin hacer ruido, y ninguno de los dos hombres lo miró. Estaban ocupados con la carta. Plarr se quedó mirándolos en silencio desde la puerta. Ambos parecían viejos amigos.

–«Manda a nuestro hijo a la escuela local –dictó Charley Fortnum–. Pero nunca lo mandes a ese colegio inglés de Buenos Aires donde estudié yo. Nunca fui feliz allí. Que sea un argentino de veras, como tú..., y no mitad y mitad, como yo.» ¿Ya ha escrito eso, padre?

–Sí. ¿No sería mejor explicarle lo del cambio de letra? Su mujer se sorprenderá...

–No creo que se dé cuenta. Además, Plarr podrá explicárselo. Dios santo, escribir una carta es algo así como hacer que La Niña de mis ojos arranque en una mañana de lluvia. Una sacudida tras otra. Y cuando uno cree que el motor empieza a andar, se para de nuevo. Bueno, escriba, padre: «Estoy acostado y pienso casi siempre en ti y en nuestro hijo. En casa siempre estás a mi derecha y puedo extender la mano y ponerla sobre tu vientre y sentir cómo patea el pequeño, pero aquí no hay nadie a mi derecha. La cama es muy estrecha. Muy cómoda, eso sí.

No tengo de qué quejarme. Tengo más suerte que muchos hombres». –Hizo una pausa–. «Más suerte...» –Otra pausa, y por fin arrancó de nuevo:

–«Antes de conocerte, querida, estaba acabado como hombre. Un hombre debe tener alguna ambición que dé razón a su vida. Hasta un millonario ambiciona acumular otro millón. Pero antes de que vivieras conmigo, yo no tenía nada que ambicionar, salvo la medida exacta. Mis cosechas de hierba mate nunca fueron espectaculares... Entonces te encontré y tuve algo de qué ocuparme. Quería hacerte feliz y tenerte contenta. Y de repente vino el hijo. Algo de nosotros dos... No esperaba vivir mucho tiempo. Todo lo que deseaba era asegurarme de que estos primeros años serían perfectos. Los primeros años son muy importantes para un niño: son algo así como el modelo del futuro. Pero no creas que he perdido toda esperanza. Encontraré la manera de salir de aquí, a pesar de estos hombres».

Hizo una nueva pausa, y agregó:

–Esto es una broma, desde luego, padre. No sé cómo podría escapar. Pero no quiero que me imagine muy deprimido. Dios mío. La Niña de mis ojos ha funcionado un rato, pero ha vuelto a pararse. Escriba esto solamente: «Te mando todo mi amor, querida».

–¿Está seguro de que no quiere decirle nada más?

–Sí. Creo que estoy seguro. ¡Qué difícil es escribir cartas! Pensar que a veces uno ve en un estante de una biblioteca un tomo entero de cartas de algún personaje... Qué hijos de puta... A veces son dos tomos. Ah, me olvidaba de algo. Póngalo al final, como posdata. No sé si usted sabe que éste es el primer hijo de Clara. No tiene ninguna experiencia. La gente dice que las mujeres lo saben todo por instinto. Pero lo dudo. Escriba esto: «Por favor, no le des dulces a la criatura. Los dulces estropean los dientes. A mí me los estropearon. Para cualquier duda que tengas, consulta al doctor Plarr. Es un buen médico y un buen amigo». Eso es todo lo que se me ocurre, padre.

Cerró los ojos y agregó:

–Quizá después se me ocurra algo más. Me gustaría agregar una o dos palabras antes de que ustedes me maten, las famosas últimas palabras. Pero ahora estoy demasiado cansado para seguir pensando.

–No debe perder la esperanza, señor Fortnum.

–¿Qué esperanza? Desde que me casé con Clara, siempre he tenido miedo de morir. Sólo hay un modo feliz de morir. Y es morir junto con la persona a la que amamos. Ya soy demasiado viejo para que eso pudiera ocurrir, aun en el caso de que ustedes no se hubieran metido de por medio. No puedo soportar la idea de que Clara estará sola y asustada cuando le llegue el turno de morir. Me gustaría estar a su lado, diciéndole que todo va bien, Clara, yo también me muero, no tengas miedo, morirse no es algo tan terrible. Estoy llorando... Ya ve que no soy muy valiente, padre. Pero no es porque sienta lástima de mí mismo. Es que no quiero que esté sola cuando se muera.

El padre Rivas hizo un ademán. Quizá fuera el esbozo de una bendición en el aire que ya no sabía cómo dar.

–Dios estará junto a ella –dijo, aunque sin demasiada convicción.

–Puede usted guardarse a su Dios, padre. Discúlpeme, pero no veo ninguna señal de Dios por aquí. ¿La ve usted?

Plarr volvió al otro cuarto sintiendo una furia irracional. Tenía la impresión de que cada palabra de la carta dictada por Fortnum era un reproche injustamente dirigido a él. Estaba tan absorbido en su rabia que fue directamente hacia la puerta, hasta que notó el fusil del indio contra su estómago. «El hijo, siempre el hijo –pensó–. No le des dulces a la criatura... La siento patear...» Se quedó ante la puerta, con el fusil contra el estómago, y escupió su bilis contra el suelo.

–¿Qué pasa, Eduardo? –preguntó Aquino.

–Ya no aguanto más estar encerrado aquí. ¿Por qué diablos no me tenéis confianza y me dejáis ir?

–Necesitamos un médico para Fortnum. Si te vas, quizá no vuelvas.

–Ya no puedo hacer nada por Fortnum. Esto es una cárcel para mí.

–No te sentirías así si hubieses estado en una cárcel de verdad. Esto es la libertad para mí.

–Cien metros cuadrados de suelo...

–Yo vivía en nueve metros. El mundo se ha agrandado mucho para mí.

–Me imagino que tú puedes escribir esos poemas de mierda en cualquier agujero, pero yo no tengo nada, absolutamente nada que hacer. Soy médico. Un enfermo no me basta.

–Ya no escribo poemas. Los poemas eran parte de la vida de la prisión. Escribía versos porque eran fáciles de memorizar. Eran sólo un medio de comunicarme. Ahora que tengo todo el papel que quiero y una pluma, no puedo escribir una línea. ¿Pero qué importa eso? Ahora vivo en lugar de hacer versos.

–¿Llamas vida a esto? Ni siquiera puedes dar un paseo hasta la ciudad.

–Nunca me ha gustado caminar. Siempre he sido perezoso.

El padre Rivas entró en el cuarto y preguntó:

–¿Dónde están Pablo y Diego?

–Montando guardia –respondió Aquino–. Tú mismo se los has ordenado.

–Marta, ve a la ciudad con uno cualquiera de los dos. Tal vez sea nuestra última oportunidad. Compra todas las provisiones que puedas. Que alcancen para tres días y puedan llevarse fácilmente.

–¿Te preocupa algo? –preguntó Aquino–. Parece como si hubieras oído malas noticias.

–Me preocupa el helicóptero... Y también el viejo ciego. El ultimátum vence el sábado por la noche. La policía podría llegar antes.

–¿Y entonces?

–Habrá que matarlo y escapar. Por eso tendremos que llevarnos comida: tendremos que permanecer lejos de las ciudades.

–¿Sabes jugar al ajedrez, Eduardo? –preguntó Aquino.

–Sí. ¿Por qué?

–Tengo un juego de bolsillo.

–Entonces juguemos una partida.

Se sentaron en el suelo con el minúsculo tablero entre ambos. Al colocar las piezas, Plarr dijo:

–Solía jugar casi todas las semanas en el Hotel Bolívar, con un viejo inglés llamado Humphries. Precisamente estaba jugando con él la noche en que os equivocasteis de pez.

–¿Jugaba bien ese Humphries?

–Mejor que yo, esa noche.

Aquino era un jugador precipitado; movía las piezas demasiado rápido y cuando Plarr vacilaba antes de hacer una jugada, empezaba a canturrear.

–Cállate –dijo Plarr.

–Ja, ja. Estás listo...

–Al contrario. Jaque.

–Eso lo arreglo pronto.

–Jaque de nuevo. Y mate.

Plarr ganó dos partidas seguidas.

–Juegas demasiado bien para mí –dijo Aquino–. Yo debería jugar con el señor Fortnum.

–No creo que sepa.

–¿Eres muy amigo de él?

–En cierto modo.

–¿Y de su mujer?

–Sí.

Aquino bajó la voz:

–Ese hijo de que habla siempre... ¿es tuyo?

–Estoy harto de oír hablar siempre de ese hijo –dijo Plarr–. ¿Quieres jugar otra partida?

Mientras disponían las piezas en el tablero, oyeron el ruido de un disparo de fusil muy distante. Aquino cogió su fusil, pero el ruido no se repitió. Plarr permaneció sentado en el suelo con una torre negra en la mano, cada vez más húmeda de sudor. Nadie hablaba. Al fin el padre Rivas dijo:

–Debe de ser alguien que ha disparado a un pato salvaje... Ya empezamos a creer que todo tiene relación con nosotros.

–Sí –dijo Aquino–, incluso el helicóptero puede que fuera del ayuntamiento, si no tienes en cuenta las marcas militares.

–¿Cuánto falta para las noticias de la radio?

–Dos horas. Aunque quizás haya algún comunicado especial.

–No podemos tener la radio encendida todo el tiempo. Es la única radio del pueblo. Ya hay mucha gente que sabe que la tenemos.

–Entonces Aquino y yo podemos jugar otra partida –dijo Plarr–. Te daré una torre.

–Puedes guardártela. No quiero ninguna ventaja. Lo único que me pasa es que me falta práctica.

Plarr podía ver al padre Rivas por encima del hombro de Aquino. Pequeño y polvoriento, parecía una momia encogida, exhumada con algunos objetos preciados enterrados a su lado: un revólver, un libro casi deshecho. ¿Era un misal? ¿Un libro de oraciones? Con una sensación de infinito aburrimiento, repitió su estribillo: «Jaque mate».

–Juegas demasiado bien para mí –dijo Aquino.

–¿Qué estás leyendo, León? –preguntó Plarr–. ¿Todavía lees el breviario?

–Lo abandoné hace años.

–¿Qué libro es ése?

–Una novela policíaca. Una novela policíaca inglesa.

–¿Es buena?

–No soy buen juez en esta materia. La traducción no es muy buena. Y siempre adivino el final de esta clase de libros.

–Entonces, ¿dónde está el interés?

–Produce una especie de alivio leer un relato cuyo fin conocemos. El relato de un mundo utópico donde siempre se hace justicia. No existían las novelas policíacas en la era de la fe: es un detalle interesante, cuando uno lo piensa. Dios era el único detective cuando la gente creía en Él. Era la ley. Era el orden. Era el bien. Como Sherlock Holmes. Era el que perseguía a los perversos, descubría el mal y lo castigaba. Pero ahora la ley y el orden están en manos de gente como el general. La vara eléctrica en los órganos genitales. Los dedos amputados de Aquino. Los pobres, medio muertos de hambre para que no tengan energía para rebelarse. Prefiero a los detectives. Prefiero a Dios.

–¿Todavía crees en Dios?

–En cierto modo. A veces. No es tan fácil contestar sí o no. Desde luego, no en el mismo Dios que nos enseñaban en la escuela o en el seminario...

–Tu Dios personal –dijo Plarr, burlándose de nuevo–. Creía que ésa era una herejía protestante.

–¿Por qué no? ¿Acaso es peor por eso? ¿O es menos verdadero? Ya no matamos a los herejes..., sólo a los prisioneros políticos.

–Charley Fortnum es tu prisionero político.

–Sí.

–Eso te da cierto parecido con el general, León...

–Yo no lo torturo.

–¿Estás seguro?

Marta volvió sola de la ciudad.

–¿Está Diego? –preguntó.

–No –dijo el padre Rivas–. Creía que se había ido contigo. ¿O has ido con Pablo?

–Se ha quedado en la ciudad. Me ha dicho que después me alcanzaría. Tenía que comprar gasolina. El depósito del coche está casi vacío, me ha dicho, y no hay reserva.

–Eso no es cierto –dijo Aquino.

–Estaba muy asustado por lo del helicóptero –dijo Marta–. Y también por lo del viejo.

–¿Crees que habrá ido a la policía? –preguntó Plarr.

–No –dijo el padre Rivas–. Nunca lo creería.

–Entonces ¿dónde está? –preguntó Aquino.

–Quizá lo han detenido por sospechoso. O habrá encontrado alguna mujer. ¿Quién sabe? Lo cierto es que no podemos hacer nada. Sólo esperar. ¿Cuánto falta para las noticias?

–Veintidós minutos –dijo Aquino.

–Decidle a Pablo que entre. Si nos han localizado, no tiene sentido dejarlo fuera, para que se lo lleven primero. Será mejor mantenernos juntos.

El padre Rivas volvió a coger su novela policíaca.

–Lo único que podemos hacer es esperar –dijo–. Qué mundo tan maravillosamente pacífico es éste –agregó–. Todo tan ordenado... No existen problemas. Hay una respuesta para cada pregunta.

–¿De qué estás hablando? –preguntó Plarr.

–Del mundo de esta novela policíaca. ¿Puedes decirme qué significa Bradshaw?

–¿Bradshaw?

Era la primera vez que Plarr veía a León tan sereno, desde las largas discusiones que solían mantener cuando eran condiscípulos. ¿Estaría perdiendo el sentido de la responsabilidad a medida que la situación empeoraba, como el jugador de ruleta que abandona sus planes y ni siquiera se molesta en mirar la bola? Jamás debía haber intentado ser un hombre de acción: como sacerdote junto a una cabecera se habría sentido mucho mejor, esperando pasivamente el final.

–Es un apellido –dijo Plarr–. Mi padre tenía un amigo Bradshaw que le escribía desde una ciudad llamada Chester.

–Este hombre parece conocer de memoria todos los trenes de Inglaterra. Los trenes nunca tardan más que unas pocas horas para ir a cualquier parte. Y siempre llegan a tiempo. El detective sólo tiene que consultar a Bradshaw para saber exactamente cuándo... Qué mundo tan extraño ése donde nació tu padre. Aquí estamos a algo más de ochocientos kilómetros de Buenos Aires y el tren tarda un día y medio en hacer el viaje, pero suele llegar con dos o tres días de retraso. El detective inglés es un hombre muy paciente. Va y viene por el andén en la estación de Londres, esperando el tren de Edimburgo. Debe de estar tan lejos como Buenos Aires, ¿no es cierto? El tren lleva media hora de retraso, según ese Bradshaw, y el detective piensa que algo muy malo debe haber sucedido. ¡Media hora de retraso! Es como cuando yo era niño y me retrasaba al volver de la escuela y mi madre se preocupaba y mi padre decía: «¿Pero qué puede pasarle al niño entre su casa y la escuela?».

–¿Y Diego? –dijo Aquino con impaciencia–. Diego también se retrasa, y os aseguro que empiezo a preocuparme.

Pablo entró en la casa. Aquino le dijo de inmediato:

–Diego se ha ido.

–¿Adónde?

–Tal vez a denunciarnos a la policía.

–Se ha pasado todo el camino hasta llegar a la ciudad hablando del helicóptero –dijo Marta–. Y cuando hemos llegado al río... No ha dicho nada, pero miraba de una manera...

En el muelle del transbordador me ha dicho: «Es raro. No hay policías controlando a los pasajeros». Yo le he contestado: «¿Y al otro lado? ¿Puedes ver el otro lado desde aquí? ¿Y cómo puedes reconocer a un policía sin uniforme?».

–¿Qué piensas de eso, padre? –preguntó Pablo–. Fui yo quien te lo presenté. Me siento avergonzado. Te dije que era un hombre que servía para conducir el coche. Y que era valiente.

El padre Rivas dijo:

–Todavía no hay motivos para preocuparse.

–Yo tengo que preocuparme. Diego es de aquí, como yo. Todos vosotros venís del otro lado del río. Podéis confiar unos en otros. Me siento como si fuera el hermano de Diego y mi hermano os hubiera traicionado. No debisteis pedirme ayuda a mí...

–¿Qué hubiésemos podido hacer sin ti, Pablo? No hay

ningún lugar en Paraguay donde hubiéramos podido esconder al embajador. Cruzar del río ya habría sido un peligro. Quizá fue un error incluir a argentinos en nuestro grupo, pero a nosotros el Tigre nunca nos ha considerado extranjeros en Argentina. No piensa en términos de paraguayos, peruanos, bolivianos o argentinos. Creo que le gustaría llamarnos a todos americanos, si no fuera por ese país del norte...

Pablo dijo:

–Diego me preguntó una vez por qué sólo había paraguayos en la lista de prisioneros que queríamos liberar. Le dije que eran los casos más urgentes. Hombres que han estado presos más de diez años. La próxima vez pediremos por los nuestros, como la vez de Salta... Había paraguayos que nos ayudaron. No, no creo que haya ido a la policía, padre.

–Tampoco yo lo creo, Pablo.

–No tenemos mucho tiempo para esperar –dijo Aquino–. O se rinden o dejamos un cónsul muerto en el río.

–¿Cuánto falta para las noticias?

–Diez minutos –dijo Plarr.

El padre Rivas volvió a coger la novela policíaca, pero Plarr, que lo observaba con atención, pensó que leía con extraña lentitud. Había clavado los ojos en un párrafo y los mantenía fijos en él antes de volver la página. Sus labios se movían casi imperceptiblemente. Quizás estuviera rezando, en secreto, porque las oraciones de un sacerdote son el último recurso y el enfermo no debe oírlas. «Todos nosotros somos enfermos –pensó Plarr–, todos nosotros estamos a punto de morir.»

El doctor estaba convencido de que las cosas no saldrían bien. De una falsa ecuación sólo se obtiene una cadena de errores. Su propia muerte podía ser uno de esos errores, porque después la gente diría que había seguido el camino de su padre. Pero se habrían equivocado: ésa no había sido su intención.

Se preguntó por su hijo con un desagradable escozor de ansiedad. Ese hijo también era el resultado de un error, de un descuido suyo; pero nunca había sentido la menor responsabilidad. Pensaba que el niño era una parte inútil de Clara, como su apéndice, quizás un apéndice enfermo que debía extirparse. Había sugerido un aborto, pero la idea asustó a Clara, suscitándole tal vez el recuerdo de demasiados abortos no profesionales hechos en la casa de la señora Sánchez. Mientras esperaba las noticias de la radio, se dijo: «El pobre niño... Si al menos pudiera disponer algo para su futuro. ¿Qué clase de madre resultará Clara? ¿Volverá a casa de la señora Sánchez y el niño se criará como el niño mimado de un prostíbulo? Eso sería mejor, quizá, que vivir con mi madre en Buenos Aires, atiborrado de dulce de leche en la calle Florida, entre las voces internacionales de las señoras acomodadas...». Pensó en la maraña de su ascendencia. Y por primera vez, en la complejidad de esa maraña, la criatura se volvió real para él: ya no fue un húmedo pedazo de carne arrancado de otro cuerpo con un cordón que debía cortarse. Ese cordón podía no cortarse nunca. Unía al niño a dos abuelos muy diferentes: un jornalero tucumano y un viejo liberal inglés asesinado en el patio de una comisaría en Paraguay. El cordón lo unía a un padre que era médico de provincias, a una madre prostituta, a un tío que un día dejó los cañaverales para desaparecer en la vastedad de un continente, a dos abuelas... Era infinita esa maraña que debía ceñir la minúscula forma como la faja con que en otras épocas inmovilizaban los miembros de un recién nacido. Charley Fortnum le había dicho que era un pescado frío. ¿Qué efecto podría tener sobre un niño un padre así? Lástima que no pudiera hacer un intercambio de padres. Un pescado frío parecía una ascedencia más natural para Plarr que un padre con suficientes convicciones como para morir por ellas. Hubiese querido que su hijo creyera en algo, pero él no era la clase de padre capaz de transmitir fe en una causa buena o mala.

–¿Crees de veras en Dios Padre Todopoderoso? –preguntó al padre Rivas.

–¿Qué? Discúlpame. No te he oído. Este detective es un hombre muy astuto, de modo que debe de haber un motivo para que el tren de Edimburgo llegue con media hora de retraso.

–Te he preguntado si alguna vez crees en Dios Padre.

–Ya me lo has preguntado antes. No creo que te importe de veras... Me lo preguntas para burlarte de mí, Eduardo. Te contestaré cuando ya no tengamos ninguna esperanza. Entonces no tendrás ganas de reírte. Y ahora discúlpame... La historia se ha puesto muy interesante: el expreso de Edimburgo entra en una estación llamada King's Cross. La Cruz del Rey: ¿será un símbolo?

–No. Es sólo el nombre de una estación de Londres.

–Callaos –ordenó Aquino, aumentando el volumen de la radio.

Todos escucharon las noticias internacionales que a esa hora radiaban desde Buenos Aires. El locutor describía la visita del secretario general de las Naciones Unidas a África Occidental; la violenta expulsión de cincuenta *hippies* de Mallorca; el aumento de impuestos a los coches de importación en Argentina; la muerte de un general retirado a los ochenta años en Córdoba; la explosión de unas cuantas bombas en Bogotá y, por supuesto, el equipo de fútbol argentino seguía su belicosa gira por Europa.

–Se han olvidado de nosotros –dijo Aquino.

–Ojalá fuera cierto –dijo el padre Rivas–. Quedarse aquí... olvidados... para siempre. No sería un destino tan malo, ¿verdad?

Capítulo III

El sábado al mediodía llegaron las noticias tan esperadas. Pero tuvieron que escuchar pacientemente hasta el final del boletín. Todos los gobiernos involucrados parecían coincidir en la táctica de restar importancia al asunto Fortnum. Buenos Aires citaba expresiones muy moderadas de la opinión británica. *The Times* de Londres, por ejemplo, publicaba que un novelista argentino (no se citaba su nombre) se ofrecía a cambio del cónsul y un programa de la BBC (como observaba el comentarista argentino) ponía el asunto en la perspectiva justa. Un ministro se había referido brevemente al asunto, respondiendo a una pregunta durante un programa de televisión sobre la violencia política, motivado por la trágica muerte de más de ciento sesenta pasajeros de un avión BOAC: «No sé de ese secuestro en Argentina más que cualquiera de nuestros espectadores. No tengo tiempo de leer muchas novelas, pero antes de venir a este programa he preguntado al librero de mi mujer quién era ese señor Savindra, y me temo que él no está mejor informado que yo». «Por mucho que comprenda la situación del señor Fortnum –agregaba el ministro–, quiero destacar que no podemos considerar su secuestro como un ataque al servicio diplomático inglés. El señor Fortnum nunca ha sido miembro del servicio diplomático. Nació en Argentina y nunca, que yo sepa, ha visitado Inglaterra. Cuando ocurrió ese desdichado asunto, estábamos a punto de prescindir de sus funciones como cónsul honorario. El señor Fortnum ya ha sobrepasado la edad normal del retiro y no existe motivo fundado para reemplazarlo, puesto que el número de residentes ingleses en esa provincia se ha reducido mucho en los últimos diez años. Estoy seguro de que ustedes saben muy bien que este Gobierno procura reducir el presupuesto de Relaciones Exteriores».

Ante la pregunta de si la actitud del Gobierno habría sido la misma de haber pertenecido la víctima al servicio diplomático, el ministro dijo: «Exactamente la misma. No tenemos intención de ceder ante esta clase de extorsiones, sean cuales sean las circunstancias. En este caso particular, confiamos en que el señor Fortnum será liberado cuando esos insensatos comprendan la inutilidad de su acción. De todos modos, corresponde al presidente de Argentina decidir si esos criminales deben tratarse con clemencia. Ahora, volviendo al verdadero tema de este programa: puedo asegurar que en el avión no había policías, de modo que es imposible que se produjera una lucha con armas...».

Pablo apagó la radio.

–¿Qué significa todo eso? –preguntó el padre Rivas.

–Han dejado el caso de Fortnum en tus manos –dijo Plarr.

–Si han decidido no hacer caso del ultimátum, será mejor que lo matemos cuanto antes –dijo Aquino.

–Nuestro ultimátum no está dirigido al Gobierno inglés –dijo el padre Rivas.

–Desde luego, eso es lo que tienen que decir en público –se apresuró a corregirse Plarr–. No podemos saber qué presiones estarán ejerciendo en secreto sobre Buenos Aires y Asunción.

Pero esas palabras sonaron poco convincentes, inclusive para él mismo.

Se pasaron la tarde relevando los turnos de guardia y tomando mate, con la sola excepción de Plarr, que había heredado de su padre el gusto por el té. Plarr y Aquino jugaron otra partida de ajedrez. Fingiendo una distracción que le hizo perder una reina, Plarr permitió que Aquino ganara. Pero el tono con que Aquino pronunció «Jaque mate» denunciaba una hosca falta de fe.

Plarr fue a ver dos veces a su enfermo y en ambas ocasiones lo encontró durmiendo. Contempló con resentimiento la expresión pacífica del condenado. Hasta sonreía un poco: quizá soñara con Clara o con su hijo, o quizá tan sólo con la «medida exacta». Plarr se preguntó cómo sería en los años futuros, en el improbable caso de que los hubiera. No estaba preocupado por Clara: su relación amorosa, si así podía llamársela, habría terminado muy pronto, de todos modos. Lo que le preocupaba era el niño, al que veía creciendo bajo la tutela de Charley Fortnum. Sin motivo racional, se imaginaba al niño ya crecido, muy parecido a él mismo en dos fotografías que le hicieron a los cuatro y a los ocho años. Su madre todavía las conservaba en su atiborrado apartamento, en unos marcos de plata que se habían vuelto negruzcos por falta de lustre, entre los papagayos de porcelana y todos los desechos de tienda de antigüedades.

Estaba seguro de que Charley educaría a su hijo como católico: y sería muy estricto en cuanto a eso, puesto que él mismo había violado las reglas de la Iglesia. Imaginaba a Charley junto a la cama del niño, oyéndolo con placer sentimental balbucear un Padrenuestro. Después se reuniría con Clara y la mesa rodante con las bebidas en la galería. Charley sería un padre muy bueno. Nunca obligaría a su hijo a montar. Y hasta era posible que abandonara la bebida o redujera la medida exacta. Llamaría «muchacho» al niño, le daría palmaditas en la mejilla y pasaría ante él las páginas del *London Panorama,* antes de arroparlo bien en la cama. De pronto Plarr vio al niño sentado en la cama, como él lo había estado, oyendo el ruido distante de las puertas al cerrarse, las voces bajas en el piso inferior, las pisadas furtivas. Recordó una noche en que acudió al dormitorio de su padre en busca de protección, y ahora vio el rostro de su padre, con barba de cuatro días, tendido en el ataúd.

Plarr volvió bruscamente a la compañía de los futuros asesinos de Charley Fortnum.

Habían cambiado los turnos de guardia: Aquino estaba fuera y Pablo había reemplazado al indio junto a la puerta. El guaraní dormía tranquilamente en el suelo y Marta lavaba los platos ruidosamente en el patio de atrás. El padre Rivas estaba sentado con la espalda apoyada contra la pared. Jugueteaba con unas alubias secas, que se pasaba de una mano a otra como las cuentas de un rosario roto.

–¿Terminaste el libro? –preguntó Plarr.

–Oh, sí –dijo el padre Rivas–. El final era exactamente como pensaba. Uno siempre adivina... El asesino tomó el expreso de Edimburgo y se suicidó en él. Por eso el tren llevaba media hora de retraso y ese tipo Bradshaw estaba equivocado. ¿Cómo está el cónsul?

–Duerme.

–¿Y la herida?

–Marcha bien. Pero ¿vivirá lo bastante para verla cicatrizada?

–Pensaba que creías en esas presiones secretas...

–También yo pensaba que creías en algo, León. En cosas tales como la caridad y la clemencia. Un sacerdote no puede dejar de serlo jamás: ésa es la teoría, ¿no es cierto? No empieces a hablarme del padre Torres o de los obispos que iban a la guerra en la Edad Media. No estamos en la Edad Media ni en ninguna guerra. Esto no es más que el asesinato de un hombre que no os ha hecho ningún daño, un hombre que podría ser mi padre o el tuyo. ¿Dónde está tu padre, León?

–En Asunción, bajo un monumento de mármol casi tan grande como esta choza.

–Parece que todos nosotros tenemos padres muertos... Fortnum odiaba al suyo. Creo que yo hubiera querido al mío. Tal vez. ¿Cómo puedo saberlo? La palabra «amar» tiene un sonido tan meloso... Nos enorgullecemos de amar, como si hubiéramos aprobado un examen con una calificación muy superior a la media. ¿Cómo era tu padre? No recuerdo haberlo visto nunca.

–Era lo que podrías imaginar, un representante de

la burguesía más rica de Paraguay. ¿Recuerdas nuestra casa de Asunción, con el gran pórtico, y las columnas blancas, y los cuartos de baño de mármol, y los naranjos y limoneros en el jardín? Y los lapachos que cubrían los senderos con sus pétalos rosados... Quizá nunca hayas visto la casa por dentro, pero creo que una vez fuiste a una fiesta de cumpleaños en el jardín. Mis amigos no podían entrar en la casa: tantas eran las cosas que podían romper o ensuciar... Teníamos seis criados. Los quería más que a mis padres. Y había un jardinero llamado Pedro. Siempre estaba barriendo los pétalos. Mi madre decía que daban al jardín un aspecto tan descuidado... Yo quería mucho a Pedro, pero mi padre lo echó de la casa porque robó unos pocos pesos olvidados sobre un banco del jardín. Mi padre enviaba todos los años mucho dinero al Partido Colorado, de manera que no tuvo ningún problema cuando el general subió al poder después de la guerra civil. Era un buen abogado, pero nunca defendió a nadie que no tuviera dinero. Defendió a los ricos con toda fidelidad hasta que murió, y todos dijeron que había sido un buen padre, porque dejó mucho dinero. Bueno, supongo que en ese sentido lo fue. Uno de los deberes de un padre es mantener a sus hijos.

–¿Y Dios Padre, León? No me parece que le preocupe mantenernos... Anoche te pregunté si todavía creías en Él. Siempre me ha parecido un miserable... Preferiría creer en Apolo. Al menos era guapo.

–Lo malo es que hemos perdido el poder de creer en Apolo –dijo el padre Rivas–. Ahora llevamos a Jehová en la sangre. No podemos evitarlo. Después de tantos siglos,

Jehová vive en nuestra oscuridad como un gusano en los intestinos.

–Nunca debiste hacerte sacerdote, León.

–Quizá tengas razón, pero ya es demasiado tarde para cambiar. ¿Qué hora es? Estoy harto de esta radio, pero hay que escuchar las noticias. Todavía es posible que cedan.

–Se me ha parado el reloj. Me olvidé de darle cuerda.

–Entonces será mejor que dejemos la radio encendida, aunque sea peligroso, mientras haya esperanza.

Bajó el volumen todo lo posible, pero a partir de ese instante ya no se sintieron solos. Alguien tocaba el arpa de manera casi inaudible, alguien cantaba en un susurro. Era como estar sentados en una inmensa sala, en un sitio desde el cual no podían verse ni oírse los intérpretes. No podían hacer otra cosa que hablar, hablar de cualquier cosa, salvo del sábado a medianoche.

–Muchas veces he comprobado que cuando un hombre deja a una mujer empieza a odiarla –dijo Plarr–. ¿O acaso odia su propio fracaso? Quizá tratemos de destruir el único testigo que sabe exactamente cómo somos cuando ya no fingimos. Creo que odiaré a Clara cuando la deje.

–¿Quién es Clara?

–La mujer de Fortnum.

–Entonces ¿es cierto lo que dicen?

–En la situación en que estamos, ya no tiene mucho sentido seguir mintiendo. La muerte es una droga de la verdad maravillosamente eficaz, mucho más que el pentotal. Vosotros, los sacerdotes, lo habéis sabido siempre. Cuando llega el sacerdote, siempre dejo a los moribundos para que puedan hablar con libertad. Casi todos quieren hablar, si les queda fuerza.

–¿Estás dispuesto a dejar a esa mujer?

–No estoy dispuesto a nada. Pero ocurrirá, si es que vivo. Estoy seguro. En este mundo nada dura para siempre, León. Cuando entraste en la Iglesia, ¿no sabías en el fondo de tu corazón que algún día terminaría tu sacerdocio?

–No. Nunca lo creí. Ni por un instante. Pensaba que la Iglesia y yo queríamos lo mismo. Fui muy feliz en el seminario. Podría decirse que fue mi luna de miel. Sólo en algunas ocasiones... Supongo que pasa lo mismo con toda luna de miel. Había momentos en que presentía que algo andaba mal... Recuerdo a un viejo sacerdote... era el profesor de teología moral. Nunca conocí a un hombre tan seco, tajante, seguro de la verdad... El curso de teología moral es siempre el más complicado en un seminario. Uno aprende las reglas y descubre que no se aplican a ningún caso humano... Yo pensaba: ¿qué importa una pequeña diferencia de opiniones? Al fin el hombre y la mujer se acercan... La Iglesia se acercará cada vez más a mí mientras yo vaya acercándome a ella.

–Pero cuando dejaste la Iglesia empezaste a odiarla, ¿no es cierto?

–Ya te lo he dicho. No he dejado la Iglesia. Lo nuestro es sólo una separación, no un divorcio, Eduardo: una separación por consentimiento mutuo. Yo nunca perteneceré por entero a nadie. Ni siquiera a Marta.

–También una separación produce odio –dijo Plarr–. Lo he visto muchas veces entre mis pacientes, en este país donde no existe el divorcio.

–Nunca ocurrirá en mi caso. Aun cuando no pueda amar, no veo motivos para odiar. No puedo olvidar esa larga luna de miel en el seminario, cuando era tan feliz. Ahora, si algo siento por la Iglesia no es odio, sino nostalgia. Creo que la Iglesia habría podido utilizarme para algún buen propósito si hubiera comprendido más. Quiero decir si hubiera comprendido el mundo, tal como es.

La radio murmuró algo y ambos aguzaron el oído para oír la señal horaria. En ese cuarto de barro, que podría haber sido un túmulo primitivo, preparado para una familia entera, Plarr ya no sintió el menor deseo de atormentar a León Rivas. Si había alguien a quien quería atormentar, era a él mismo. Pensó: «Por más que simulemos, los dos hemos perdido la esperanza. Por eso podemos hablar como los amigos que éramos. He llegado a una vejez prematura en que ya no puedo burlarme de un hombre por sus creencias, por absurdas que sean. Sólo puedo envidiarlas».

Un instante después la curiosidad le hizo hablar. Recordaba que durante su Primera Comunión, en Asunción, vestido como un monje diminuto, con una cuerda en torno a la cintura, había creído en algo..., aunque ya no podía recordar en qué.

–Hacía mucho tiempo que no hablaba con un sacerdote –dijo a León–. ¿No enseñabas que la Iglesia es infalible, como Cristo?

–Cristo era un hombre –dijo el padre Rivas–, aunque algunos creamos que también era Dios. No era el Dios que mataron los romanos, sino un hombre. Un carpintero de Nazaret. Algunas de las reglas que dejó eran sólo las reglas de un buen hombre. Un hombre que vivía en su propia provincia, en su propio día... No tenía la menor idea de cómo sería el mundo en que vivimos ahora. Dad al César..., pero cuando nuestro César usa bombas napalm... La Iglesia también vive de acuerdo con los tiempos. Sólo que a veces, en ciertas épocas, hay algunos hombres que... No soy de ésos, no soy un hombre de gran visión... Creo que a veces... Pero ¿cómo puedo explicártelo, si yo mismo creo tan poco? Creo que a veces el recuerdo de ese hombre, ese carpintero, puede elevar a algunos hombres desde la Iglesia temporal de estos años terribles, en que el arzobispo comparte la mesa del general, hasta permitirles ingresar en la gran Iglesia que está situada más allá de nuestro tiempo. Y entonces, esos hombres afortunados... no tienen palabras para describir la belleza de esa Iglesia.

–No entiendo una palabra de lo que dices, León. Antes me explicabas las cosas con más claridad. Hasta la Trinidad.

–Perdóname. Hace mucho tiempo que no leo los libros que debería leer.

–Tampoco yo soy el interlocutor más adecuado. No siento más interés por la Iglesia que por el marxismo. Para mí la Biblia es tan ilegible como *Das Kapital*. Sólo que a veces, como una mala costumbre, me sorprendo usando esa palabra tremenda: Dios. Anoche...

–Las palabras que usamos por pura costumbre no significan nada.

–De todos modos, cuando le pegues un tiro en la nuca a Fortnum, ¿estás seguro de que por un instante no tendrás miedo del viejo Jehová? «No matarás»...

–Si lo mato, la culpa será tanto de Dios como mía.

–¿Culpa de Dios?

–Él me ha hecho tal como soy ahora. Él será quien habrá cargado el revólver y quien guíe mi mano.

–La Iglesia enseña que Dios es amor.

–¿Fue amor para los seis millones de judíos enviados a los hornos de gas? Tú eres médico, muchas veces habrás visto dolores insoportables, un niño muriéndose de meningitis, por ejemplo. ¿Es eso amor? Tampoco fue el amor lo que cortó los dedos de Aquino. Las comisarías donde ocurren esas cosas... fueron creadas por Él.

–Nunca había oído a un sacerdote echar la culpa a Dios de semejantes cosas.

–No le echo la culpa. Lo compadezco –dijo el padre Rivas.

La señal de la hora se oyó débilmente en la oscuridad.

–¿Compadeces a Dios?

El sacerdote puso los dedos en el dial. Por un instante vaciló antes de hacerlo girar. «Sí, siempre queda algo por decir a quienes siguen ignorando lo peor –pensó Plarr–. Nunca he dicho a un enfermo de cáncer que ya no tiene esperanza.»

Una voz dijo en tono tan indiferente como si estuviera leyendo una lista de valores en el mercado de cambios: «El cuartel central de la policía ha enviado el siguiente comunicado: "A las dieciocho horas del día de ayer fue detenido un hombre que se negó a decir su nombre, mientras intentaba embarcarse en el transbordador que va al Chaco. El individuo intentó escapar arrojándose al río, pero fue alcanzado por los disparos de la policía. Recuperado el cuerpo, resultó ser un conductor de camiones empleado en la fábrica de naranjada Bergman. Faltaba de su trabajo desde el último lunes, el día anterior al secuestro del cónsul inglés. Se trataba de Diego Corredo, soltero, de treinta y cinco años de edad. Se cree que esta identificación permitirá seguir las huellas de los demás miembros de la banda. También se cree que los secuestradores aún permanecen en la provincia y en estos momentos se está realizando una intensa búsqueda. El comandante del IX pelotón de Infantería ha puesto una compañía de paracaidistas a disposición de la policía."».

–Es una suerte para vosotros que no lo hayan interrogado –dijo Plarr–. No creo que a estas alturas de las cosas Pérez tuviera muchos escrúpulos.

Fue Pablo quien contestó:

–Pronto descubrirán quiénes eran sus amigos. Yo trabajé en la misma fábrica hasta hace un año. Todos saben que éramos buenos amigos.

La voz en la radio seguía hablando del equipo argentino de fútbol. Mientras jugaban en Barcelona se había producido un tumulto, con veinte personas heridas.

El padre Rivas despertó a Miguel y lo envió a relevar a Aquino. Cuando Aquino regresó empezaron las viejas discusiones. Marta preparó el guiso anónimo que había servido los dos últimos días. Plarr se preguntó si el padre Rivas habría padecido la misma comida cada día de su vida conyugal. Pero quizá no fuera peor que la que solía comer en el barrio pobre de Asunción.

Aquino agitó la cuchara en el aire y exigió la muerte inmediata de Charley Fortnum.

–Han matado a Diego –dijo.

Plarr fue al otro cuarto con un plato de guiso para alejarse un rato de ellos. Charley Fortnum miró el plato con repugnancia.

–Cómo me gustaría comerme un buen bistec asado... –dijo–. Pero supongo que tienen miedo de que usara el cuchillo para escapar.

–Todos comemos lo mismo –dijo Plarr–. Ojalá estuviera aquí Humphries. Quizás este guiso le gustaría aún más que el *goulash* del Club Italiano.

–«No importa cuál sea el crimen: todos reciben lo mismo».

–¿Es una cita?

–Un verso de ese Aquino. ¿Qué noticias hay?

–Diego trató de escapar al Chaco, pero la policía lo mató.

–Eran diez indiecitos y de pronto fueron nueve... ¿Seré yo el próximo?

–No lo creo. Usted es la última carta que les queda para jugar. Aunque la policía descubra este lugar, no se atreverán a atacar mientras usted esté vivo.

–No creo que se preocupen demasiado por mí.

–El coronel Pérez se preocupará de su carrera.

–¿Usted tiene tanto miedo como yo, Ted?

–No sé. Quizá tenga un poco más de esperanza. O quizá no tenga nada que perder.

–Sí, eso es cierto. Usted tiene suerte. No debe preocuparse por Clara ni por el niño.

–Es cierto.

–Usted sabe de estas cosas, Ted. ¿Dolerá mucho?

–Dicen que cuando las heridas son muy graves, la gente apenas sufre.

–Y mi herida será la más grave de todas.

–Sí.

–Clara sentirá el dolor mucho más que yo. Ojalá fuera al revés.

En el otro cuarto seguían discutiendo cuando Plarr regresó. Aquino estaba diciendo:

–Pero él no sabe nada de lo que está pasando. Está bien seguro en Córdoba...

Se contuvo y miró a Plarr.

–No os preocupéis –dijo Plarr–. No creo que os sobreviva. A menos que abandonéis esta idea absurda. Todavía tenéis tiempo de escapar.

–Y de admitir nuestro fracaso ante el mundo entero –dijo Aquino.

–Tú eras poeta. ¿Tenías miedo de admitir que un poema fracasaba?

–Mis poemas nunca se publicaron –dijo Aquino–. Nadie sabía cuándo fracasaban. Mis poemas nunca se leyeron por la radio. Nadie preguntó acerca de ellos en el Parlamento británico.

–De nuevo tu estúpido machismo. Quién habrá inventado el machismo. Una banda de forajidos como

Pizarro y Cortés. ¿No podéis olvidar por un momento vuestra maldita historia? ¿No habéis aprendido nada de Cervantes? Él tuvo su buena ración de machismo en Lepanto.

–Aquino tiene razón –dijo el padre Rivas–. No podemos permitirnos un fracaso. Una vez los nuestros liberaron a un hombre en vez de matarlo. Era un cónsul paraguayo. Y al general le importaba tanto como ahora. No estábamos preparados para matar. Si volvemos a mostrarnos débiles, ya no habrá amenaza de muerte que valga en este continente. Hasta que hombres con más coraje que nosotros empiecen a matar a muchos más. No quiero ser responsable de las muertes que provocará nuestro fracaso.

–Tienes una conciencia muy complicada –dijo Plarr–. ¿También compadecerás a Dios por esos asesinatos?

–No entiendes para nada lo que digo.

–No. Los jesuitas de Asunción no me enseñaron que hay que compadecer a Dios. Al menos no lo recuerdo.

–Quizá tendrías un poco más de fe si recordaras más.

–Yo llevo una vida muy ocupada tratando de curar a los enfermos. No puedo dejar esa tarea a Dios.

–Tal vez tengas razón. Yo siempre he tenido demasiado tiempo. Dos misas los domingos. Unos cuantos días de fiesta. Confesiones dos veces por semana. Casi todas viejas, y desde luego los niños. A los niños los obligaban. Les pegaban si no iban. Y además, yo les daba caramelos. No como recompensa. El niño malo recibía tantos caramelos como el bueno. Sólo quería que se sintieran contentos mientras estaban arrodillados en el confesionario. Y cuando les daba la penitencia, trataba de que fuera un juego entre todos: una recompensa, no un castigo. Y ellos chupaban sus caramelos mientras decían un Avemaría. Yo también estaba contento junto a ellos. Nunca lo estuve junto a sus padres o sus madres. No sé por qué. Quizá si hubiese tenido un hijo...

–Qué largo viaje has hecho desde que saliste de Asunción...

–Aquélla no era una vida tan inocente como crees. Una vez un niño me dijo que había ahogado a su hermana menor en el Paraná. La gente creyó que se había caído accidentalmente. El niño me dijo que su hermana comía demasiado y le dejaba poco para él. ¡Menos mandioca!

–¿Le diste un caramelo?

–Sí. Y tres Avemarías de penitencia.

Pablo fue a relevar a Miguel. Marta sirvió el guiso al guaraní y limpió los demás platos.

–Padre, mañana es domingo –dijo–. Podrías decir misa para nosotros.

–Hace más de tres años que no digo misa. Ni siquiera creo recordar las palabras.

–Tengo un misal, padre.

–Entonces lee la misa, Marta. Da lo mismo.

–Ya has oído lo que ha dicho la radio. Los soldados nos buscan. Puede que sea la última misa que oigamos. Y además... tienes que decir una misa por Diego.

–No tengo derecho a decir misa. Cuando me casé contigo, me excomulgué.

–Nadie sabe que te casaste conmigo.

–Yo lo sé.

–El padre Pedro se acostaba con mujeres en Asunción. Todos lo sabían. Y decía misa todos los domingos.

–Pero no se casó, Marta. Podía confesarse y volver a pecar y confesarse de nuevo. Yo no soy responsable de su conciencia.

–Para un hombre que planca un asesinato, tienes demasiados escrúpulos –dijo Plarr.

–Sí. Quizá no sean escrúpulos... Sólo supersticiones. Si tomara la Hostia casi creería tomar Su cuerpo. De todos modos, esta discusión es inútil. No tenemos vino.

–Sí lo tenemos, padre. Encontré un frasco de medicina vacío en la basura y lo hice llenar de vino en la cantina cuando fui a la ciudad.

–Piensas en todo –dijo el padre Rivas, tristemente.

–Padre, tú sabes que todos estos años he querido oírte decir misa de nuevo y ver a la gente rezando contigo. Claro que no será lo mismo, sin aquellas vestiduras. Eran tan bonitas... Ojalá las hubieras conservado.

–No eran mías, Marta. De todos modos, las vestiduras no son la misa. ¿Crees que los apóstoles llevaban vestiduras? No sabes cómo las odiaba cuando veía frente a mí a la gente vestida con harapos. Me aliviaba volverme de espaldas y no ver más que el altar y las velas... sólo que con el dinero que costaban esas velas podía haberse alimentado a la mitad de esa gente.

–Estás equivocado, padre. A todos nos alegraba verte con esas vestiduras. Eran tan bonitas, con tanta púrpura y tantos bordados de oro...

–Sí, supongo que por un momento os ayudaba a escapar de todo. Pero yo las sentía como las ropas de un presidiario.

–No hagas caso de las reglas del arzobispo, padre. Tienes que decir misa mañana, para nosotros...

–¿Y si el arzobispo tiene razón y me estoy condenando para siempre?

–Dios no hará daño a un hombre tan bueno como tú, padre. Pero el pobre Diego, y la mujer de José, y todos nosotros... Tienes que hablarle a Dios de nosotros.

–Está bien. Diré misa. Lo haré por ti, Marta. He hecho muy pocas cosas por ti en estos años. Tú me has dado amor y lo único que yo te he dado ha sido peligro y un piso de tierra para dormir sobre él. Diré misa en cuanto amanezca, si los soldados nos dan tiempo. ¿Queda un poco de pan?

–Sí, padre.

La oscura sensación de una tremenda injusticia impulsó a Plarr a decir:

–Vamos, León. Tú mismo no crees en toda esta superchería. Estás engañándolos, como al niño que mató a su hermana. Quieres darles caramelos antes de matar a Charley Fortnum... He visto con mis propios ojos cosas tan terribles como las que tú has oído en el confesionario, pero a mí no se me tranquiliza con caramelos... He visto nacer a un niño sin manos ni pies. Lo habría matado si hubiera estado solo con él, pero los padres me estaban mirando de cerca... Querían mantener vivo ese pedazo de carne sanguinolenta. Los jesuitas nos decían que teníamos el deber de amar a Dios. ¿A un Dios que produce ese aborto? Es como el deber de amar a Hitler para un alemán. ¿Acaso no es preferible dejar de creer en ese horror que está sentado en las nubes del cielo y dejar de fingir que lo amamos?

–Sería preferible no respirar, pero no puedo dejar de hacerlo. Creo que algunos hombres están condenados por un juez a creer, así como otros están condenados a la cárcel. No tienen posibilidad de elección ni de huida. Están entre rejas para toda la vida.

–«Sólo veo a mi padre a través de barrotes» –citó Aquino con una especie de sombría satisfacción.

–Por eso me siento en el suelo de mi calabozo –continuó el padre Rivas– y procuro descubrir qué sentido tiene esta vida tan absurda. No soy teólogo... Fui el peor en casi todos mis cursos... Pero siempre traté de entender qué es eso que tú llamas horror y por qué no podemos dejar de amarlo. Como los padres que amaban ese pedazo de carne sanguinolenta. Sé que Dios parece muy feo, pero también yo soy feo y sin embargo Marta me ama. En mi primera prisión, en el seminario, había muchos libros sobre el amor de Dios, pero ninguno de ellos me ayudaba. Tampoco los padres me ayudaban. Porque ninguno de ellos llegaba hasta el horror: tienes razón al llamarlo así. Para ellos no existía ningún problema. Se sentaban cómodamente ante la presencia del horror como el viejo arzobispo ante la mesa del general y hablaban de la responsabilidad humana y el libre albedrío. El libre albedrío era la excusa para todo. Era la coartada de Dios. No habían leído a Freud. El mal era obra del hombre o de Satanás. Así las cosas eran muy simples... Pero nunca pude creer en Satanás. Era mucho más fácil creer que Dios era el diablo.

–Padre, no sabes lo que estás diciendo –exclamó escandalizada Marta.

–Ahora no estoy hablando como sacerdote, Marta. Un hombre tiene derecho a pensar en voz alta frente a su mujer. Hasta un loco. Y quizá yo esté medio loco. Quizás esos años en el barrio pobre de Asunción me trastornaron los sesos y por eso estoy a punto de matar a un hombre inocente.

–Tú no estás loco, León –dijo Aquino–. Al contrario, has recuperado la cordura. Estás a punto de ser un buen marxista. Tienes razón, Dios es el diablo, Dios es el capitalismo. Depositemos tesoros en el cielo... nos producirán el ciento por ciento de interés eternamente.

–Creo en el mal que produce Dios, pero también creo en Su bondad –dijo el padre Rivas–. Él nos hizo a Su imagen... eso dice la vieja leyenda. Eduardo, tú sabes muy bien que muchas verdades de la medicina ya existen en las viejas leyendas. No fue en un laboratorio moderno donde se descubrió por primera vez el uso del veneno de las serpientes. Y las viejas usaban el moho de las naranjas podridas antes de que se descubriera la penicilina. También yo creo en una vieja leyenda casi olvidada. Él nos hizo a Su imagen... de manera que nuestro mal también es Su mal. ¿Cómo podría amar a Dios si Él no fuera como yo? Contradictorio como yo. Víctima de tentaciones como yo. Si quiero a un perro, es sólo porque puedo ver algo humano en un perro. Puedo sentir su miedo y su gratitud y hasta su traición. Sueña mientras duerme, como yo. No sé si podría querer a un sapo, aunque una vez, cuando toqué la piel de un sapo, recordé la piel de un viejo que había llevado una vida muy dura en el campo y me pregunté...

–Mi incredulidad me parece mucho más fácil de entender que tu extraña fe. Si tu Dios es el mal...

–Me he pasado dos años escondiéndome –dijo el padre Rivas–. Tengo que viajar con poco peso. En nuestro equipaje no hay espacio para los libros de teología. Sólo Marta conserva su misal. Yo he perdido el mío. Algunas veces he podido encontrar una novela de bolsillo... como ésta que he estado leyendo. Una novela policíaca. Esta clase de vida deja mucho tiempo para pensar..., quizá Marta tenga razón y esté volviéndome loco. Pero no veo otra manera de creer en Dios. El Dios en que creo debe ser responsable de todos los malos y de todos los santos... Debe ser un dios hecho a nuestra imagen, con un lado nocturno y un lado diurno. Cuando hablas del horror, Eduardo, hablas del lado nocturno de Dios. Creo que llegará un día en que el lado nocturno desaparecerá, como tu estado comunista, Aquino, y sólo veremos la simple luz del Señor. Tú crees en la evolución, Eduardo, aunque a veces generaciones enteras de hombres vuelven a la condición de bestias. La evolución es una larga lucha, un largo sufrimiento, y creo que Dios padece la misma evolución que nosotros, aunque quizá con más dolor.

–No estoy seguro de que exista la evolución –dijo el doctor Plarr–, puesto que en una sola generación hemos sido capaces de producir a Hitler y a Stalin. Imagínate que el lado nocturno de Dios se trague el lado diurno. Supongamos que desaparezca el lado bueno. Si creyera lo mismo que tú, a veces pensaría que eso ya ha sucedido.

–Pero yo creo en Jesucristo –dijo el padre Rivas–, creo en la cruz y en la redención. En la redención de Dios y en la del hombre. Creo que el lado diurno de Dios, en un momento de dichosa creación, produjo la bondad perfecta, así como el hombre puede pintar un cuadro perfeto. Por una vez siquiera la buena intención divina se realizó por completo, de manera que el lado nocturno sólo podrá ganar de cuando en cuando una mísera victoria. Con nuestra ayuda. Porque la evolución de Dios depende de la nuestra. Cada maldad nuestra fortalece su lado nocturno y cada acto bueno ilumina aún más su lado diurno. Pertenecemos a Él, así como Él nos pertenece. Pero ahora, por fin podemos saber dónde terminará, algún día, la evolución: terminará en un bien como el que enseña Jesucristo. Pero el proceso es terrible y el Dios en que creo sufre tanto como nosotros mientras lucha contra Sí mismo: contra Su lado malo.

–¿Matar a Charley Fortnum es una manera de ayudar su evolución?

–No. Ruego todo el tiempo que no tenga que matarlo.

–Pero lo matarás si el Gobierno no cede.

–Sí. Del mismo modo como tú te acuestas con la mujer de otro. Hay diez hombres que están muriendo lentamente en la cárcel y me digo a mí mismo que lucho por ellos y que los amo. Pero sé que mi amor es una pobre excusa. Un santo sólo tendría que rezar, pero yo tengo que usar un revólver. Estoy retardando la evolución...

–Entonces, ¿por qué?...

–San Pablo respondió esa pregunta: «Lo que hago no

es lo que desearía hacer, sino algo que odio». Él lo sabía todo acerca del lado nocturno de Dios. Era uno de los que lapidaron a Esteban.

–¿Y sigues considerándote católico, a pesar de creer en todo eso?

–Sí, digan lo que digan los obispos o el propio Papa.

Marta dijo:

–Me das miedo, padre. Todas esas cosas no están en el catecismo, ¿no es cierto?

–No. Pero el catecismo no es la fe, Marta: es una especie de ley de doble faz. No hay nada de lo que he dicho que niegue tu catecismo. Cuando eras niña te enseñaron lo que pasó con Abraham e Issac y cómo Jacob traicionó a su hermano, y te contaron que Sodoma fue destruida, como esa aldea de los Andes, el año pasado. Cuando Dios es el mal, exige el mal; puede crear monstruos como Hitler; destruye a niños y ciudades. Pero un día, con nuestra ayuda, podrá arrancarse para siempre su máscara del mal. Muchas veces los santos llevaron durante algún tiempo la máscara del mal. Hasta san Pablo. Dios está unido a nosotros por una especie de transfusión de sangre. Su sangre pura corre por nuestras venas y nuestra sangre corrompida corre por la de Él. Ya sé que quizás esté loco o enfermo. Pero éste es el único modo en que puedo creer en la bondad divina.

–Es mucho más fácil no creer en Dios.

–¿Estás seguro?

–Tal vez los jesuitas dejaron en mí el virus de la enfermedad, pero he conseguido aislarlo. Lo mantengo controlado.

–Jamás había hablado esto con nadie... No sé por qué lo hago ahora.

La voz que Plarr empezaba a odiar llamó desde el otro cuarto: Ted, Ted.

Plarr no hizo ningún movimiento para levantarse.

–Tu paciente –le advirtió el padre Rivas.

–Ya he hecho por él todo lo que puedo. ¿Qué sentido tiene curarle el tobillo si vais a pegarle un tiro en la cabeza?

–Ted –volvió a llamar la voz.

–Sin duda quiere preguntarme qué vitaminas tendrá que dar Clara a su hijo. O cuándo deberá destetarlo. ¡Su hijo...! El lado oscuro de Dios debe de reírse a más no poder... Yo no quería tener un hijo. Me habría librado de él si Clara hubiera querido.

–Habla más bajo –dijo el padre Rivas–. Aunque estés celoso de ese pobre hombre...

–¿Celoso de Charley Fortnum? ¡Cómo puedo tenerle celos!

No podía dominar su voz.

–¿Celoso por el niño? Pero si es mío. ¿Celoso por su mujer? También es mía. Mientras quiera conservarla.

–Estás celoso porque él la quiere.

Plarr era consciente de la mirada severa de Marta. Hasta el silencio de Aquino parecía una crítica.

–Ah, el amor... Esa palabra no está en mi vocabulario.

–Dame la camisa, padre –dijo Marta–. Quiero lavarla para la misa.

–Un poco de mugre no tiene importancia.

–Has dormido tres semanas con esa camisa puesta, padre. No está bien subir al altar oliendo como un perro.

–Aquí no hay altar.

–Dámela, padre.

El padre Rivas se quitó la camisa obedientemente. El sol había desteñido el azul, que aparecía manchado de comida y de cal de muchas paredes.

–Haz lo que quieras –dijo el sacerdote–. Pero es una lástima desperdiciar agua. Podemos necesitar toda la que tenemos antes del fin.

Ya era demasiado oscuro para ver y el negro encendió tres velas. Llevó una al otro cuarto, pero volvió con ella y sopló la llama.

–Está durmiendo –dijo.

El padre Rivas encendió la radio y las tristes notas de la música guaraní llenaron la habitación: la música de un pueblo condenado a morir. Había muchos ruidos parásitos que recordaban el tableteo de una ametralladora. En las montañas, más allá del río, el verano estaba empezando y el relámpago temblaba en las paredes.

–Sacad todas la ollas y cubos que tengamos –dijo el padre Rivas.

Hubo una súbita ráfaga de viento y las hojas de los árboles barrieron sonoramente el techo de chapa. Después, otra ráfaga.

–Tendré que decir misa con una camisa mojada –dijo el padre Rivas–. A menos que pueda convencer a Marta de que a Dios no le molesta el torso desnudo de un hombre.

De pronto, como si alguien hubiera estado junto a ellos en la choza, una voz les dijo: «La jefatura de policía ha solicitado que se dé conocimiento público a la siguiente declaración...».

Hubo una pausa mientras el hombre buscaba el pasaje que debía leer; hasta podía oírse el ruido de los papeles que manejaba.

«Ya se conoce el lugar donde los secuestradores tienen cautivo al cónsul inglés. Han sido localizados en una zona determinada del barrio popular que...»

La lluvia llegó desde Paraguay, azotó el techo de chapa y sofocó la voz del locutor. Marta entró corriendo con un pedazo de tela mojada en la mano: la camisa del padre Rivas.

–Padre, ¿qué puedo hacer? –exclamó–. La lluvia...

–¡Silencio! –dijo el padre, subiendo el volumen de la radio.

La lluvia pasaba sobre ellos camino de la ciudad y los relámpagos iluminaban sin cesar el cuarto. Más allá del Paraná, en el Chaco, los truenos resonaban como un fuego de artillería.

«Ya no tienen posibilidad de escapar», dijo la voz lenta y solemne, en un intervalo entre los ruidos parásitos, pronunciando con mucha claridad, como un maestro que explica un problema de matemáticas a un grupo de niños.

Plarr reconoció la voz del coronel Pérez:

«Sabemos exactamente dónde se ocultan. Están rodeados por hombres del IX pelotón. Antes de las ocho de la mañana deberán sacar al cónsul de la casa. Debe salir solo y dirigirse hacia el monte de árboles.

Cinco minutos después deberán salir los secuestradores, uno por uno y con las manos en alto. El gobernador garantiza que se respetarán sus vidas y no serán entregados a Paraguay. No intenten escapar. Se disparará contra cualquier hombre que salga de la casa antes de que el cónsul sea liberado. No se respetará la bandera blanca. Están completamente rodeados. Se advierte que si algún daño...»

Los ruidos parásitos volvieron a hacer ininteligibles sus palabras.

–¡Mentiras! ¡Todo mentiras! –exclamó Aquino–. Si estuvieran fuera Miguel los habría visto. Ese hombre puede ver una hormiga en la oscuridad. Matemos a Fortnum y después echaremos a suertes para decidir quién sale primero. En una noche como ésta, quién puede saber si el que sale de la casa es Fortnum o algún otro.

Abrió la puerta y gritó:

–¡Miguel!

Como respuesta a su llamada un semicírculo de luces brilló súbitamente entre los árboles, en un arco de casi cien metros. Por la puerta abierta Plarr vio una multitud de insectos que se precipitaban hacia la luz para estrellarse y quemarse contra los reflectores. El indio estaba tendido en el suelo y la sombra de Plarr se reflejó en el interior de la choza como un hombre muerto. Plarr se apartó, preguntándose si Pérez lo habría visto e identificado.

–No se atreverán a disparar contra la casa, por temor a matar a Fortnum –dijo Aquino.

Las luces volvieron a apagarse. En el silencio entre los truenos, oyeron un crujido no más fuerte que los movimientos de una rata. Aquino estaba junto a la puerta y volvió su arma hacia la oscuridad.

–No –dijo el padre Rivas–, es Miguel.

Otra ola barrió el tejado y en el patio se volcó una pala que el viento arrastró con gran estrépito.

La oscuridad no duró mucho. Tal vez un rayo había fundido un fusible que ya estaba arreglado. Los hombres que estaban observando desde el interior de la choza vieron que el indio se levantaba y se disponía a correr, pero las luces lo cegaron. Empezó a girar en círculos tapándose los ojos con una mano. Se oyó un disparo y el indio cayó de rodillas. Era como si los hombres del IX regimiento no tuvieran intención de desperdiciar municiones en alguien de tan poca importancia. El guaraní estaba arrodillado con la cabeza inclinada, como un hombre piadoso en el momento de la consagración. Se balanceó de un lado al otro; parecía como si estuviera efectuando parte de un rito primitivo. Luego, haciendo un esfuerzo inmenso, empezó a levantar el arma hacia la dirección incorrecta hasta que estuvo apuntando a la puerta abierta de la choza. Al doctor Plarr, que lo observaba pegado a la pared, le pareció que los paracaidistas estaban esperando, con una curiosidad cruel y paciente, ver lo que iba a ocurrir. No iban a malgastar otra bala. El indio no representaba ningún peligro para ellos; ¿cómo podía ver hacia dónde disparaba con el resplandor de las luces? Si se estaba muriendo o no, a ellos no les importaba. Podía permanecer allí hasta que se hiciera de día. Entonces el indio arrojó el arma hacia la choza. Quedó lejos y Miguel permaneció en el suelo.

Aquino dijo:

–Tenemos que arrastrarlo hasta aquí.

–Está muerto –le aseguró el doctor Plarr.

–¿Cómo puedes saberlo?

Las luces volvieron a apagarse. Era como si los hombres que estaban ocultos entre los árboles estuvieran jugando cruelmente con ellos.

–Esta es tu oportunidad, doctor –dijo Aquino.

–¿Qué puedo hacer?

–Tienes razón –dijo el padre Rivas–. Están tratando de tentarnos a que uno de nosotros salga.

–Tu amigo Pérez quizás no dispararía si salieras tú.

El doctor Plarr dijo:

–Mi paciente está aquí.

Aquino abrió la puerta un poco más. El rifle automático de Miguel estaba fuera de su alcance. Alargó una mano hacia él. Las luces lo enfocaron, y una bala dio en el borde de la puerta cuando Aquino la cerró de golpe. El hombre que se encargaba de los reflectores debía de haber oído el chirriar de las bisagras.

–Cierra los postigos, Pablo.

–Sí, padre.

Sin el resplandor de las luces, se sintieron un poco más protegidos.

–¿Qué haremos ahora, padre? –preguntó el negro.

–Matar a Fortnum enseguida –dijo Aquino–, y si vuelven a apagarse las luces podemos tratar de escapar.

Pablo dijo:

–Dos de los nuestros han muerto ya. Tal vez sería mejor que nos rindiéramos, padre. Y Marta está aquí.

–Pero, ¿y la misa, padre?

–Creo que tendré que celebrar una misa de difuntos –dijo el padre Rivas.

–Celebra la misa que quieras –dijo Aquino–, pero mata antes al cónsul.

–¿Cómo podría decir misa después de haberle matado?

–¿Por qué no si puedes hacerlo teniendo la intención de matarlo? –intervino Plarr.

–Ah, Eduardo, todavía eres lo bastante católico como para saber meter el dedo en la llaga. Serás mi confesor.

–¿Puedo preparar el altar, padre? Tengo el vino y el pan.

–La diré en cuanto amanezca. Tengo que prepararme, Marta, y eso lleva más tiempo que preparar el altar.

–Déjame matarlo mientras tú rezas tus oraciones –dijo Aquino–. Haz tu trabajo y déjame hacer a mí el mío.

–Creía que tu trabajo era escribir poemas –dijo Plarr.

–Mis poemas hablan siempre de la muerte, así que estoy capacitado.

–Es una locura continuar –dijo Pablo–. Perdóname, padre, pero Diego estuvo acertado al tratar de huir. Es una locura matar a un hombre cuando eso significará que cinco de nosotros morirán. Padre...

–Votemos –interrumpió Aquino con impaciencia–. Que los votos decidan.

–¿Te estás volviendo parlamentario, Aquino? –preguntó Plarr.

–No hables de lo que no conoces. Trotsky creía en el voto libre dentro del Partido.

–Yo voto por que nos rindamos –dijo Pablo. Se cubrió la cara con las manos. Los movimientos de sus hombros revelaron que estaba llorando. ¿Por sí mismo? ¿Por los muertos? ¿De vergüenza?

Plarr pensó: «¡Los malhechores! Así es como los llamarán los periódicos: un poeta fracasado, un sacerdote excomulgado, una mujer piadosa, un hombre que llora. ¡Al diablo! Que esta comedia termine como una comedia. Ninguno de nosotros es capaz de representar una tragedia».

–Amo a esta casa. Cuando mi mujer y mi hijo murieron, sólo me quedó esta casa.

«Otro padre –se dijo Plarr–. ¿No terminaremos nunca con los padres?»

–Voto por que matemos a Fortnum inmediatamente –dijo Aquino.

–Has dicho que estaban mintiendo –dijo el padre Rivas–. Quizá tengas razón. Si cuando llegan las ocho de la mañana no hemos matado a Fortnum... no podrán atacarnos. Mientras él viva...

–Entonces, ¿cuál es tu voto?

–Voto por que esperemos. Hasta la medianoche de mañana.

–¿Y tú, Marta?

–Voto como mi marido –respondió ella con orgullo.

La voz del coronel Pérez les habló, esta vez desde un altavoz. Sonaba tan cerca que debía estar escondido entre los árboles.

«El Gobierno de los Estados Unidos y el de Inglaterra se niegan a intervenir. Si han oído la radio sabrán que les digo la verdad. El plan ha fracasado. No ganarán nada reteniendo al cónsul. Sáquenlo de la casa antes de las ocho si quieren salvar sus vidas.»

–Insisten demasiado –dijo el padre Rivas.

Alguien murmuraba tras el micrófono. Era algo ininteligible, un sonido semejante al de guijarros arrastrados por una ola. Después el coronel Pérez continuó:

–Hay un hombre muriéndose frente a la puerta. Saquen al cónsul y trataremos de salvar a ese hombre. ¿Dejarán que uno de ustedes se muera lentamente?

«No hay juramento hipocrático que exija el suicidio», se dijo Plarr. Su padre solía leerle historias de heroísmo, de hombres heridos rescatados bajo el fuego, del capitán Oates caminando en la nieve. Uno de sus poemas favoritos de aquellos tiempos decía: «Mi blanca cabeza no teme las balas».

Súbitamente fue al otro cuarto. No pudo ver nada en la oscuridad y murmuró:

–¿Está despierto?

–Sí.

–¿Cómo anda el tobillo?

–Bien.

–Traeré una vela y le cambiaré las vendas.

–No.

–Los soldados nos han rodeado. No pierda la esperanza.

–¿Esperanza de qué?

–Sólo hay un hombre que quiere matarlo.

–¿Sí? –dijo con voz indiferente.

–Aquino.

–Y usted –dijo Charley Fortnum–. ¡Usted! ¡Usted también lo quiere!

–¿Por qué voy a querer semejante cosa?

–Habla en voz demasiado alta, Plarr. Supongo que nunca habló tan alto en mi casa de campo, cuando yo estaba ocupándome de la plantación. Debía ser muy cuidadoso, para que los sirvientes no lo oyeran... Pero tarde o temprano los maridos se enteran.

En la oscuridad se oyó un ruido, como si Fortnum hubiese tratado de incorporarse.

–Creía que los médicos tenían un código de honor, Plarr. Claro que ésos son prejuicios ingleses. Usted es inglés a medias, y la otra mitad...

–No sé qué habrá oído usted –dijo Plarr–. Debía de estar soñando. O habrá entendido mal.

–Supongo que usted pensaba que la cosa no importaba un carajo. Ella no es más que una puta de la señora Sánchez... ¿Cuánto le costó? ¿Qué le ofreció, Plarr?

–Si quiere saberlo –dijo Plarr en un arranque de rabia–, le regalé unas gafas de sol.

–¿Esas gafas? Con razón las quería tanto... Clara creía que eran muy elegantes. Y ahora sus amigos las han hecho trizas. Qué asqueroso es usted, Plarr. Fue como violar a una niña.

–Le aseguro que fue más fácil.

Plarr no se había dado cuenta de que estaba muy cerca del ataúd. Un puñetazo en el cuello le hizo perder el aliento. Dio un paso atrás y oyó que el ataúd crujía.

–¡Demonios! –exclamó Charley Fortnum–. He volcado la botella. Quedaba una medida de whisky. La guardaba para...

Una mano tanteó el suelo, tocó los zapatos de Plarr y retrocedió.

–Traeré luz.

–No, no la traiga. No quiero volver a ver su cara de mierda, Plarr.

–No lo tome a la tremenda. Estas cosas ocurren, Fortnum.

–Ni siquiera finge quererla, ¿no es cierto?

–No.

–Supongo que ya se había acostado con ella en el prostíbulo, así que pensó...

–Ya se lo dije una vez... La vi allá, pero nunca me acosté con ella.

–La salvé de ese sitio y usted la empujó de nuevo hacia él.

–Nunca pensé semejante cosa, Fortnum.

–Lo que nunca pensó es que lo pescaría. Así le resultaba más barato... No tenía que pagar para acostarse con ella, ¿no es cierto?

–¿Qué sentido tiene esta escena? Pensé que todo pasaría rápido y usted nunca se enteraría. A ninguno de los dos le importaba mucho el otro. Lo único peligroso es eso: empezar a querer.

–Yo la quería.

–Ella habría seguido a su lado. Usted nunca lo hubiera sabido.

–¿Cuándo empezó, Plarr?

–La segunda vez que la vi. En la tienda de Gruber. Cuando le regalé las gafas.

–¿Adónde la llevó? ¿Otra vez a casa de la señora Sánchez?

La persistencia de las preguntas hicieron pensar a Plarr en unos dedos apretando un absceso.

–La llevé a mi apartamento. La invité a tomar café, pero ella sabía muy bien qué significaba ese café, Fortnum. Si no hubiera sido yo, tarde o temprano habría sido otro. Hasta conocía al portero de mi casa.

–Gracias a Dios –dijo Fortnum.

–¿Qué quiere decir?

–La botella no se ha roto.

Oyó el ruido que Fortnum hacía al beber.

–Será mejor que guarde un poco por si...

–Sé que piensa que soy un cobarde, Plarr. Pero ya no tengo miedo de morir. Es mucho mejor que volver a casa y esperar un hijo que nacerá con su cara, Plarr.

–No quise que las cosas ocurrieran así, Charley –repitió Plarr.

Ya no le quedaba rabia con la que defenderse. Siguió:

–Las cosas nunca ocurren como uno quiere. Ellos no querían secuestrarlo a usted. Yo no quería que Clara quedara encinta. Es como si en alguna parte hubiera un gran bromista que se complaciera en trastornarlo todo. Quizás el lado oscuro de Dios tenga sentido del humor...

–¿Qué lado oscuro?

–Son locuras que piensa León. Debía haber oído eso... y no lo que ha oído.

–No quería oír. Sólo quería salir de este maldito cajón y reunirme con usted. Me sentía solo, y sus drogas ya no me hacen efecto. Casi había llegado a la puerta cuando he oído que el cura decía que usted estaba celoso. ¿Celoso de qué? Entonces lo he oído y he vuelto al cajón.

Una vez, en una aldea alejada, Plarr se vio obligado a hacer una operación para la cual no tenía práctica. Su elección era arriesgada: la operación o dejar morir a la mujer. Después sintió la misma fatiga que sentía ahora. Y la mujer murió. Tuvo que sentarse en el suelo. «He dicho todo lo que podía decir –pensó–. ¿Qué más puedo decir?» La mujer tardó mucho en morir; o eso le había parecido, al menos.

–Pensar que escribí a Clara que usted cuidaría de ella y del niño... –dijo Fortnum.

–Lo sé.

–¿Cómo demonios lo sabe?

–Usted no es el único que oye cosas. De nuevo el bromista. Le oí dictar la carta a León. Me dio mucha rabia.

–¿Rabia? ¿De qué?

–Creo que León tenía razón... Estoy celoso.

–¿Celoso de qué?

–Esa sería otra broma, ¿no es cierto?

Oyó que Fortnum bebía otra vez.

–Esa medida no le durará mucho, Fortnum –dijo Plarr.

–No la necesitaré. ¿Por qué no le odio, Plarr? ¿Es el whisky? Todavía no estoy borracho.

–Quizá lo esté. Un poco.

–Es terrible, Plarr. No tengo otra persona a quien confiárselos... No puedo pensar en Humphries.

–Le daré una inyección de morfina, si quiere dormir.

–Prefiero estar despierto. Tengo muchas de cosas en que pensar y muy poco tiempo. Quiero que me deje solo, Plarr. Solo. Tengo que acostumbrarme a ello.

Capítulo IV

Plarr tenía la sensación de que estaban totalmente aislados. Sus enemigos los habían abandonado, el altavoz enmudecido, la lluvia cesado y a pesar de sus preocupaciones Plarr se durmió, aunque con sueño interrumpido. La primera vez que abrió los ojos lo despertó la voz del padre Rivas. El sacerdote estaba arrodillado junto a la puerta, con los labios junto a una grieta de la madera. Parecía hablar al hombre muerto o agonizante que yacía fuera. ¿Eran palabras de consuelo, una oración, la fórmula de absolución condicional? Plarr se volvió y se durmió nuevamente. Cuando despertó por segunda vez, Charley Fortnum roncaba en el otro cuarto: era el áspero ronquido producido por el whisky. Quizá soñara con la tranquilidad de su casa de campo, en la cama matrimonial, después de haber terminado la botella de whisky en la galería. ¿Clara tendría paciencia cuando roncaba así? Cuando debía permanecer despierta junto a él, ¿en qué pensaría? ¿Echaría de menos su cuarto en casa de la madre Sánchez? Allí, al amanecer, podía dormir tranquila y sola. ¿Extrañaría la sencillez de su vida en aquella casa? Era tan difícil imaginar sus pensamientos como adivinar los de un animal.

La luz de los proyectores que se filtraba bajo la puerta perdió brillo. Empezaba a amanecer. Plarr recordó una ocasión, años antes, en que había ido a ver con su madre un espectáculo de *son-et-lumière* en Buenos Aires. Los focos de luz iban y venían como la tiza de un profesor, iluminando un árbol bajo el cual se había sentado alguien –¿era San Martín?–, un viejo establo donde otro personaje de la historia había dejado su caballo, las ventanas de un cuarto donde se había firmado un tratado o una constitución. Una voz explicaba la historia en una prosa ungida por la dignidad del pasado irrecuperable. Cansado por sus estudios médicos, Plarr se quedó dormido.

Cuando se despertó por tercera vez, Marta cubría la mesa con una especie de mantel. La luz del día asomaba por los intersticios de la ventana y de la puerta. Sobre la mesa había dos velas sin encender, puestas sobre platos.

–Son la únicas que nos quedan, padre –dijo Marta.

El padre Rivas seguía durmiendo, encogido como un feto.

–Padre –repitió Marta.

León, Pablo, Aquino fueron despertando uno tras otro al nuevo día a medida que Marta los llamaba.

–¿Qué hora es?

–¿Qué?

–¿Qué has dicho antes?

–No hay bastantes velas, padre.

–Las velas no importan, Marta. No te preocupes por esos detalles.

–La camisa todavía está húmeda. Te morirás de un resfriado.

–Eso lo dudo –contestó el padre Rivas.

Marta refunfuñó mientras depositaba en la mesa un frasco de medicina lleno de vino, una calabaza de mate que haría las veces de cáliz, un trapo de fregar que se emplearía como servilleta.

–Lástima que no sea como yo hubiera querido –se quejó.

Puso sobre la mesa un misal abierto que había perdido las tapas.

–¿Qué domingo es éste, padre? –preguntó, pasando las hojas del misal–. ¿Es el vigésimo quinto domingo después de Pentecostés o el vigésimo sexto? ¿O es el domingo de Adviento?

–No tengo la menor idea –dijo el padre Rivas.

–Entonces, ¿cómo puedo encontrar el Evangelio y la Epístola?

–Leeré el primero que salga. A suertes.

–Deberíamos soltar a Fortnum ahora mismo –dijo Pablo–. Deben de ser casi las seis, y dentro de dos horas...

–No, hemos decidido esperar, por votación –respondió Aquino.

–Él no votó –dijo Pablo, señalando a Plarr.

–No puede votar. No es de los nuestros.

–Pero morirá con nosotros.

El padre Rivas cogió la camisa mojada de las manos de Marta.

–Ahora no tenemos tiempo de discutir –dijo–. Voy a decir misa. Ayudad al señor Fortnum, si quiere venir hasta aquí para oírla. Diré la misa por Diego, por Miguel y por todos los que quizá muramos hoy.

–Por mí no –dijo Aquino.

–No puedes decirme por quién debo rezar. Sé que no crees en nada. Está bien. No creas en nada. Quédate en ese rincón sin creer en nada. ¿A quién le importa que creas o no? Ni siquiera Marx puede garantizar qué es lo verdadero y qué es lo falso.

–Me revienta ver perder el tiempo cuando nos queda tan poco.

–¿Qué preferirías hacer con tu tiempo?

Aquino se echó a reír y dijo:

–Bueno, creo que también yo lo desperdiciaría. «Cuando se tiene la muerte en los labios, el hombre vivo habla.» Si todavía tuviera ganas de escribir, haría este verso un poco más claro. Yo mismo casi empiezo a entenderlo.

–Quiero confesarme, padre –dijo el negro.

–Bueno. Iremos al patio. ¿Y tú, Marta?

–¿Cómo puedo confesarme, padre?

–¿Por qué no? Estás tan cerca de la muerte que puedes prometer cualquier cosa. Incluso abandonarme.

–Eso nunca.

–Los paracaidistas te ahorrarán trabajo.

–¿Y tú, padre?

–Tendré que correr el riesgo. No es mucha la gente que tiene la suerte de morir con un sacerdote a su lado. Me alegra pertenecer a la mayoría. He sido un privilegiado durante demasiado tiempo.

Plarr los dejó y fue al otro cuarto.

–León va a decir misa. ¿Quiere oírla?

–¿Qué hora es?

–No sé. Algo más de las seis, creo. Ya ha salido el sol.

–¿Y ahora qué harán?

–Pérez les dio tiempo hasta las ocho para que lo liberen.

–¿Cree que me soltarán?

–No, no lo creo.

–Entonces van a matarme. Y luego Pérez los matará a ellos. Usted es el que tiene más posibilidades de salvar el pellejo.

–Tal vez. Pero no muchas.

–La carta que escribí a Clara... Será mejor que la tenga usted, a pesar de todo.

–Si quiere...

Charley se sacó unos papeles del bolsillo.

–Esto son casi todo facturas. Sin pagar. Todos los comerciantes roban, salvo Gruber. ¿Dónde demonios puse la carta?

Al fin la encontró en otro bolsillo.

–No –dijo–. Ahora no tiene mucho sentido mandársela. No creo que le interese oír las palabras de cariño que le digo, puesto que lo tiene a usted.

Rompió la carta en pedazos y agregó:

–Además, no quiero que la policía la lea. Tengo una fotografía... –dijo, buscando en su cartera–. La única que tomé de La Niña de mis ojos. Pero no salió muy bien.

Le echó una mirada y también la rompió en muchos pedazos.

–Prométame que no le dirá que me enteré de lo de ustedes. No quiero que sienta remordimientos. Si es capaz de sentirlos.

–Se lo prometo –dijo Plarr.

–Estas cuentas..., encárguese de ellas –dijo Fortnum, tendiéndolas a Plarr–. En mi cuenta corriente debe de haber suficiente para pagarlas. Si no..., esos hijos de puta ya me han estafado bastante. Estoy alistando el buque para el combate, pero no quiero que la tripulación sufra.

–El padre Rivas ya estará empezando la misa. Si quiere oírla lo ayudaré.

–No, nunca he sido lo que se llama un hombre religioso. Me quedaré aquí con el whisky.

Midió cuidadosamente lo que quedaba en la botella.

–Si tomo un poco ahora, todavía quedará una buena medida. Más grande que la de *shipmaster.*

En el otro cuarto se oyó hablar en voz baja.

–Según dicen, creer en Dios consuela un poco al final. ¿Usted cree en algo?

–No.

Ahora que la verdad estaba al descubierto, el doctor Plarr sintió una curiosa necesidad de hablar con exactitud. Añadió:

–No lo creo.

–Tampoco yo. Salvo... Parece una estupidez lo que voy a decirle, pero cuando estoy con ese tipo..., con el cura..., el que va a asesinarme... tengo la sensación de que... ¿Sabe que por un momento pensé que se iba a confesar conmigo? ¡Conmigo, con Charley Fortnum! Qué le parece. Y le aseguro que yo lo habría absuelto. ¿Cuándo van a matarme, Plarr?

–No sé qué hora es. No tengo reloj. No faltará mucho para las ocho. A esa hora Pérez mandará a sus hombres. Dios sabe lo que pasará después.

–¡Otra vez Dios! ¿No puede olvidarse de esa palabrota? Después de todo, creo que voy a ir a escuchar un rato. No me hará ningún daño. Y eso le hará feliz. Al cura, quiero decir. Además, no hay otra cosa que hacer. ¿Quiere ayudarme?

Pasó un brazo sobre los hombros de Plarr. Era sorprendente lo poco que pesaba para su tamaño. Era como un cuerpo lleno de aire. «Es un viejo –pensó Plarr–. De todos modos no le quedaba mucho tiempo de vida.» Y recordó la noche en que lo conoció, cuando él y Humphries lo llevaron a pesar de sus protestas al Hotel Bolívar. Entonces pesaba mucho más. Sólo habían dado dos pasos hacia la puerta, cuando Charley Fortnum se detuvo.

–No puedo –dijo–. Además, para qué... No quiero pedir favores en el último momento. Me vuelvo con mi whisky. Ése es mi sacramento.

Plarr volvió al otro cuarto. Se paró junto a Aquino que, sentado en el suelo, miraba al sacerdote con aire de recelo. Era como si temiera que el padre Rivas estuviera preparando alguna trampa, alguna traición, mientras iba y venía frente a la mesa y hacía con las manos las señales secretas. Todos los poemas de Aquino eran sobre la muerte, recordó Plarr. No quería que le robaran esa muerte.

El padre Rivas leía el Evangelio. Lo leía en latín, no en español, y hacía mucho que Plarr había olvidado el poco latín que sabía. Mientras la voz pronunciaba rápidamente las frases en la lengua muerta, Plarr seguía observando a Aquino. Quizá los demás pensaban que rezaba con los ojos bajos. Y en verdad una especie de oración se insinuó en su mente. O por lo menos un deseo que luchaba contra la desconfianza en sí mismo: si llegaba el momento, ojalá tuviera la resolución y la habilidad para actuar rápidamente. «Si hubiera estado con ellos en Paraguay –se preguntó–, ¿qué habría hecho cuando mi padre pedía ayuda en la comisaría? ¿Habría vuelto junto a él o habría escapado, como los demás?»

El padre Rivas llegó al Canon de la misa y a la Consagración del pan. Marta miraba a su hombre con expresión de orgullo. El sacerdote levantó la calabaza de mate y dijo las únicas frases de la misa que, por algún motivo, Plarr nunca había olvidado. «Este es el cáliz de mi sangre, que será derramada por vosotros y por todos los hombres. Haced esto en memoria mía.» ¿Cuántas cosas habría hecho durante su vida en memoria de algo olvidado o casi olvidado?

El sacerdote bajó la calabaza. Se arrodilló y se incorporó con rapidez. Parecía apresurarse para que la misa terminara lo antes posible. Era como un pastor que llevara el rebaño hacia el corral antes de la tormenta, pero que hubiera iniciado el regreso demasiado tarde. El altavoz envió su mensaje con la voz del coronel Pérez:

«Les queda exactamente una hora para que liberen al cónsul y salven sus vidas».

Plarr vio que la mano izquierda de Aquino se crispaba sobre su revólver. La voz continuó:

«Repito que les queda una hora. Liberen al cónsul y salven sus vidas».

–...que quitas los pecados del mundo, danos la paz.

El padre Rivas empezó: «*Domine, non sum dignu*». La voz de Marta fue la única que se unió a la suya. Plarr miró a su alrededor buscando a Pablo. El negro estaba arrodillado con la cabeza inclinada junto a la pared del fondo. ¿Sería posible arrebatar el revólver a Aquino mientras terminaba la misa y todos estaban distraídos?, ¿sería posible contenerlos mientras Charley Fortnum escapaba? Eso significaría salvarles la vida a todos, no sólo a Charley. Miró de nuevo a Aquino. Y como si Aquino hubiera sabido en qué pensaba Plarr, sacudió la cabeza.

El padre Rivas cogió el trapo de fregar y empezó a limpiar la calabaza tan cuidadosamente como si estuviera en su iglesia de Asunción.

–*Ite Missa est.*

El altavoz respondió como una fórmula litúrgica: «Les quedan cincuenta minutos».

–Padre –dijo Pablo–. La misa ha terminado. Rindámonos ahora. O votemos de nuevo.

–Mi voto es el mismo –dijo Aquino.

–Eres un sacerdote, padre. No puedes matar –dijo Marta.

El padre Rivas le tendió el trapo:

–Quema esto –dijo–. No lo necesitaremos nunca más.

–Cometerás un pecado mortal si lo matas después de la misa, padre.

–Es un pecado mortal para todos y en todo momento. Solamente puedo pedir perdón a Dios, como cualquiera.

–¿Era eso lo que hacías en el altar? –preguntó Plarr. Estaba harto de todas esas discusiones, de la lentitud con que se arrastraba el poco tiempo que les quedaba.

–Rezaba para no tener que matarlo.

–Es como mandar una carta... –recordó Plarr–. Pensaba que creías que esas cartas no tenían respuesta.

–Quizás esperaba que por una casualidad...

El altavoz anunció: «Les quedan cuarenta y cinco minutos».

–Si nos dejaran en paz... –se quejó Pablo.

–Quieren destruirnos la moral –dijo Aquino.

De repente el padre Rivas salió del cuarto. Llevaba su revólver.

Charley Fortnum descansaba en el ataúd. Tenía los ojos abiertos, fijos en el techo.

–¿Ha venido a liquidarme, padre? –preguntó.

El padre Rivas tenía un aire de timidez, quizá de vergüenza. Dio unos pasos en la habitación.

–No, no. No es eso. Todavía no. Pensé que podía necesitar algo.

–Todavía me queda whisky.

–Ya ha oído el altavoz. Pronto vendrán a buscarlo.

–¿Y entonces me matará?

–Ésas son mis órdenes, señor Fortnum.

–Creía que un sacerdote sólo recibía órdenes de la Iglesia, padre. Ah, me olvidaba. Usted ya no pertenece a la Iglesia, ¿no es cierto? Sin embargo, ha dicho una misa. No soy demasiado católico, y además no tenía muchas ganas de oír esa misa. Hoy no es día de precepto. No lo es para mí.

–Lo he recordado a usted en el altar, señor Fortnum

–dijo el padre Rivas con torpe formalidad, como si se dirigiera a un feligrés corriente. La frase pertenecía a un lenguaje que se había enmohecido durante los últimos años.

–Lástima que no se olvidara, padre.

–No podré olvidarme nunca –dijo el padre Rivas.

Charley Fortnum advirtió con sorpresa que el hombre estaba a punto de llorar.

–¿Qué pasa, padre? –preguntó.

–Nunca pensé que ocurriría esto. Si hubiera sido el embajador norteamericano... El Gobierno habría cedido. Y yo habría salvado diez vidas. Nunca pensé que quitaría una vida.

–¿Por qué lo eligieron a usted como jefe?

–El Tigre pensó que podía confiar en mí.

–Bueno, es cierto, ¿verdad?

–Ahora no lo sé. No lo sé.

«¿El condenado tendrá siempre que consolar a su verdugo?», pensó Charley Fortnum.

–¿Qué puedo hacer por usted? –preguntó.

El hombre lo miró con una expresión de esperanza, como un perro que cree haber oído la palabra «vamos». Dio un paso y Charley Fortnum recordó al condiscípulo de orejas salientes de quien Mason solía burlarse.

–Lo siento... –dijo.

¿Qué lamentaba? ¿No ser el embajador norteamericano?

–Sé lo difícil que debe ser para usted. Estar ahí acostado, esperando... Si quisiera prepararse un poco... Quizá lo obligara a pensar en otra cosa...

–¿Quiere confesarme?

–Sí. En un caso extremo... hasta yo... –explicó.

–Yo no sirvo como penitente, padre. Hace treinta años que no me confieso. Desde mi primer matrimonio... que no fue un matrimonio. Es mejor que se ocupe de los demás.

–Ya he hecho todo lo que puedo por ellos.

–Después de tanto tiempo... es imposible... No tengo bastante fe. Aunque las recordara, me daría vergüenza decir todas esas palabras, padre.

–Si no tuviera fe no sentiría vergüenza. Y no necesita decirlas en voz alta, señor Fortnum. Haga un acto de contrición. En silencio. Para usted mismo. Bastará con eso. Nos queda muy poco tiempo. Sólo un acto de contrición –suplicó como si estuviera pidiéndole limosna.

–Ya le he dicho que he olvidado las palabras.

El hombre se acercó otros dos pasos, como reuniendo fuerzas o esperanzas. Quizás esperaba que le ofrecieran lo bastante para comprar un pedazo de pan.

–Diga sólo que se arrepiente. Y trate de ser sincero.

–Oh, me arrepiento de muchas cosas, padre. Aunque no del whisky.

Levantó la botella, calculando cuánto quedaba en ella, y volvió a dejarla.

–Qué vida ésta... Uno siempre depende de una droga o de otra.

–Olvídese del whisky. Tiene que haber otras cosas. Lo único que le pido es que diga... «me arrepiento de haber violado una ley».

–Ni siquiera recuerdo qué leyes he violado. Hay tantas leyes...

–Yo también he violado la ley, señor Fortnum. Pero no

me arrepiento de haber tomado a Marta. No me arrepiento de estar aquí con esos hombres. Este revólver... uno no puede pasarse la vida agitando un incensario o asperjando agua bendita. Pero si hubiera aquí otro sacerdote, le diría: Sí, me arrepiento. Me arrepiento de no vivir en un tiempo en que las leyes de la Iglesia sean más fáciles de obedecer... o en algún futuro en que cambien o no parezcan tan duras. Hay una cosa que puedo decir sin esfuerzo. Quizás usted también pueda decirla. Me arrepiento de no haber tenido más paciencia. Los fracasos como los nuestros suelen ser por falta de esperanza. Por favor... ¿no puede usted decir que se arrepiente de no haber tenido más esperanza?

El hombre necesitaba consuelo, sin duda, y Charley Fortnum le dio todo el que pudo.

–Sí, creo que podría decir eso, padre.

Padre, padre, padre. La palabra resonaba una y otra vez en su mente. Veía a su padre, perplejo, sin reconocerlo, junto a la mesa de las bebidas, mientras él permanecía en el suelo, bajo el caballo. «Pobre hijo de puta», pensó.

El padre Rivas terminó las palabras de la absolución.

–Ahora podría tomar un trago con usted, uno pequeño –dijo.

–Gracias, padre –dijo Charley Fortnum–. Tengo mucha más suerte que usted. A usted nadie podrá darle la absolución.

–Sólo veía a tu padre una vez al día, y durante pocos minutos –dijo Aquino–, mientras dábamos vueltas por el patio de la comisaría. A veces...

Se interrumpió para escuchar el altavoz entre los árboles. La voz decía:

«Les quedan sólo quince minutos».

–El último cuarto de hora ha pasado demasiado rápido para mi gusto –comentó Plarr.

–¿Ahora empezarán a contar los minutos? ¡Por qué no nos dejarán morir en paz!

–Cuéntame algo más sobre mi padre.

–Era un viejo muy simpático.

–¿De qué hablabais en esos minutos que estabais juntos? –preguntó Plarr.

–Nunca teníamos tiempo para hablar mucho. Siempre había un guardia. Caminaba junto a nosotros. Me saludaba..., muy serio y afectuoso, como un padre que saluda a su hijo... y... bueno, yo le tenía un gran respeto. Siempre había un instante de silencio..., como ocurre con los caballeros como él. Yo esperaba a que él hablara primero. Entonces el guardia nos pegaba un grito y nos separaba a empujones.

–¿Lo torturaron?

–No. No como a mí. Los tipos de la CIA no lo hubieran permitido. Era un anglosajón. Pero quince años en una comisaría son una larga tortura. Es más fácil perder unos cuantos dedos.

–¿Qué aspecto tenía?

–Era un viejo. ¿Qué más puedo decirte? Tú deberías saber cómo era mejor que yo.

–La última vez que lo vi no era un viejo. Quisiera tener una fotografía de él, muerto; aunque fuera una instantánea de esas que toman para los expedientes.

–No creo que fuera una imagen muy agradable.

–Pero llenaría un vacío. Si se hubiera escapado quizá no nos habríamos reconocido. Si hubiera venido aquí con vosotros.

–Tenía el pelo muy blanco.

–No lo tenía cuando vivíamos juntos.

–Y estaba muy encorvado. Sufría mucho de reumatismo en la pierna derecha. En realidad, fue el reumatismo lo que lo mató.

–Yo recuerdo a un hombre muy diferente. Alto, flaco, erguido. Se fue del muelle caminando con rapidez. Se volvió una vez para saludarnos.

–Qué raro. A mí me pareció un hombre bajo y gordo que renqueaba.

–Me alegra que no lo torturaran... como a ti.

–Como los guardias siempre estaban cerca, no tuve oportunidad de contarle nuestro plan. Cuando llegó el momento... ni siquiera sabía que el guardia estaba comprado.

Le grité «Corra» y se quedó perplejo. Vaciló. Entre la vacilación y el reumatismo...

–Hiciste todo lo posible, Aquino. No fue culpa tuya.

–Una vez le recité un poema, pero no creo que le interesara mucho la poesía. De todos modos, era un buen poema. Empezaba: «La muerte tiene gusto a sal». ¿Sabes qué me dijo una vez? Parecía enfadado, no sé con quién. Y me dijo: «No soy desdichado aquí. Lo que pasa es que me aburro. Me aburro muchísimo. Si Dios quisiera enviarme algún dolor...». Qué cosa tan rara de decir.

–Creo que lo entiendo –dijo Plarr.

–Al fin debió de encontrar ese dolor que esperaba.

–Sí. Tuvo suerte al final.

–Por mi parte, nunca he conocido el aburrimiento. Conozco el dolor. Y el miedo. Ahora tengo miedo. Pero nunca he conocido el aburrimiento.

–Tal vez aún no hayas llegado al final –dijo Plarr–. Es bueno que eso ocurra cuando uno es viejo, como mi padre.

Pensó en su madre entre los papagayos de porcelana, en su apartamento de Buenos Aires, o comiendo *éclairs* en la calle Florida; pensó en Margarita, dormida en la calculada penumbra de su dormitorio, mientras él observaba aquel rostro al que no amaba; pensó en Clara, y en su hijo, y en el largo, imposible futuro junto al Paraná. Tuvo la sensación de ser tan viejo como su padre, de haber pasado tantos años en la cárcel como él, de ser su padre, escapado de esa cárcel...

«Les quedan diez minutos –dijo el altavoz–. Liberen al cónsul inmediatamente y salgan uno por uno con las manos en alto...»

La voz seguía dando minuciosas instrucciones cuando el padre Rivas volvió al cuarto.

–Casi ha terminado el plazo. Será mejor que lo mate ahora mismo. Este no es trabajo para un cura.

–Tal vez no cumplan la amenaza...

–No podemos esperar para comprobarlo. Esos paracaidistas están bien adiestrados por los yanquis en Panamá. Se mueven con rapidez.

–Voy a hablar con Pérez –dijo Plarr.

–No, no, Eduardo. Sería un suicidio. Ya oíste lo que

dijo Pérez. No respetarán ni la bandera blanca. ¿No estás de acuerdo, Aquino?

Pablo dijo:

–No tenemos salvación. Soltemos al cónsul.

–Si ese hombre cruza este cuarto, le pego un tiro –dijo Aquino–. Y a cualquiera que lo ayude. Incluso a ti, Pablo.

–Después nos matarán a todos –dijo Marta–. Si muere, moriremos todos.

–Será una ocasión memorable.

–El machismo... –dijo Plarr–. Otra vez ese estúpido machismo de mierda, León. Tengo que hacer algo por ese pobre diablo. Si hablo con Pérez...

–¿Qué puedes ofrecerle?

–Si consiente en prolongar el plazo, ¿vosotros haríais lo mismo?

–¿Y qué se ganaría con eso?

–Es el cónsul inglés. El Gobierno de Inglaterra...

–No es más que un cónsul honorario, Eduardo. Tú mismo nos has explicado muchas veces qué significa eso.

–Vosotros consentiríais, si Pérez...

–Sí, consentiremos, pero dudo que Pérez... Ni siquiera te dará tiempo de hablar.

–Creo que me lo dará. Hemos sido buenos amigos.

Por la mente de Plarr pasó el recuerdo de la gran selva horizontal en el río y de la figura de Pérez avanzando sin vacilar sobre los troncos flotantes hacia el grupo donde lo esperaba el asesino. «Esa es gente como yo», había dicho Pérez.

–Pérez no es un mal hombre, aunque es policía.

–Tengo miedo por ti, Eduardo.

–El doctor también padece de machismo... –dijo Aquino–. Anda. Anda y háblale..., pero llévate un revólver.

–No es machismo de lo que padezco. Tú me dijiste la verdad, León. Estoy celoso. Celoso de Charley Fortnum.

–Cuando un hombre está celoso –dijo Aquino– mata a otro hombre o se hace matar. Los celos son algo así de simple.

–Mis celos son de otra especie.

–¿Qué otra clase de celos puede haber? Tú te acuestas con la mujer de otro... Y cuando él hace lo mismo...

–Él la quiere. Eso es lo malo.

«Les quedan cinco minutos», dijo el altavoz.

–Estoy celoso porque él la quiere. Esa palabra cursi, estúpida: querer... Nunca ha significado nada para mí. Como la palabra Dios. Sé cómo acostarme con una mujer. No sé querer. Charley Fortnum, ese pobre viejo borracho, ganó la partida.

–Nadie renuncia tan rápido a una mujer –dijo Aquino–. Cuesta mucho trabajo conquistarlas.

–¿Conquistar a Clara? –rió Plarr–. Le pagué con un par de gafas de sol.

Los recuerdos seguían acudiendo a su mente. Eran como tediosos obstáculos que debía sortear antes de llegar a la puerta.

–Cuando salí de casa me preguntó algo... Pero no le presté atención.

–No salgas, Eduardo. No puedes confiar en Pérez...

Cuando abrió la puerta, la luz del sol lo deslumbró un instante. Después vio de nuevo el mundo con claridad. Ante él se extendían veinte metros de barro. El indio Miguel yacía a un lado como un montón de trapos, empapado por la lluvia de la noche. Más allá del cuerpo empezaban los árboles y la sombra espesa.

No había señales de vida. Sin duda la policía había evacuado las chozas vecinas. A unos treinta metros vio que algo resplandecía entre los árboles. Podía haber sido una bayoneta iluminada por un rayo de sol. Pero a medida que se acercaba vio que era un pedazo de lata que formaba parte de una choza oculta entre los árboles. Un perro ladraba a lo lejos.

Plarr avanzó lentamente, vacilando. Nadie se movió, nadie habló, no se oyó un solo disparo. Levantó las manos hasta un poco más arriba de la cintura, como una mago que desea mostrar que están vacías.

–¡Pérez! ¡Coronel Pérez! –gritó.

Se sintió ridículo. Después de todo, no había peligro. Habían exagerado la situación. Se había sentido mucho más inseguro al seguir a Pérez de tronco en tronco.

No oyó el disparo que lo hirió desde atrás, en la pierna derecha. Cayó hacia adelante, como si le hubieran hecho la zancadilla en un partido de rugby, con la cara a muy pocos metros de la sombra de los árboles. No sintió ningún dolor y, aunque por un instante perdió la conciencia, fue tan agradable como dormitar sobre un libro en un día caluroso.

Cuando abrió los ojos, la sombra de los árboles apenas se había movido. Se sentía amodorrado. Quiso arrastrarse hacia la sombra y volver a dormirse. El sol de la mañana era demasiado fuerte. Tenía la vaga conciencia de que debía discutir algo con alguien, pero podía esperar hasta después de la siesta. «Gracias a Dios que estoy solo», pensó. Estaba demasiado cansado para hacer el amor y tenía demasiado calor. Se había olvidado de correr las cortinas.

Oyó el ruido de una respiración a sus espaldas. Eso le pareció incomprensible. Una voz susurró:

–Eduardo.

No la reconoció. Pero cuando oyó que repetía su nombre, exclamó:

–¡León!

No podía entender qué hacía León allí. Trató de volverse, pero la rigidez de su pierna se lo impidió.

La voz dijo:

–Creo que me han disparado en el vientre.

Plarr despertó súbitamente. Los árboles que tenía frente a sí eran los árboles del barrio. El sol brillaba sobre su cabeza porque no había tenido tiempo de llegar hasta los árboles. La voz que ya había reconocido dijo:

–He oído el disparo. Tenía que salir.

Plarr intentó volverse una vez más, pero fue inútil y desistió.

–¿Estás mal herido? –preguntó la voz tras de él.

–Creo que no. ¿Y tú?

–Oh, ya estoy a salvo –contestó la voz.

–¿A salvo?

–Totalmente a salvo. No podría matar ni a una mosca.

–Tenemos que llevarte a un hospital.

–Tenías razón, Eduardo –dijo la voz–. No sirvo para asesino.

–No entiendo qué ha pasado... Tengo que hablar con Pérez... Tú no tenías nada que hacer aquí, León. Debiste esperar con los demás.

–Pensé que podías necesitarme.

–¿Por qué? ¿Para qué?

Hubo un largo silencio hasta que Plarr hizo una pregunta absurda:

–¿Todavía estás ahí?

Oyó un susurro tras él.

–No te oigo –dijo Plarr.

La voz dijo una palabra que sonó como «padre». Nada de lo que ocurría parecía tener el menor sentido.

–No te muevas –dijo Plarr–. Si ven que nos movemos pueden disparar de nuevo. Ni siquiera hables.

–Me arrepiento... Pido perdón...

–*Ego te absolbo* –dijo Plarr, en un relámpago de buena memoria.

Quiso reírse, demostrar a León que sólo estaba bromeando. Cuando eran jóvenes, ambos solían reírse de las incomprensibles fórmulas que les enseñaban los curas. Pero estaba demasiado cansado y la risa no llegó a brotar de su garganta.

Tres paracaidistas salieron de la sombra. Con sus trajes de camuflaje parecían árboles caminando. Tenían listos los rifles automáticos. Dos de ellos avanzaron hacia la choza. El tercero se acercó a Plarr, que permaneció inmóvil conteniendo el poco aliento que le quedaba.

Capítulo V

En el cementerio había mucha gente que Charley Fortnum no había visto nunca. Supuso que una mujer con un largo y anticuado vestido negro era la señora de Plarr. Se apoyaba pesadamente en el brazo de un sacerdote muy flaco cuyos ojos pardos se movían sin cesar de un lado a otro, como temiendo perder a algún miembro importante de la congregación. Charley Fortnum oyó que la mujer lo presentaba varias veces:

–Mi amigo, el padre Galvão, de Río.

Otras dos señoras se secaban los ojos espectacularmente junto a la tumba. Parecían contratadas para la ocasión, como los sepultureros. No hablaban entre sí ni con la señora de Plarr; pero ésa podía haber sido una característica profesional. Después de la misa en la catedral se habían acercado cada una por su lado a Charley Fortnum para presentarse.

–¿Usted es el señor Fortnum, el cónsul? Yo era muy amiga del pobre Eduardo. Éste es mi marido, el señor Escobar.

–Soy la señora de Vallejo. Mi marido no ha podido venir, pero yo no podía fallarle a Eduardo. Me ha acompañado el señor Durán. Miguel, te presento al señor Fortnum, el cónsul a quien esos canallas...

El nombre de Miguel trajo de inmediato a la mente de Fortnum la imagen del guaraní sentado en la puerta de la choza, limpiando su metralleta con una sonrisa. Y después pensó en el montón de trapos mojados que vio cuando los paracaidistas los llevaron en una camilla. Al pasar, una de sus manos rozó la tela mojada. Empezó a decir: «¿Puedo presentarle a mi mujer...?». Pero la señora de Vallejo ya se alejaba junto a su amigo: sostenía el pañuelo bajo los ojos, como el velo de una musulmana, hasta el siguiente encuentro social. «Por lo menos Clara no simula dolor –pensó Charley Fortnum–. Es una forma de honradez. »

El entierro se parecía mucho a dos reuniones diplomáticas a que había asistido en Buenos Aires. Eran parte de una serie ofrecida para agasajar al embajador que se iba. Había sido poco después de su nombramiento como cónsul honorario, cuando todavía era mirado con cierto interés porque había ido a un picnic a las ruinas con unos nobles ingleses. La gente quería saber de qué habían hablado esos nobles. Esta vez, la segunda reunión, con la misma gente que había visto en la iglesia, tenía lugar en el cementerio.

–Soy el doctor Saavedra –dijo una voz–. Recordará usted que una vez nos vimos con el doctor Plarr...

Charley Fortnum sintió la tentación de responder: «Claro que sí. Fue en casa de la madre Sánchez. Lo recuerdo muy bien. Estaba con una chica. Era María, la que después apuñalaron».

–Le presento a mi señora –dijo Fortnum.

Saavedra se inclinó cortésmente sobre la mano de Clara. El rostro de la muchacha debía de serle familiar, aunque sólo fuera por el lunar que tenía en la frente. Fortnum se preguntó cuántas de esas personas sabrían que Clara había sido amante de Plarr.

–Debo dejarlos –dijo Saavedra–. Me han pedido que diga unas palabras en honor de nuestro pobre amigo.

Avanzó hacia el ataúd, deteniéndose una vez para dar un apretón de manos al coronel Pérez y cambiar unas palabras con él. El coronel Pérez iba de uniforme y llevaba la gorra bajo el brazo. Parecía la persona más seria entre los presentes. Quizá se preguntaba cómo afectaría a su carrera la muerte del doctor Plarr. Todo dependía, desde luego, de la actitud de la Embajada inglesa. Un hombre joven, Crichton, que era una cara nueva para Charley Fortnum, había viajado desde Buenos Aires para representar al embajador (el primer secretario estaba en cama, con gripe). Estaba junto a Pérez, cerca del ataúd. La importancia social de los asistentes a un entierro puede calcularse por la proximidad al ataúd, ya que el cadáver representa el huésped de honor. Los Escobar se abrían paso hacia él y la señora de Vallejo ya estaba tan cerca que casi podía tocar el ataúd con la mano. Charley Fortnum, con una muleta bajo el brazo derecho, permaneció en la periferia del grupo. Le pareció absurdo asistir a la ceremonia. Era un impostor. Su presencia en ese lugar sólo se explicaba porque lo habían confundido con el embajador norteamericano.

El doctor Humphries también estaba en la periferia, aunque alejado de Charley Fortnum; también él tenía el aire de estar fuera de lugar y de saberlo. Su medio era el

Club Italiano; su compañía, el mozo napolitano que temía al mal de ojo. Al reparar en Humphries, Charley Fortnum dio un paso hacia él. Pero Humphries se apartó enseguida. Charley Fortnum recordó que mucho tiempo antes había contado a Plarr que Humphries no quería saber nada de él. «Tiene suerte», había contestado Plarr. Qué tiempos felices habían sido aquéllos. Sin embargo, Plarr se acostaba con Clara y el hijo de Plarr crecía en el cuerpo de ella. Él había querido a Clara. Y Clara había sido dulce y tierna con él. Ahora, todo eso había terminado. Su felicidad se debía al doctor Plarr. Echó una mirada furtiva a Clara: estaba mirando a Saavedra, que había empezado a hablar. Parecía distraída, como si el tema del discurso no le interesara. «Pobre Plarr, a él también lo engañaba», pensó.

–Usted era mucho más que un médico que curaba nuestros cuerpos –decía el doctor Saavedra, dirigiéndose directamente al ataúd envuelto en una bandera inglesa prestada por Charley Fortnum–. Usted era un amigo para cada uno de sus pacientes, hasta para el más pobre de ellos. Todos nosotros sabemos que trabajaba sin descanso ni recompensa en el barrio pobre, impulsado por su sentido del amor y la justicia. ¡Qué trágico destino ha sido que muriera usted, precisamente usted, que luchaba tan afanosamente por los desposeídos, en manos de sus presuntos defensores!

«¡Santo Dios! –pensó Charley Fortnum–. ¿Será ésta la historia que ha inventado el coronel Pérez?»

–Su madre nació en Paraguay, que fue en otros tiempos nuestro heroico enemigo. Y con un machismo digno de sus antepasados maternos, que dieron su sangre por López sin preguntarse si su causa era buena o mala, usted salió de una choza en busca de su propia muerte. De esa choza donde estaban reunidos los falsos campeones de los pobres. Usted murió en un último intento por salvar sus vidas y la de su amigo. Un sacerdote fanático lo mató sin piedad. Pero usted ganó la partida: su amigo salvó la vida».

Charley Fortnum miró hacia el coronel Pérez por encima de la fosa abierta. Tenía inclinada la cabeza descubierta, las manos apretadas a ambos lados, en la correcta posición de firme los pies. Parecía un monumento del siglo XIX al sacrificio militar, mientras el doctor Saavedra seguía hilvanando en su apología (¿habrían hablado de eso un momento antes?) la versión oficial de la muerte de Plarr. ¿Quién podía objetarla, ahora? *El Litoral* reproduciría el discurso y *La Nación,* sin duda, publicaría un resumen.

–Exceptuando a sus asesinos y su prisionero, yo fui el último que lo vio con vida, Eduardo. Sus entusiasmos no se limitaban a sus intereses profesionales. Fue su amor por la literatura lo que enriqueció nuestra amistad. La última vez que nos vimos usted me había llamado (fue un curioso intercambio del papel habitual de médico y paciente) para conversar sobre la formación de un club cultural angloargentino en esta ciudad. Con su habitual modestia, me ofreció el cargo de presidente. Esa noche, amigo mío, usted me explicó hasta qué punto reforzaría ese club los vínculos entre la comunidad inglesa y la sudamericana. Ninguno de los dos sabía que poco después usted ofrecería su propia vida por esa causa. Usted lo sacrificó todo, su carrera médica, su gusto por el arte, su sentido de la amistad, el amor adquirido por su tierra adoptiva, en un intento de salvar a esos hombres extraviados y a su compatriota. Con la mano sobre el ataúd, le prometo que el Club Angloargentino verá la luz, bautizado con la sangre de un valiente.

La señora de Plarr lloraba. También lloraban, más decorativamente, la señora de Vallejo y la señora de Escobar.

–Estoy cansado –dijo Charley Fortnum–. Vámonos a casa.

–Sí, Charley –dijo Clara.

Echaron a andar lentamente hacia el coche de alquiler.

Alguien tocó el brazo de Fortnum. Era Herr Gruber.

–Señor Fortnum –dijo Herr Gruber–. Me alegra mucho verlo aquí... sano y salvo.

–Casi sano –dijo Fortnum.

Se preguntó cuánto sabría Gruber. Quería volver al coche.

–¿Cómo va su tienda? –preguntó–. Espero que bien.

–Tendré muchas fotografías para revelar. De la choza donde lo tuvieron escondido, señor Fortnum. Todo el mundo va a verla. No creo que todas las fotos sean de la auténtica choza... Señora de Fortnum, debió usted de pasar momentos terribles... La señora siempre compra sus gafas de sol en mi tienda –explicó a Charley Fortnum–. Acabo de recibir algunos modelos nuevos de Buenos Aires, si le interesan...

–Claro, claro... La próxima vez que vengamos a la ciudad... Ahora tenemos que irnos, Herr Gruber. El sol está demasiado fuerte y yo he estado de pie mucho tiempo.

Sentía un escozor casi insoportable bajo el yeso que le cubría el tobillo. En el hospital le dijeron que el doctor Plarr había hecho un buen trabajo. Al cabo de unas semanas volvería a conducir La Niña de sus ojos. Había encontrado el jeep en su sitio de siempre, a la sombra de los árboles, un poco abollado, con un faro de menos y el radiador torcido. Clara le explicó que lo había usado uno de los oficiales de policía.

–Me quejaré al coronel Pérez –dijo él, apoyándose contra el coche y acariciando con ternura una de las abolladuras.

–No, no lo hagas. El pobre hombre tendría problemas. Yo le dije que podía usarlo.

Y Charley Fortnum pensó que no valía la pena iniciar una discusión el primer día de su llegada.

Lo habían llevado a su casa desde el hospital por un sitio que parecía el recuerdo de un país abandonado mucho tiempo antes: el atajo que iba hacia la fábrica de naranjada Bergman, con los rieles en desuso de una plantación que perteneció a un checo de nombre impronunciable. Fue contando las lagunas al pasar –había por lo menos cuatro–, preguntándose cómo saludaría a Clara.

El saludo no pasó de un beso en la mejilla. Charley Fortnum no quiso acostarse so pretexto de que había estado en cama demasiado tiempo. En realidad no podía soportar la idea de acostarse en el lecho matrimonial que Clara debía de haber compartido tantas veces con Plarr, cuando él salía a la plantación (por temor de los sirvientes no se habrían atrevido a desarreglar la cama del cuarto de huéspedes). Se sentó en la galería, con el pie apoyado sobre los barrotes, junto a la mesa de las bebidas. Sólo había estado ausente menos de una semana, pero parecía un largo, lento año de separación, lo bastante largo como para que dos personas se alejaran definitivamente. Se sirvió una medida *shipmaster* de Long John. Mirando a Clara por encima de esa medida exacta, dijo:

–Supongo que ya te lo habrán dicho.

–¿Qué, Charley?

–Que el doctor Plarr ha muerto.

–Sí. El coronel Pérez vino a decírmelo.

–El doctor era muy buen amigo tuyo.

–Sí, Charley. ¿Estás cómodo así? ¿Te traigo un almohadón?

Fortnum pensó que ni siquiera era capaz de derramar una lágrima por su amante muerto. El Long John tenía un gusto raro: se había habituado al whisky argentino. Empezó a explicar a Clara que durante las siguientes semanas dormiría solo en el cuarto de huéspedes. El yeso le molestaba mucho de noche. Y ella tenía que dormir bien... por la criatura. Sí, Clara entendía. Todo se haría como él dispusiera.

Ahora, mientras renqueaba apoyado en su muleta hacia el coche de alquiler, una voz le dijo:

–Disculpe, señor Fortnum...

Era Crichton, el joven de la Embajada.

–¿Podría ir a verlo a su casa de campo, esta tarde? –preguntó–. El embajador me ha pedido... Hay algunos asuntos que debo tratar con usted.

–Vaya a almorzar con nosotros –dijo Charley Fortnum–. Tendremos mucho gusto.

–Me temo que será imposible. Me gustaría mucho, pero he prometido a la señora de Plarr... y al padre Galvão...

Si es posible, iré a eso de las cuatro. Tengo que tomar el avión de la noche para Buenos Aires.

Cuando regresó del cementerio, Charley Fortnum dijo a su mujer que estaba demasiado cansado para almorzar. Dormiría un rato antes de que llegara Crichton. Clara lo puso cómodo; era tan hábil como una enfermera para poner cómodos a los hombres. Fortnum procuró no demostrar que el roce de su mano lo irritaba cuando le arreglaba las almohadas. Sintió que la piel se le ponía tensa cuando ella lo besó en la mejilla y estuvo a punto de decirle que lo dejara en paz. ¿Qué valía el beso de una mujer incapaz de querer siquiera a su amante? Sin embargo, se dijo, la culpa no era de ella. Los clientes de un prostíbulo no enseñan a amar. Por eso debía esforzarse para que Clara no se diera cuenta de lo que sentía. Si ella hubiese amado de veras a Plarr las cosas habrían sido mucho más sencillas. Imaginaba fácilmente la ternura con que habría sido capaz de consolarla si la hubiera encontrado deshecha en lágrimas. Por su cabeza pasaban frases de novelas románticas, tales como «Querida, no tengo nada que perdonarte». Pero mientras se entregaba a esas fantasías, recordaba perfectamente que Clara se había vendido por un par de gafas llamativas compradas en la tienda de Gruber.

El sol proyectaba la sombra de las persianas en el suelo del cuarto de huéspedes. En la pared colgaba uno de los grabados de su padre: un cazador sostenía en el aire un zorro sobre la jauría aullante. Miró la escena con repugnancia y volvió la cabeza: nunca había matado a ningún animal en su vida, ni siquiera una rata.

La cama era bastante cómoda, pero después de todo

el ataúd cubierto de mantas no había sido demasiado duro. Mucho mejor que la cuna en su cuarto de niño. Todo estaba sumido en una profunda tranquilidad, el silencio apenas interrumpido por alguna pisada en la cocina o el crujido de una silla en la galería. No había ninguna radio que anunciara las noticias, no se oían las voces de una disputa en un cuarto contiguo. Descubrió que estar libre era algo muy semejante a la soledad. Casi deseaba que la puerta se abriera para ver al sacerdote entrando tímidamente, con una botella de whisky argentino. Sentía una extraña afinidad con ese sacerdote.

El entierro del sacerdote había pasado inadvertido. Lo habían sepultado rápidamente, fuera del camposanto. Charley Fortnum se indignó al saberlo. De haberse enterado a tiempo, habría pronunciado unas palabras junto a la fosa, como el doctor Saavedra, aunque no recordaba haber hecho un solo discurso en su vida. Pero el impulso de su indignación le habría dado el valor necesario. Y habría dicho a todos: «El padre era un buen hombre. Sé que no mató a Plarr». Pero supuso que su único público habría sido un par de sepultureros y el conductor del furgón policial. «Por lo menos, averiguaré dónde lo han enterrado y le llevaré unas flores», pensó. Después se quedó dormido de cansancio.

Clara lo despertó porque Crichton había llegado. Le dio la muleta y lo ayudó a ponerse la bata. Charley salió a la galería. Se inclinó ante la mesa de las bebidas y dijo:

–¿Le sirvo un whisky?

–Creo que es un poco temprano –respondió Crichton.

–Nunca es demasiado temprano para un trago.

–Bueno, pero sírvame muy poco. Estaba diciendo a su señora que debió de pasar por momentos terribles.

Depositó el vaso sobre una mesa, sin probar el whisky.

–Salud –dijo Charley Fortnum.

–Salud.

Crichton cogió el vaso con aire reticente. Quizás esperaba dejarlo en la mesa sin probarlo hasta que llegara la hora canónica.

–El embajador quiere que hable de algunos asuntos con usted, señor Fortnum. Desde luego, no necesito decirle lo preocupados que estábamos...

–También yo estaba un poco preocupado –dijo Charley Fortnum.

–El embajador quiere que usted sepa que hicimos todo lo que estaba a nuestro alcance...

–Sí, sí, desde luego.

–Gracias a Dios, las cosas salieron bien.

–No del todo. El doctor Plarr murió.

–Sí, no quería decir...

–Y también el sacerdote.

–Bueno, ése se lo merecía. Asesinó a Plarr.

–No, no es cierto.

–¿No ha leído el informe del coronel Pérez?

–El coronel Pérez es un mentiroso de mierda. Fueron los paracaidistas los que mataron a Plarr.

–Le hicieron la autopsia, señor Fortnum. Y examinaron las balas. Una en la pierna. Dos en la cabeza. No eran balas del Ejército.

–Sólo que fue el médico del IX pelotón el que las examinó... Puede usted decir esto de mi parte al embajador,

Crichton: yo estaba en el otro cuarto cuando Plarr salió. Oí todo lo que ocurrió. Plarr salió para hablar con Pérez. Pensó que podía salvar nuestras vidas. El padre Rivas vino a mi lado. Dijo que había consentido en prolongar el ultimátum. Después oímos un disparo. El padre Rivas dijo: «¡Le han disparado a Eduardo!». Y salió corriendo.

–Para darle el *coup de grace* –dijo Crichton.

–¡No, no es cierto! Dejó el revólver en el cuarto donde yo estaba.

–¿Junto a su prisionero?

–Fuera de mi alcance. Discutió con Aquino en el otro cuarto... y con su mujer. Oí que Aquino decía: «Mátalo antes». Y oí lo que el padre Rivas contestó.

–¿Qué dijo?

–Se echó a reír. Lo oí reírse. Me sorprendió, porque era un hombre que nunca se reía. A lo sumo una mueca... Pero no lo que se llama una carcajada. El padre Rivas dijo: «Aquino, para un sacerdote siempre hay cosas que son más importantes que otras». No sé por qué, pero empecé a rezar un Padrenuestro. Y no soy hombre que tenga la costumbre de rezar. Llegué hasta «el Tu reino» cuando oí otro disparo. No... Él no mató a Plarr. Ni siquiera pudo llegar hasta él. Cuando me llevaron, pasé frente a los cuerpos de ambos. Estaban lejos el uno del otro. Creo que si Pérez hubiera estado allí, habría arreglado la escena. Hubiera acortado la distancia para simular el *coup de grace*. Por favor, dígaselo al embajador.

–Desde luego, le diré que ésta es su teoría.

–No es una teoría. Los paracaidistas los mataron a los

tres: a Plarr, al sacerdote y a Aquino. Es lo que se llama una buena caza.

–Le salvaron la vida.

–Claro... O me la salvó la mala puntería de Aquino. Sólo podía usar la mano izquierda. Se acercó al ataúd en que yo estaba acostado antes de disparar. Me dijo: «Han disparado contra León». Le temblaba el revólver en la mano, pero creo que la segunda vez no hubiera fallado. Ni siquiera con la mano izquierda.

–¿Por qué no aceptó el coronel Pérez su versión?

–Ni siquiera me la pidió. Plarr me dijo una vez que Pérez siempre tenía que pensar en su carrera.

–De todos modos, me alegro de que mataran a Aquino. Era un asesino... o quería serlo.

–Había visto cómo mataban a su amigo. Tiene que tener presente eso. Habían pasado por muchas cosas juntos. Y estaba furioso conmigo. Yo me había ganado su confianza para tratar de escapar. Se creía poeta. A veces me recitaba fragmentos de sus poemas y yo simulaba que me gustaban, aunque ni siquiera los entendía. Pero me alegro de que los paracaidistas se contentaran con tres muertes. Los otros dos..., Pablo y Marta,... eran unos pobres infelices atrapados en una red.

–Tuvieron más suerte de la que merecían. No tenían por qué dejarse atrapar.

–Quizá fuera por amor. Tarde o temprano, la gente se deja atrapar por amor, Crichton.

–No es una buena excusa.

–No, supongo que no. Al menos para su Embajada...

Crichton miró su reloj. Quizá se tranquilizó al

comprobar que ya era la hora adecuada. Levantó el vaso.

–Me imagino que tendrá que descansar durante algún tiempo –dijo.

–De todos modos, nunca tengo mucho que hacer aquí –dijo Charley Fortnum.

Crichton bebió otro trago y dijo:

–De eso se trata.

–No me diga que el embajador quiere otro informe sobre la plantación de hierba mate.

–No, no. Sólo queremos que se reponga usted del todo. El embajador le escribirá oficialmente este fin de semana. Pero quería que yo hablara con usted antes... Después de todo lo que ha sucedido, señor Fortnum, las cartas oficiales parecen siempre... tan oficiales. Ya sabe usted cómo son esas cartas. Hay que redactarlas pensando que serán archivadas. El original va siempre a Londres. Hay que ser tan... cauteloso. Es posible que algún día alguien revise los archivos en Londres.

–¿Y con respecto a qué tiene que ser tan... cauteloso el embajador?

–Bueno... Ya hace más de un año que Londres va reduciendo cada vez más nuestro presupuesto. ¿Sabe que nos han rebajado el diez por ciento en los gastos de representación y que debemos presentar las cuentas de las compras más insignificantes? Sin embargo, siguen viniendo invitados oficiales y todos esperan que los invitemos por lo menos a almorzar. Algunos hasta creen que merecen una recepción. Bueno, usted, señor Fortnum, ha estado bastante tiempo en el cargo. Si perteneciera a la carrera ya habría pasado hace mucho la edad de retirarse. Lo cierto es que el Ministerio se olvidó de usted... hasta que ocurrió el secuestro. Estará mucho más seguro... si se retira ahora, señor Fortnum.

–Entiendo. Me dan un buen puntapié, Crichton.

–No perderá nada.

–Podía importar un automóvil cada dos años.

–También de eso quería hablarle. En su condición de cónsul honorario, no tenía derecho a hacerlo.

–Aquí la aduana no distingue bien entre una cosa y otra. Y todos lo hacen. Los paraguayos, los bolivianos, los uruguayos...

–No todos, Fortnum. En la Embajada de Inglaterra tratamos de no ensuciarnos las manos.

–Quizá por eso ustedes nunca entenderán a Sudamérica.

–No quiero traerle sólo malas noticias, señor Fortnum –dijo Crichton–. El embajador me pidió que le dijera algo... en el más absoluto secreto. ¿Puedo confiar en su discreción?

–Desde luego. ¿A quién podría decírselo?

«Ni siquiera me queda Plarr», pensó.

–El embajador piensa recomendarlo para que le den una condecoración en la lista del próximo fin de año.

–¡Una condecoración...! –repitió Fortnum, incrédulo.

–Una OBE.*

–Bueno, es muy amable de su parte, Crichton –dijo

* *Office of the (Order of the) British Empire. (N. del T.)*

Charley Fortnum–. Nunca pensé que el embajador me estimara...

–Por favor, no lo comente con nadie. Ya sabe usted que en teoría todas esas cosas deben ser aprobadas por la reina.

–¿Por la reina? Sí. Comprendo. Espero no envanecerme demasiado –dijo Charley Fortnum–. ¿Sabe que una vez actué como guía para unos miembros de la familia real, en las ruinas? Era una pareja muy simpática. Hicimos un picnic, como con el embajador norteamericano. Pero ellos no tomaban Coca-Cola. Me gusta esa familia. Hacen las cosas bastante bien.

–Le repito: no lo comente con nadie, por favor. Salvo con su mujer, desde luego. Puede confiar en ella.

–No creo que ella lo entienda, de todos modos... –dijo Charley Fortnum.

Por la noche soñó que caminaba con el doctor Plarr por una larga carretera muy recta. A ambos lados, las lagunas parecían láminas de peltre cada vez más grises a medida que entraba la noche. La Niña de sus ojos se había estropeado y debían llegar a la casa antes de que oscureciera del todo. Él estaba angustiado. Quería correr, pero tenía la pierna lastimada.

–No quiero hacer esperar a la reina –dijo.

–¿Qué hace la reina en su casa? –dijo Plarr.

–Va a darme la OBE.

Plarr rió:

–*Order of the Bad Egg* * –dijo.

Charley Fortnum despertó con una sensación de abandono. Las imágenes se desarrollaron rápidamente, como una tira de cinta adhesiva, de modo que sólo pudo recordar la larga carretera y la risa de Plarr.

Permaneció acostado en la estrecha cama del cuarto de huéspedes. Sentía que los años pesaban sobre su cuerpo como una manta. Se preguntó cuántos años tendría que estar acostado solo, como ahora; le parecía una pérdida de tiempo. Frente a la ventana pasó una luz. Sabía que la llevaba el capataz rumbo a sus tareas. En todo caso, debía de ser casi el amanecer. La luz se movió por la pared, iluminó la muleta, que pareció una inicial tallada en la pared, y desapareció. Fortnum sabía exactamente qué iluminaría después: los árboles, los cobertizos y por fin las zanjas de riego. Los hombres estarían reuniéndose para el trabajo en esa luz metálica.

Sacó de la cama su pierna sana y cogió su muleta. Después de irse Crichton, había dado a Clara la mala noticia de su retiro. Eso no significaba nada para ella. Él siempre sería un hombre rico ante los ojos de una chica de la madre Sánchez. No le había dicho una palabra sobre la condecoración. Como había explicado a Crichton, Clara no lo habría entendido, y Fortnum temía que su indiferencia lo hiciera parecer menos importante, incluso ante sí mismo. Sin embargo, hubiese querido decírselo. Hubie-

* Orden del Mal Huevo. *(N. del T.)*

se querido romper el muro de silencio que se estaba levantando entre ambos. Se oyó a sí mismo decirle: «La reina va a condecorarme». Sin duda «la reina» significaría algo para ella. Muchas veces le había contado su picnic en las ruinas con los miembros de la familia real.

Avanzó en diagonal apoyado en su muleta, como un cangrejo, por el corredor con los grabados de caza. Después extendió la mano en la oscuridad para abrir la puerta del dormitorio. Pero su mano no tocó la puerta y entró en la habitación, que le pareció vacía. No se oía siquiera el leve ruido de una respiración. Era como caminar solo por otras ruinas. Para convencerse, pasó la mano sobre la almohada y sintió la limpia frescura de una cama en que nadie había dormido. Se sentó en el borde de esa cama y pensó: «Se ha ido. ¿Con quién? ¿Quizá con el capataz? ¿O con uno de los jornaleros? ¿Por qué no?». Estaban mucho más cerca de ella que él. Podía hablarles con más naturalidad que a él. Había vivido muchos años solo antes de encontrarla, y no había motivo para temer los pocos años que le quedaban. Trató de convencerse de que podía arreglárselas como se las había arreglado hasta entonces. Tal vez Humphries no lo evitara en la calle cuando su nombre apareciera en la lista de las nuevas condecoraciones. Volverían a comer *goulash* en el Club Italiano y él invitaría a Humphries a la casa de campo. Los dos se sentarían junto a la mesa de las bebidas. Pero Humphries no bebía. Sintió una punzada de dolor por la muerte de Plarr. Con su ausencia, Clara parecía estar traicionando a los dos: a Plarr, y a él mismo. Lo irritó esta actitud de Clara con respecto a Plarr. Al menos podía haber permanecido fiel durante algún tiempo a un hombre muerto... Habría sido algo así como llevar luto una o dos semanas.

No la oyó entrar en la habitación y se sobresaltó cuando Clara le preguntó:

–¿Qué estás haciendo aquí, Charley?

–Es mi habitación, ¿no? ¿Y dónde has estado tú?

–Me fui a dormir con María. Tenía miedo de estar sola.

María era la sirvienta.

–¿De qué tenías miedo? ¿De los fantasmas?

–Tenía miedo por el niño. Esta noche he soñado que lo estrangulaba.

«De modo que a veces es capaz de sentir algo», pensó Fortnum. Era como un destello de luz al final de su oscuridad. Si es capaz de eso... Si no todo es engaño en ella...

–En casa de la señora Sánchez tenía una amiga que estranguló a su hijo.

–Siéntate aquí, Clara.

La cogió de la mano y la acercó suavemente.

–Pensé que no me querías tener cerca.

Clara dijo la triste verdad como algo sin importancia, como otra mujer podría haber dicho: «Pensé que te gustaba más vestida de colorado».

–No tengo a nadie más que a ti, Clara.

–¿Quieres que encienda la luz?

–No. Pronto amanecerá. Acabo de ver al capataz rumbo al trabajo. ¿Cómo está ese niño, Clara?

Sabía que apenas había mencionado a la criatura desde su regreso. Sentía como si procurara aprender de nuevo un lenguaje que no hablaba desde su niñez, en otro país.

–Creo que bien. Pero a veces está tan quieto que me da miedo.

–Tendremos que encontrarte un buen médico –dijo Fortnum, hablando sin pensar.

Clara lanzó una exclamación semejante al grito de un perro cuando le pisan una pata, un grito de sorpresa, ¿quizá de dolor?

–Discúlpame... No quería...

Todavía era demasiado oscuro para verla. Fortnum levantó la mano y le rozó la cara.

Estaba llorando.

–Clara...

–Perdóname, Charley. Estoy cansada.

–¿Lo querías, Clara?

–No, no. Te quiero a ti, Charley.

–Querer no tiene nada de malo, Clara. Es algo que sucede... No importa a quién queremos. Es como si nos atraparan.

Recordó lo que había dicho al joven Crichton y agregó, intentando hacer un mal chiste para tranquilizarla:

–...como si nos secuestraran por equivocación.

–Él nunca me quiso. Para él yo no era más que una chica de la señora Sánchez.

–Estás equivocada.

Era como asumir una defensa. Fortnum se sintió como si estuviera tratando de reconciliar a dos jóvenes.

–Quería matar al niño.

–¿Eso es lo que soñaste?

–No, no. Él quería matarlo. De veras. Entonces me di cuenta de que nunca podría quererme.

–Tal vez ya había empezado a quererte, Clara. Algunos hombres... somos un poco lentos... Querer no es fácil. Cometemos muchos errores. Yo odiaba a mi padre... –continuó, sólo por decir algo–. Mi mujer no me gustaba mucho... Pero no eran malas personas... Ésos fueron dos de mis errores. Hay quienes aprenden a leer más rápido que otros... Ted y yo éramos muy lentos. Yo todavía no sé escribir muy bien. Cuando pienso en todos los errores de ortografía que debe de haber en los ficheros de Londres...

Divagaba, produciendo un tenue murmullo humano en la oscuridad con la esperanza de consolarla.

–Yo tenía un hermano y lo quería, Charley –dijo Clara–. Un día desapareció. Se fue a cortar caña, pero nadie lo vio en los campos. Se fue así, sin más... A veces, en casa de la señora Sánchez, pensaba: «A lo mejor, un día aparece por aquí buscando una chica y entonces me verá y nos iremos juntos».

Al fin parecía haber una especie de comunicación entre ambos, y Charley Fortnum procuró mantener intacto ese tenue hilo.

–¿Qué nombre le pondremos al niño, Clara?

–Si es varón... ¿te gustaría que se llamara Charley?

–Basta con un Charley en la familia. Creo que le pondremos Eduardo. ¿Sabes una cosa? En cierto modo, yo quería a Eduardo. Podría haber sido hijo mío.

Apoyó la mano sobre el hombro de Clara y sintió que su cuerpo se sacudía por el llanto. Quiso consolarla, pero no supo cómo.

–Te aseguro que, a su modo, Eduardo te quería, Clara. No quiero decir nada malo...

–No es cierto, Charley.

–Una vez le oí decir que estaba celoso de mí.

–Yo nunca lo quise, Charley.

Esa mentira ya no significaba nada para Charley Fortnum. Las lágrimas la desmentían obviamente. En una relación como ésa, lo justo era mentir. Fortnum sintió una inmensa sensación de alivio. Era como si después de una espera interminable en la antesala de la muerte, alguien se le hubiera acercado con noticias que jamás había esperado oír. Alguien a quien amaba lo sobreviviría. Comprendió que Clara nunca había estado tan cerca de él como en ese momento.

Esta edición de 3.000 ejemplares
se terminó de imprimir en
Indugraf S.A.,
Sánchez de Loria 2251, Bs. As.,
en el mes de septiembre de 2004.
www.indugraf.com.ar